左宗棠发迹史

老是得罪同僚的升官达人！

汪衍振 著

上海文艺出版集团
上海锦绣文章出版社

图书在版编目（CIP）数据

左宗棠发迹史．上 / 汪衍振著．

上海：上海锦绣文章出版社，2010.7

ISBN 978-7-5452-0701-9

Ⅰ．①左… Ⅱ．①汪… Ⅲ．①历史小说－中国－当代

Ⅳ．① I247.5

中国版本图书馆 CIP 数据核字 (2010) 第 121054 号

责任编辑：吴　迪
特约编辑：王楷威
版权提供：读客图书
封面设计：读客图书

书　　名：左宗棠发迹史．上
著　　者：汪衍振

出版发行：上海锦绣文章出版社
地　　址：上海市长乐路 672 弄 33 号（邮编 200040）
经　　销：全国新华书店
印　　刷：小森印刷（北京）有限公司
开　　本：680mm X 990mm 1/16
印　　张：16
版　　次：2011 年 1 月第 1 版
印　　次：2011 年 3 月第 2 次印刷
书　　号：ISBN 978-7-5452-0701-9
定　　价：28.00 元

如有印装质量问题，请致电 021-33608311

目录

第一章 四十岁还在考进士，但没考上

初入官场

咸丰二年（公元1852年）五月十九日，太平军离开广西，一路攻城掠地；十月，太平天国西王萧朝贵，统率先锋部队挺进湖南，随后迅速开始攻城，尽管守城的清军拼死抵抗，长沙城依然岌岌可危。

十一月中旬的一天深夜，激战了一天的长沙城已经进入一天当中最宁静的时刻。弥漫了一整天的硝烟正在散去，刺鼻的血腥味儿也明显淡化。围攻长沙城的太平军将士已全部返回长沙南门外的妙高峰大营歇息，在城墙下临时扎起的几座营盘里，只留有一千人马在监视城头的动静。守城的清军不敢有丝毫马虎，每过两刻钟，便有人登上城头巡视。

太平军的营盘分扎在长沙城南、东、西三面，城南妙高峰是主营。城北是湘江，清军在这里布置了五千余兵力；江对面，驻有绿营的三个营。湘江现在成了出入长沙城的唯一通道，也是守城清军重点防守区。

夜幕下，五十几人簇拥着一位身穿常服、身材清瘦的人，悄悄走出北门，登上了停泊在江面上的一艘官船。

官船很快起锚，鸣呀鸣呀地向湘阴方向驶去。离开长沙的这个人，是上任不久的湖南巡抚张亮基，他冒险出城，是要到湘阴去见左宗棠。

此前有好几个人向张亮基推荐左宗棠，说左宗棠是当世奇才，只要他出谋划策，就能保长沙无恙。

关于左宗棠，张亮基是知道一些的，此人三次参加会试均名落孙山，四十岁还在考进士，但没考上。但是，抱着“宁可信其有，不可信其无”的心态，张亮基还是决定聘请左宗棠为自己出谋划策。

但让张亮基没有想到的是，他两次派人赴左宗棠的居住地湘阴东山白水洞，竟然两次遭到左宗棠的婉言谢绝。这使得张亮基心生无数好奇，他不相信一介书生当真便有诸葛武侯之才，他更不相信把左宗棠请进幕府，便能解长沙之围。

阅人无数的张亮基决定亲赴湘阴，会一会这个左宗棠，若此人果如世人传闻的那样胸怀旷世之奇才，自己不仅要聘他入幕，还要赋予他一定的权力；若此人只会纸上谈兵，就要他好看！

张亮基叮嘱署江西巡抚罗绕典、湖南已革巡抚帮办军务骆秉章、湖南提督帮办军务鲍起豹好生护城，随后从亲兵营里挑选五十名有些拳脚功夫的武弁带在身边，趁着夜深人静，太平军回营歇息的空当，穿上便服从北门登上官船，声称“自己要到卧龙冈去会卧龙先生”。

天将破晓时，张亮基已经到了湘阴东山脚下。再过一个时辰，太平军就要对长沙城进行新一轮的攻击了，但他还是不想立即上山，而是尽情地呼吸着这里的每一丝新鲜空气。

就在这时，一人从远处山间的小路，向这里快步走来。此人拄着一根木棍，身后跟了两个伴当[①]。到了张亮基的面前，来人对着张亮基一边施礼，一边道：“山人左宗棠给抚台大人请安、道乏。”

张亮基一愣，急忙细看左宗棠，见他五短身材，眼圆鼻直，脸色红润，下巴挂着一蓬黑胡子，讲话瓮声瓮气；身上披着件土布汗衫，左手拄根木棍，右手捏着把鹅毛扇子，眉宇间透着股方外人的傲气。

张亮基点了下头，随口问道：“左季高啊，本部院两次请你下山到巡抚衙门帮幕，你偏偏不给情面。本部院今日亲到东山，就是想问你老弟一句，你是看不起本部院这个人呢，还是瞧不上文案这个缺分啊？”

左宗棠微微一笑，施礼答道：“抚台大人容禀，山人不想入抚台之

①旧时指跟随着做伴的仆人或伙伴。

门也是有苦衷的。大人试想，您久历官场，门下的胥吏何止千万。长毛从广西一路打进湖南，攻城取县，势如洪水。依山人大胆揣度，大人眼下缺的是刀兵，而不是文案。请大人明鉴。”

张亮基冷笑一声道：“左孝廉[①]哪，听你的口气，你是没有看上文案这个缺分，本部院自然不能勉强于你。本部院在贵州时，常听胡太守说起你。如今长毛已困我省城月余，守城军兵已经疲惫，如长毛坚持困下去，长沙必失无疑。本部院今日赶来东山，就是想跟你讨教一句，如何才能解长沙之围？古人云：‘国家兴亡，匹夫有责。’你左季高不仅是孝廉公，还是湖南出了名的乡绅，保省城无恙，也有你一份哪！”

左宗棠答道：“抚台言重了。抚台适才所言，分明是要陷山人于无地自容。不错，山人是读过几本兵书，但那仅是纸上谈兵而已。兵书有云：‘兵无常势，水无常形。’兵事瞬息万变，岂能墨守成规？山人在抚台面前信口雌黄，不知讲得对也不对？”

张亮基沉思了一下，又抬头向山上看了看，道：“季高啊，本部院赶了一夜的路，想找个地方歇歇脚。听说这东山有个卧龙冈，本部院想到那里看一看，顺便向孔明再讨教几个问题。季高你久居于此，想来对东山是很熟悉的了，你可知这卧龙冈在何处？能否引本部院一游？”

左宗棠一愣，随口问道：“抚台大人莫非是在说笑话吧？我已搬来这里三月有余，几乎对这里的一石一树皆知方位，但却不知有卧龙冈这个去处。”

张亮基哈哈笑道：“季高啊，你倒是个实诚人。东山没有卧龙冈，你就不能把本部院请到你的白水洞去歇一歇呀？”

左宗棠也笑道：“抚台的贵体肯屈尊舍下，这自是山人求之不得的事。只是房舍过于简陋，山人恐污了大人的一双贵足啊！”

张亮基一把拉过左宗棠的手，边走边道：“人皆称你为狂生，可本部院偏就喜欢你这直来直去的性格，你快给老哥前面引路吧。长沙战事正紧，本部院可不敢把时光都浪费在你这里！”

左宗棠于是让同来的一名家人在前面引路，自己则把手中的木棍递给张亮基，这才一边上山，一边为张亮基介绍沿途的风景。

---

①清时，人们习惯把举人尊称为孝廉。

左宗棠边走边用手指着远处的一棵大树道：“大人可曾看到那棵大树？那是山人的瞭望塔。山人每日都派一名家人在那里，无论山下发生什么事情，山人坐在洞中的屋舍里都知道得清清楚楚。”

张亮基颔首道：“怪不得本部院刚到山下落脚，你老弟便来了，老哥现在想问你一句，你怎么就敢肯定我们这些人是官军而非长毛呢？你老弟声名远播，你应该知道，本部院想找你，长毛也想找你呀！”

左宗棠答道：“大人容禀。湘阴不失，长毛很难来到东山。据我所知，长毛此次若不能攻取长沙，便不会对湘阴用兵。所以，当家人报称山下来了一伙人之后，我就断定是大人无疑。何也？因为就湖南官场眼下来说，只有大人才有这种礼贤下士的胸怀。”

张亮基笑道：“季高啊，你不要抬举我。其实啊，本部院能来到东山，也不是什么礼贤下士，实在是闻够了长沙城里城外弥漫着的血腥味儿，想到这里开开心心地长出几口大气。对了，季高，本部院来湖南前，胡润芝太守曾对本部院说起过你，说你写过几篇关于兵事的文章，颇有见地，本部院此次能否一睹为快呀？”

左宗棠道：“大人万莫被润芝的胡言乱语所惑！山人写的那些东西哪算是什么兵事文章，充其量，是自己读兵书时的一点体会罢了。大人若不怕污了眼，到了舍下我就捧给大人指教。”

两人说说笑笑，很快来到白水洞的屋舍前，却是一排十几间的大房子，门前收拾得齐齐整整。

张亮基驻足看了看，见大门两侧由石块垒成，虽非青砖砌就，但也贴着对子，很有大户人家气象。

大门两侧的对联是：“身无半亩，心忧天下；读破万卷，神交古人。”这时有下人飞跑过来打开中门，把张亮基等人迎将进来。

到堂屋落座，左宗棠安排家人布茶备饭，然后便把张亮基单请进书房说话。进了书房，张亮基看见书架上除了“四书五经”外，摆放最多的便是兵书战策之类的书籍，从《孙子兵法》到诸葛武侯的《将苑》，几乎应有尽有。

张亮基心里一惊，叹道：“真是闻名不如见面！不是亲眼所见，本部院真不敢相信，在八股取士的今天，湖南还有你左季高这么一个人物！季高啊，你写的兵事大作该拿出来了吧？”

左宗棠笑了笑，随手在书架上翻了翻，很快便翻出一摞纸来。

左宗棠把这摞纸双手递给张亮基道：“请大人指教。这都是几年前写的，现在想来，有许多都不切实际。”

张亮基双手把文稿接过来，见起头明晃晃写着“料敌”二字，不由笑道：“还真像兵事大家呢。季高啊，你这字可是不同寻常，颇有岳武穆（岳飞）的神韵啊！”说完，埋首于案头翻看起来。

左宗棠悄悄退出书房，到厨下去看了一遭，这才又走回书房，见张亮基正看得入神，便小声说道：“大人，饭菜已摆上桌了，您老先将就着用一口吧。”

张亮基思索着抬起头来，先点了一下头，又犹豫了一下，忽然说道：“季高，你说这长沙能守得住吗？”

左宗棠想了想答道：“大人容禀。山人大胆以为，依长沙现有的兵力，长沙应该能守得住。”

张亮基随口反问一句：“若洪酋对长沙增兵呢？看洪酋的来势，可是对我长沙势在必得呀！”

左宗棠答道：“只要长沙城四个城门中能保证一个城门不被长毛围困，长沙便应该能守得住。大人试想，长毛是游寇，利速战不宜久战。只要长沙的北门不使长毛靠近，粮草就能运进城去。守城官军只要有粮草所依，军心就不会涣散。我之利，恰恰正是长毛之大忌。还有一点，大人也不可大意，就是被粤匪占据的妙高峰必须夺回！大人以为呢？”

张亮基忽然长叹一口气道：“季高啊，看长毛的架势，不把长沙弄到手是不肯罢休啊！长沙一旦失守，湘阴也难保全，你老弟这东山也就成危地了！季高啊，终老山林终非男儿善举，建功立业方显英雄本色。你呀，赶紧打点一下，还是随我进长沙吧。”

左宗棠深施一礼说道：“山人先谢抚台大人抬举。可是大人，湖南巡抚衙门人才济济，不可能缺文案啊！山人与其随大人尸位素餐，还不如在这洞中过几日清闲的好日子。山人在柳庄还有一份田产，读书人在乱世还能耕读逍遥，也不失为人间乐事！请大人先到饭厅去用饭，饭后山人亲自送大人下山。”

张亮基哈哈笑道：“季高啊，你老弟的心事，瞒得了别人，岂能瞒得过我？你不肯俯就文案一缺，不就是怕施展不开你的平生所学吗？这里就你我二人，老哥今儿就索性把话说开，老哥请你办理文案，那不过是个掩人耳目，实际上是想让老弟帮着料理一下兵事啊！老哥赴任前，就已听人说起湖南‘三亮’。老亮罗泽南是县学生，也是你在城南书院时候的同窗，他现在正在湘乡帮着县衙门搞团练；小亮刘蓉也是足智多谋，可惜他游学在外。胡林翼胡太守曾经说过这样一句话：‘湖南三亮，今亮最亮；只有今亮，能保长沙无恙。’季高，你这‘今亮’大可放心了吧？”

张亮基的一番话，直把左宗棠说得低下头去，口里连连道：“这都是哪个嚼的舌头？老亮罗泽南，弟子过百；小亮刘蓉，通古博今。他二人才真正是我湖南大才呢！我左老三年已届不惑，还不名一文，和他们两个比起来，我简直就是湘江水底的小虾小蟹呀！大人显然是被浮言所惑了！”

张亮基边起身边笑道：“好了季高，你也不要太过自谦了，我们赶紧去用饭吧。长沙战事正紧，我们得连夜赶回去呀！”

左宗棠于是不再推辞，忙着引张亮基到桌前用饭。饭后，左宗棠快速地将家事、农事向家人做了一番交代。

夫人诒端只是默默地命人为夫君打点随行衣物、书籍，侍妾张氏这时却道：“老爷，您老就一个人去长沙吗？贱妾一同进城早晚伺候您老可好？”

左宗棠笑道：“老爷我出山是去帮着抚台大人和长毛打仗，又不是游山玩水，带个女人成何体统！你只管在这里帮着上房料理家务，等我回来，论功行赏。”

张氏把左宗棠望了又望，不敢再言语，含着泪走回自己的屋里去。

退敌计

当日午后，左宗棠带着下人张升，随张亮基等人飞速下山，乘小船赶往长沙。

第二天，趁太平军尚未攻城的空当，张亮基带着骆秉章、鲍起豹、左宗棠三人，乘轿来到北门巡视防务。到了城头之上，张亮基用手指着湘江对岸的几座军营说道："罗抚台今儿一早就带了四个营的兵丁乘舟到对岸驻防。江这边，还有抚标营四个营守着。"

骆秉章这时接口道："所幸长毛兵力不足，总算给长沙留了个活口。否则，长沙可真就成孤城一座了。"

打扮齐整的提督鲍起豹这时把脸扬起老高，既不看张亮基，也不看骆秉章和左宗棠，一句话不说。他已经生了一肚子气，他无论如何都想不明白，像巡视城防这么重大的事情，巡抚大人何以要带一名文案师爷过来呢？如果一名文案能带兵杀敌，替巡抚守护住长沙城，那他这一品提督可不就变成聋子的耳朵了吗？张亮基肯定是让长毛给吓糊涂了。

左宗棠这时忽然用手中的鹅毛扇指着江对岸的一座土山说道："抚台大人，山上可有军兵把守？"

张亮基道："那里有鲍军门的一个营驻守，为的是策应罗抚台。"

左宗棠想了想，道："抚台大人哪，我记得这土山的背面脚下可是有老大一片树林哪，如果长毛从后面来抢这座山，可怎么办呢？土山的背面也应该放一个营过去。"

鲍起豹这时用鼻子哼了一声道："左师爷，你说得轻巧，本提督的手里一共才有七营绿营。你这里放一营，那里放一营，总不济让抚台大人身边的师爷们来守长沙城吧？"

左宗棠一愣，尚未及讲话，张亮基冲着鲍起豹摆摆手道："鲍军门，我们这是在商量对付长毛的办法，不是在斗气。左师爷说得不无道理，土山之上只放一个营是少了些，你一会儿就传令下去，把土山上的一个营分成两个，一个守正面，一个守背面。北门现在关系到长沙能否守得住，干系非轻，大意不得呀！"

鲍起豹气得胸脯鼓起老高，张了几次嘴却没敢言语。

几人从北门下来不久，守城清军便与太平军之间展开了争夺妙高峰之战。太平军把攻城部队一分为二，一半守妙高峰，一半向长沙城垣赶挖地道。

妙高峰是长沙南部的一道天然屏障，只要守住妙高峰，太平军就休想靠近长沙南门半步。可惜妙高峰已被太平军占据多日。左宗棠到长沙当晚，便向张亮基建议，无论如何要把妙高峰夺回来。多一个出口，坚守长沙便多一分胜算。

长沙为湖南水、陆要隘，周十余里。城南距长沙城垣五里一带，有一大岭曰金盆岭，是通向湘潭的大路；东南黄土岭一带，有小路可通浏阳县；东北面之阿弥岭一带，是通浏阳之大路；东北面之广济桥一带，为往长沙县东乡、平江县南乡，及由古大路趋岳州捷径。金盆岭靠里，便是妙高峰、鳌山庙；紧靠长沙城垣的则是醴陵坡、蔡公坟、小吴门校场[①]。

现在，长沙清军的守城方针是：力争夺回妙高峰，如果夺不回妙高峰，就集中优势兵力守住北门及湘江的北门段。

骆秉章按张亮基的吩咐到东门去督战，鲍起豹则到南门督战。鲍起豹为了给麾下将士壮胆打气，派人把城内湘王庙里的定湘王神像抬至南城楼，摆上供品，燃起香火，着人轮流守护，以求神灵庇佑。张亮基带着左宗棠在各门之间往来督战。

在城头，左宗棠对张亮基道："大人，长此下去，长毛必向长沙增调援军。看长毛的攻势，对长沙是志在必得呀！"

张亮基叹口气道："季高啊，本部院担心的也是这个呀！"

左宗棠说道："在下料定，只这几日，长毛定要乘舟楫取我长沙北门，断我长沙命脉。听人传说，杨酋最会用兵，他只要来到长沙城下，一眼就能看出这步棋。"

张亮基苦着脸道："本部院已几次上折请调援兵过来，可朝廷现在无兵可调啊。季高，设若长毛当真攻占了长沙，巡抚衙门当撤到哪里合

①旧时操练或比武的场地。

适呢？湘阴？还是湘乡？”

左宗棠眯起眼睛望着如蚁的太平军说道：“大人哪，长沙不能失啊！长沙一失，整个湖南必将糜烂，湖北也就保不住了。老话说湖广熟，天下足。长毛一旦占据湖广，后果不堪设想啊！大人，为今之计，只能想尽一切办法保全湘江保住北门这条通道，才是上上之策。在下适才就想，长毛想图我长沙北门，非乘舟楫不能成事。我只要在湘江两岸广筑炮台，一见长毛舟楫便全力轰击，使其不能靠近北门，便可保长沙无虞。”

张亮基想了想道：“季高啊，长毛攻城不懈，官军如何能腾出手来修筑炮台呢？何况，我长沙现只有开花大炮二十门，现都安设在城头，虽然还有五十几门土炮，可威力太小，发挥不了什么作用啊！”

左宗棠道：“大人容禀。据山人所知，开花炮打远不打近，小土炮打近不打远。为今之计，开花炮只能调到北门湘江两岸对付长毛舟楫，而城头则须换上小土炮。长毛攻城日久，军心必疲，小土炮正可发挥威力。长毛援军正盛，不用开花炮不足以将其打退。何况，用小土炮对付长毛的云梯，正是舍其短而用其长。大人以为如何？”

张亮基边点头边道：“看样子，能否守住长沙，关键看能否守住北门。只是，官兵坚守城池已疲劳过甚，如果再修炮台，恐怕是精力不济呀！”

左宗棠说道：“大人如何不把湘乡及湘阴的团练调过来呢？据山人所知，罗泽南在湘乡练有团勇八百，湘阴有团勇六百。现在两县战事稍缓，长毛重心只在长沙。大人此时行文下去，长毛当不会察觉。”

张亮基想了想，道：“季高，这件事，本部院就全权委托你来办，你现在就回巡抚衙门，让文案行文湘乡、湘阴两县，让他们各抽团勇四百速来长沙应急，可派大船去接他们，你快去吧。”

八百名团勇很快来到长沙，当夜就被调派到北门的湘江两岸修筑炮台。炮台竣工后，张亮基一面着人把小土炮全部分架到三门的城头，一面悄悄把二十门开花炮移架到炮台之上。同时又采纳左宗棠的建议，重新布置兵力，将江西巡抚罗绕典所部调进城头驻防，把鲍起豹派出城去，并遣骆秉章随鲍起豹出城担任监军。

鲍起豹虽心生老大不满，却也不敢违抗军命。经一昼夜激战，妙高峰不仅没有夺回，南城墙反倒被太平军炸开老大一个缺口，炸伤清军副将邓绍良以下二十几名将官。拂晓时分，太平军后路响起惊天动地的炮声，原来是江忠源率麾下楚勇赶到。太平军西王萧朝贵无奈之下，急忙亲自带兵乘舟楫来抢北门，想打清军一个措手不及。

两岸炮台守军一见，一面飞报鲍起豹、骆秉章二人，一面就向炮膛里填塞火药，只等令到，便点燃炮信。

鲍起豹很快传令下去，二十尊大炮同时开火，震得地动山摇。战船上的太平军将士猝不及防，一时竟然无法应战，纷纷落水。轰不多时，旗舰上突然飘起撤字令，各船很快撤出北门，飞速向妙高峰靠拢。

骆秉章一面派人给城里送信，一面对鲍起豹说道："鲍军门，您老不觉得奇怪吗？长毛连岸都未登便撤退，长毛以往可不是这样啊！"

鲍起豹一笑，顺怀里摸出一尊金佛像来，说道："骆大人，本提已料定长毛必派援兵图我北门，于是连夜去寺里请了尊菩萨过来。看样子，长毛不是惧我炮台，分明是被法力无边的菩萨给镇住了！长毛为什么攻不破南门？因为南门有定湘王啊！"

骆秉章没有言语，心里却骂道："真是大白日说梦话！菩萨能镇住长毛，我这堂堂的湖南巡抚也就不会被撤任留营了！"

太平军重占妙高峰不久，江忠源便把长沙南门外最高的军事堡垒天心阁占领。围攻长沙的太平军阵地，硬是被能征惯战的江忠源撕开了一个口子。

正在城头督战的张亮基对太平军援军的突然撤退也感到不解。他快速把左宗棠传来，道："季高，来援的长毛尚未与我交战便下令撤退，依你看，他们这是耍的什么诡计呢？"

左宗棠摇头道："山人也对这事困惑不解。暗探怎么说？"

张亮基道："暗探只有夜黑以后才能进城，这个时候，他们哪有机会呢？"

当晚夜深以后，暗探进城来报：北门一战，太平天国主将西王萧朝贵被花炮轰死！天王洪秀全与东王杨秀清即将亲统重军来为西王报仇。

当时，张亮基正同左宗棠商议筹饷的事，听了这话，不由惊道："洪、杨二酋若亲来，所带之匪众不会少于两万人，何况，这个杨秀清最会用兵，我北门沿岸只有花炮二十尊，这可如何是好呢？"

左宗棠想了想道："大人且莫惊慌，我城中，除了一万守军外，尚能动用三万名夫役。请大人连夜传文下去，让每户必出一人自备器械到城头配合官军作战。凡出夫役者，可免一年的人丁；立有大功者，可优先保举，正所谓重赏之下必有勇夫。除此之外，山人实在想不出第二个办法。"

张亮基一面传文案进来起稿，一面又对左宗棠道："季高，本部院料定，洪酋此来，肯定还要把重兵用在北门，以图困我，欲收全功。"

左宗棠道："大人，城中不是还有一些滚木吗？"

张亮基一听这话，眼睛登时一亮，他击案道："季高，你提醒得好！对，对付洪酋，就用滚木，让长毛的船既不能靠岸，又不能前行！季高啊，本部院以为，长毛全力图我湖南，这本身就是个败招儿。他怎么就不想一想，湖南可是有一个当今的诸葛亮啊！哈哈哈！"

张亮基笑过之后，连夜便行文全城，布置百姓参战事宜，又单调了亲兵营的三百人，连夜把城里的几千根滚木运到北门的湘江岸边。

撕破脸皮

三日过后，洪秀全、杨秀清二人果然率一万五千人分乘五十几艘大战船向长沙扑来。各船船头白幡招展，船上将士也都身着重孝，气势颇为夺人。援军顺江直奔长沙北门而来。

张亮基亲到南门督战，又专委左宗棠督办北门战事。

张亮基对左宗棠道："季高啊，长沙能否守住，就看此役了！北门最关键，有劳老弟了！"

面对张亮基的如此信任，左宗棠只觉胸间有万千豪气在涌动。他双手接过令箭，一字一顿说道："大人请放心！季高在，北门在！士为知己者死，有何憾哉！"

左宗棠到了北门不久，洪秀全、杨秀清二人便率舰队蜂拥而至。

两岸炮台不敢怠慢，齐把炮信点燃，一时间，二十条火龙呼啸着轰向船队，打得湘江江面一片硝烟。

左宗棠急令军兵将滚木抛入江中，又调派了五百名弓箭好手守在岸边，一旦太平军船队冲开滚木前行，即行放箭。

长沙城四门鏖战两昼夜，尸横城垣内外，护城河水已变成血红色，湖南省城仍牢牢地掌握在清军手里。

太平天国天王洪秀全被逼疯了，他一会儿向攻城将士传谕说天父上主皇上帝已经告诉他，守城的清妖即将弃城逃走，一会儿又说天父上主皇上帝马上就要降临长沙帮着天国取得最后的胜利。洪秀全与杨秀清几乎施尽了全身的解数，但终不能撼动长沙一块城墙。

这时，清廷紧急调派的一部援军在广西提督向荣的率领下向长沙赶来，前锋马队五营离长沙只有五十余里。钦差大臣塞尚阿、湖广总督程矞采，也各督所部官军，从各自营地起程赶奔长沙救援。

暗探急报洪秀全，洪秀全脸色顿变，杨秀清也不得不停止念咒。两个人商议了一下，很快便竖起撤军大旗。长沙经八十几日的鏖战，终于解围。

向荣赶到之后，张亮基这才敢打开长沙四门，一边着令军兵清理护城河堆积的尸体，打扫战场，一边迎接援军。

张亮基一脸憔悴，他与向荣见过礼后，便拖着哭腔说道："不是军门到得及时，本部院几乎不能再见天日！"

向荣慌忙道："大人言重了！还是圣上英明，让大人来守长沙。若换别人，长沙早易匪手了！"

当日晚饭后，张亮基单独把左宗棠传进签押房密谈，动情地说道："季高啊，这个省城解围的折子可就要麻烦你老弟起稿了，你就辛苦辛苦吧。"

张亮基分明是要试一试左宗棠的笔下功夫如何。左宗棠没有讲话，深施一礼后便走回自己的房间，开始思虑起稿的事。

望着左宗棠的背影，张亮基手抚胡须，自言白语道："湖南'三亮'，今亮最亮，果然名不虚传哪！此人的前程，当在我之上！"

张亮基时年四十有六，江苏铜山人，字采臣，号石卿，一榜出身。张亮基从内阁中书做起，后外放云南，出任临安知府，复调署永昌，至咸丰元年（公元1851年）便超擢到云南巡抚署云贵总督高位，成了封疆大吏，深得朝廷倚重。太平军进入湖南，接连攻城取地，湖南巡抚骆秉章以防守不力被革职留营效力，他则得以离开贫困的云南调补湖南巡抚与太平军作战。

很快，左宗棠草就的《贼踪纷窜省城解围》一折摆到张亮基的案头。左宗棠退下后，张亮基拿起折子看起来。

该折起头便是："奏为贼匪被剿窜逃省，围已解，各路兵勇沿途截杀分追，恭祈圣鉴事。"随后，折子便开始叙述八十几天与太平军激战的大体经过，开列了督战的江西巡抚罗绕典，开列了革抚骆秉章，又开列了及时增援的广西提督向荣、总兵和春以及永绥协副将瞿腾龙、永绥把总邓绍英、四川参将张协忠、沅州外委罗宏典等人如何杀敌奋勇，单单不提湖南提督鲍起豹，仿佛湖南原本就没有鲍起豹这个人。

张亮基想了想，提笔在罗宏典的后面加了"鲍起豹"三个字，然后便在下方写了"照缮"二字。折子很快由缮写师爷誊写清楚鸣炮拜发。

衙门里的这名缮写师爷偏偏是鲍起豹的一个表亲，论辈分，是鲍起豹的一个侄子，原名叫鲍玉福，后经张亮基改名叫做鲍玉升。为身边的使唤人起个吉祥名字是当时各衙门盛行的风气，衙门里的许多人都是后改的名字。

鲍玉升先为骆秉章誊写私信及一般函件，因字迹工整、秀美，张亮基便单着他誊抄奏稿，衙门里的几名起稿师爷的笔迹他都认得，骆秉章和张亮基二人的笔迹他也是再熟悉不过。他拿到这个折子后，见笔迹生疏，便猜出是左宗棠的手笔，誊的时候就格外认真。誊着誊着，鲍玉升忽然有些愤怒了，像防守长沙这么大的一个功劳，折子里竟没有把湖南提督鲍起豹列在首位！而列在后面的"鲍起豹"三个字，又明显是张亮基发现有什么不妥后补加上去的。

鲍玉升当时便把自己发现的这个情况报告给了鲍起豹。

一日早饭后，张亮基把向荣、罗绕典、鲍起豹、骆秉章等人请进衙门大厅，商计收复郴州之事；左宗棠以师爷身份也坐在张亮基的身边，一边喝茶，一边听几位大员讲话。

张亮基当先讲道："长毛转攻汉口，此时当是收复郴州的大好时机。本部院以为，趁现在向军门在这里，再加上各县的团练，一举收复郴州，应该是胜算的事。鲍军门，你可率提标军七营攻打郴州的正门，骆大人随行作监军；罗抚台和向军门分取郴州东西二门，后门可把各县的团练调上去，一作接应，同时也可趁长毛出城时截杀，以逸待劳。各位以为如何？”

向荣道：“抚台容禀。汉口激战正酣，本提督恐有旨下来转援汉口，不能按大人的吩咐去取郴州。何况，此时天气正热，本提督兵勇经长途奔袭，已疲劳过甚，亦需整军休养一下。”

张亮基见向荣说得有理有据，只好道：“向军门所言甚是，是本部院收城心切，思虑不周。对郴州用兵的事，本部院重新计议就是。”

向荣起身道：“抚台若无其他吩咐，本提就先走一步。本提督还有一事禀告，望抚台能尽快给予答复。粮台已向本提督多次告急，称饷粮即将不继，不知抚台大人何时才能把粮饷交付大营？本提的五千人马，不能饿肚皮呀！”

张亮基沉吟了一下，苦笑着说道：“向军门莫急，本部院已打发了十几人去各县催饷催粮，估计这一两日就有着落。向军门从广西直打到湖南，经历无数场恶战，本部院怎么忍心让将士饿肚皮呢？向军门且先回营歇息，等催饷粮的人回来，本部院自会告知于你。向军门，本部院就不送你了！”

向荣冲在座的各位依礼点了点头，便大步走出去。

张亮基小声对左宗棠说道：“季高啊，如果不行，你明日到湘乡、湘阴二县走一趟吧，这饷粮再拖下去，军心就要不稳了！”

左宗棠碍于罗绕典在场，本想说句什么，但张了几次口都把想说的话咽了下去。依当时大清国发布的讨贼圣谕，官军剿贼，剿到哪个省，粮饷便由哪个省供给。江西巡抚罗绕典是被太平军打出江西后才率麾下各营一路狂奔到湖南，向荣也是在广西连遭重创后才提军跑到了这里。

罗绕典毕竟参与了防守长沙，也确在湖南和太平军干了几仗，张亮基供其粮饷还心甘情愿。而向荣在湖南并未与太平军交手，尽管洪秀全撤围攻长沙之兵转攻汉口与他的到来有关，但却是惧其势而非惧其力。

张亮基来到湖南，最感头痛的还不是与太平军作战，反倒是这没完没了的索粮要饷。

鲍起豹这时站起身来说道：“抚台大人，下官有几句话已在心里憋了多日，不知当不当讲。”

张亮基见鲍起豹虎着脸，不知发生了什么事，忙笑道：“鲍军门有话但讲无妨。收复郴州，还要靠军门来主持大计呢！”

鲍起豹先冷笑一声，随后说道：“抚台大人，下官想请大人说句公道话，守护长沙，下官是有功还是无功？”

张亮基道：“鲍军门说的这是哪里话？长沙能防守成功，没被长毛攻破，靠的不全是在座的各位吗？没有各位大人同舟共济，我们能坐在这里喝茶吗？”

鲍起豹点一下头，却忽然抬起右手一指正在埋头喝茶的左宗棠道：“下官想请教左师爷一句，此次长沙报捷，左师爷替大人起的奏稿，却为何不提我半个字呢？”

左宗棠全身一抖。张亮基闻言先是一愣，忙起身道：“鲍军门，你这话却是从何说起？此次防守长沙功成，本部院确是委左师爷起的奏稿，你老弟怎么知道上面没有开列你的大名呢？鲍军门哪，你没有见到奏稿，可不能妄加猜度啊。”

鲍起豹不依不饶道：“抚台容禀，下官若不知实情，岂敢在此胡言乱语？左师爷，本提没有冤枉你吧？”

左宗棠呼地站起身来，瞪着双眼对鲍起豹说道：“军门大人，您老说得不错，山人在为抚台大人起稿时，的确没有把您老的大名列在上面。山人以为，湖南提标是主军，防守省城是职分，没有必要单独开列功绩。”

鲍起豹大叫道：“抚台大人，您老听听，这左师爷的嘴里在说些什么！左师爷，你为什么这么做？你今天不把话说清楚，我就要把这官司打到两江程制台那里去！”

左宗棠冷笑道：“鲍军门，我这样做自有我的道理！您老想知道为什么吗？一、您老是湖南的提督，防守省城，是提督的职分。不能剿匪安民，国家设绿营干什么呢？要您这提督又干什么呢？二、不错，此次防守省城，您麾下的几营提标的确出了大力，但若无罗抚台的人马相助，没骆大人这个监军日夜操劳，没有全城百姓的加入，这长沙城守得住吗？还有抚台大人派到四乡八村筹饷筹粮的人。试问，这些人的功劳哪个比您小？山人说句您不爱听的话，朝廷放您来做这个湖南的提督，到任以来，干过几件大事？立过什么战功？您老心里不会不清楚吧？”

左宗棠的这后一句话，登时把鲍起豹气得浑身乱抖起来，他到任至今，除了湖广总督，还没有谁敢这样同他讲话。他用手指着左宗棠，一连说出四个“你”字来。

张亮基赶忙笑道：“鲍军门，你先下去歇一歇。左师爷是个口无遮拦的人，他并不是成心要气你。”

鲍起豹这时说道：“抚台大人您老听听，本提督在左师爷的眼里还是朝廷命官吗？抚台大人，烦您老赶快给上头上个折子，我这湖南提督是不能再干了！一个文案师爷都可以不把我放在眼里，本提督还怎么指挥千军万马！”

鲍起豹话毕，也不等张亮基讲话，冲着张亮基便行一礼，又回头对着罗绕典、骆秉章二人拱了拱手，然后大步走将出去。张亮基无可奈何地挥了挥手。罗绕典、骆秉章等人只得施礼退出。房里转眼只剩了张亮基、左宗棠二人。

张亮基重重地叹了一口气，说道：“季高啊，你老弟这个脾气！咳！你可能还不知道，这个鲍起豹敢在本部院面前指手画脚，是因为他与程制军是儿女亲家呀。这件事啊，鲍起豹肯定要到程制军那里去搬弄你老弟的是非。这个玉升啊，他净给本部院添乱！”

左宗棠想了想，忽然说道：“抚台大人，山人想向您老打听一个人，不知大人是否知道。您听说过杨昌浚吗？”

“杨昌浚？”张亮基一愣，随后摇了摇头，道，“本部院刚到长沙时恍惚听人说起过，本部院没有往心里去。这杨昌浚又是何许人？能入你老弟法眼的可不多呀！”

左宗棠笑了笑，答道：“大人就不要谬夸山人了。说起来，这杨昌浚还真非等闲之辈。他眼下虽是湘乡的一名附生，却精通兵学，又擅长书法，一手蝇头小楷，清秀无比，堪称湖广书界一等一的楷书大家。让杨昌浚来为大人誊写折稿，那真是再合适不过，不知比玉升强上多少倍。大人以为如何？”

张亮基苦笑一声道：“季高啊，你老弟绕来绕去，却原来是想把玉升赶走啊。这却使不得！何也？一、这玉升乃鲍起豹所荐。鲍起豹是湖南提督，这湖南的军事，还要靠他来维持，本部院此时不能得罪于他。二、鲍起豹与程制军是亲家，本部院可以不买他姓鲍的账，却不能不给程制军面子啊。何况，你老弟刚与鲍军门闹了意气，本部院这里就把玉升赶走，不仅你左季高以后不好在衙门存身，本部院同鲍起豹也不好共事不是？季高啊，你这脾气呀，今后也要改一改。不管怎么说，鲍起豹也是朝廷钦命的湖南提督啊！圣人云：‘小不忍则乱大谋。’又云：‘躬自厚而薄责于人，则远怨矣。’季高啊，大敌当前，长沙虽眼前解围，长毛却随时都会反扑。明儿，本部院单在签押房摆上一桌酒，单请你与鲍军门两个。你们两个是本部院的左膀右臂，缺谁都不行啊！”

左宗棠正要讲话，门外忽然响起“总督衙门公文到”的喊声，随后走进一名送公文的差官。差官施礼毕，便递上一份密封公文。张亮基急忙接过匆匆签了回单。差官走出去后，左宗棠也急忙离案，想回房去。

张亮基忙摆摆手，道：“季高啊，你先坐着喝茶，等本部院看过公文，还有话同你讲。”

左宗棠只好再次坐下，端起茶碗品起茶来。张亮基快速剪开封袋，抽出公文看起来。

张亮基的脸色渐渐阴沉，他抬起头，说道：“季高，武昌昨夜被长毛攻破，守城官军死伤大半，程制军下落不明，估计凶多吉少。咳，湖广是彻底烂了！这个洪秀全，他怎么就单单咬住湖广不放呢？”

左宗棠喃喃道：“照此说来，长沙又要有大的战事了！抚台大人，您是怎么打算的？长毛夺了武昌，必定二次夺我长沙！”

张亮基沉思着说道：“季高，你现在就起个稿，本部院除了请求朝廷增兵外，实在想不出更好的办法了！看看能不能把向荣留下来。向荣从广西一路杀来，身经百战，他若能留下来，长沙或许能逃过此次劫难。季高，你以为呢？”

左宗棠想了想道：“大人所言甚是。但山人大胆以为，若朝廷不肯让向军门留下来又当如何呢？”

张亮基沉吟着说道：“本部院也想到了这层，可除此以外，又能怎么办呢？如果武昌不破，长毛或许能退出湖广。如今武昌已落敌手，长毛岂能放过长沙？季高，你有什么好主意？”

左宗棠道：“大人，山人以为，眼下有三条路可同时走。第一条路，上奏朝廷请派援兵；第二条路，调各县团练于省城加强长沙守势，以防长毛突然袭击；第三条路，抓紧筹粮，可以派人赴外省去购运，一定要在长沙筹备到可供官兵半年所用的粮草。”

张亮基点一下头表示赞许，随后又说道：“季高，你起完奏稿，顺便给湘乡杨昌浚写封信。本部院主意已定，请他做案上誊稿师爷。”

左宗棠笑问了一句：“抚台大人，玉升可是鲍军门所荐，而鲍军门与程制军可是儿女亲家呀！您可要想清楚啊！”

张亮基摇头笑道：“季高啊，你就不要拿这事打趣老哥了。武昌失守，不管程矞采是死是活，他都做不成湖广总督了！你若不信，就等着看圣旨好了。”

不按规矩办事

当天下来，左宗棠先替张亮基起了请派援兵助守长沙的奏稿，又给杨昌浚急函一封，同时给白水洞的妻妾各写了一封家信；家信当日由衙门亲兵送走。

左宗棠在写奏稿的时候，脑海里忽然想起了胡林翼。左宗棠想，胡林翼之才胜向荣十倍，与其奏留向荣，不如奏调胡林翼。胡林翼懂兵事，又与张亮基熟悉。胡林翼来长沙，不仅少了张亮基的掣肘之虞，自己身边也多个知音。

左宗棠是个急性子的人，想到哪儿便做到哪儿，他当下把起了一半的奏稿放下，起身便到签押房来见张亮基。

张亮基偏巧到城外向荣大营去与向荣商量事情去了，他便让人备轿，也急火火地赶往向荣大营。两个人在城门口相逢。

左宗棠下轿，三步并作两步走到张亮基的轿前，抱拳说道：“山人找大人找得好苦！”

张亮基一见左宗棠一脸汗水的样子，以为城内出了什么大事，急忙下轿问道：“季高，出了什么事？把你急成这样？”

左宗棠道：“大人，您与向军门谈得如何？”

张亮基道：“向荣这个老滑头，他抵死不肯留下来。看样子，奏留向荣这件事，还须重新计议。”

左宗棠忙道：“大人，您可还记得胡润芝？”

张亮基一愣，随口说一句：“你是说黎平知府胡林翼？你快说，润芝他怎么了？”

左宗棠跨前一步道："大人且莫心急，容我慢慢道来。据在下所知，胡润芝颇懂兵事，很会练勇。他在黎平知府任所，练成勇丁六百，在境内平叛很是得力。大人做过云贵总督，不知这传闻虚也不虚？"

张亮基道："胡林翼是云贵一等一的能员，此传闻不虚。季高，你究竟要说什么？莫非劝本部院将胡林翼奏调来此吗？"

左宗棠道："大人容禀。奏留向荣是短局，将胡林翼奏调来，乃长远之计。有胡林翼这样的人在大人身边办事，不是强过向荣百倍吗？"

张亮基笑道："季高啊，难道你就是为了这件事来找本部院的？"

左宗棠瞪大眼睛道："大人，您以为这件事是小事吗？"

张亮基一拉左宗棠的衣袖道："好了，你还是赶快上轿吧。奏调胡润芝这件事本部院同意就是了。对了，还有一件事本部院要先给你透个风。在上次奏折里面，本部院加了个保举片。本部院保举你七品顶戴，圣旨估计这几日就该到了。"

左宗棠闻言一愣，说道："山人自来长沙，未立寸功……"

张亮基道："没有你老弟，这长沙早易敌手了！"

很快，由左宗棠起稿、张亮基奏调黎平知府胡林翼带勇助援长沙的折子十万火急送往京师。几乎与此同时，一篇由京师飞递过来的通报武昌失守的圣谕也飞速来到巡抚衙门。

圣谕首先通报了武昌失守、湖广总督程矞采下落不明，随后又道："湖广总督暂着两广总督徐广缙先行署理。着徐广缙速赴长沙，全同钦差大臣赛尚阿、湖南巡抚张亮基、署江西巡抚罗绕典、湖南前巡抚骆秉章、广西提督向荣、湖南提督鲍起豹等会商收复武昌事宜。钦此。"

送走传旨差官，张亮基当着骆秉章、罗绕典、向荣的面，气愤地骂道："这也不知是谁给皇上出的馊主意！广州距长沙千里之遥，让徐广缙来任湖广总督，要等何年何月他才能到任？"

罗绕典这时道："上头把徐制军放到湖广，还不是因为徐制军手里有一万精兵吗？上头现在看重的是兵而不是人！"

向荣道："罗抚台这话不假，卑职也有同感！"

这话不久传进左宗棠的耳中，左宗棠知道张亮基是为自己没有坐上湖广总督的位置而讲出的气话。左宗棠私下感叹道："如此国事，如此官员，奈何！"

左宗棠不由心生一丝灰灰的退隐之念，很是后悔自己出山。越十日，圣旨再次来到长沙巡抚衙门。

旨曰："张亮基、罗绕典等奏，官兵连日围剿贼匪，使贼匪败退，并请将出力员弁先行奖励，开单呈览一折。此次贼匪暗用地雷、开花火炮，连扑省城。经张亮基、罗绕典、骆秉章、鲍起豹等督饬官兵，杀毙多名，迭获胜仗，剿办尚属认真，所有战守出力各员，自应量予恩施。提督衔总兵和春，交部优叙。运同衔署善化县事、浏阳县知县王葆生，着赏戴花翎，以同知升用。长沙县知县陈丕业，着交部从优议叙。军功蓝翎、湖南即补县丞、补缺后以应升之缺升用杨恩绶，着免补本班，以知县补用。前任江西莲花厅照磨、卓异候升县丞萧胜远，着以县丞遇缺即选，并赏戴六品翎顶。云南楚雄协副将邓绍良，着赏加总兵衔。贵州清江协右营都司金玉贵，着以游击尽先补用。四川阜和营都司周兆熊，着赏戴花翎……钦此。"

圣谕宣读完毕，受赏官员无不欢天喜地，独张亮基脸呈惊愕之色，左宗棠心生疑惑之念。

张亮基为左宗棠上的是夹单密保，照理是无论如何都应该恩准的。张亮基想象不出什么地方出了岔子。

当晚，张亮基把左宗棠单传进密室里，说道："季高，你可不要怀疑老哥诳你，老哥是千真万确为你上了密保的。这件事，你我都不要声张，本部院要好好地查一查。照理，督抚的折子都要经军机处上报。本部院明儿就给军机处的同年章京写个信过去。本部院为官几十年，这样的事情还第一次遇见。"

左宗棠沉吟着说道："抚台大人，在下能够从白水洞来到巡抚衙门，原本就不求什么高官厚禄，只为报大人的知遇之恩。古人云：'士为知己者死。'这件事，大人就不要劳神去查了。就算查，也不会查出什么结果的。山人敢肯定地说，大人为山人上的这个夹单密保，恐怕都没有走出巡抚衙门。上头没有看到密保，怎么能恩准大人的所请呢？大人想想是不是这个理儿？"

张亮基愣了许久才道："是了！折子拜发前，是玉升替本部院打的封签，肯定是这个乌龟王八蛋做的手脚！看样子，以后拜发折子，封签总要本部院亲自动手才能确保不出差错！不过，这件事本部院还是要查一查，总要给老弟一个说法不是？”

左宗棠微微一笑道：“大人能有这个心，在下就已经很知足了。至于查出的结果如何，在山人看来，都是一样的。大人若无其他的事，山人就告辞回房了。”

张亮基默默点了一下头，左宗棠施礼退出房去。望着左宗棠的背影，张亮基忽然苦笑一声，说道：“这个左季高，天生不是个做官的料！可惜了这个人！”

依照常理，密保单出了差错，上奏的人追究也可，不追究也可，对密保的人来说，都应该对上宪的保举表示出感恩戴德的姿态，起码要跪地叩头，还要称颂一句“沐恩”才行。但左宗棠偏偏不按官场的规矩办事，这就不能不让久历官场的张亮基心生感慨了。

左宗棠进了杨昌浚的办事房，杨昌浚正在灯下看书。

听到门响，杨昌浚抬起头来，见是左宗棠，便忙把书放下，起身说道：“左三爷。”

左宗棠笑了笑，用手摸着胡子说道：“石泉，灯下观书，要不要给你找个红袖添香的人哪？”

石泉是杨昌浚的字。杨昌浚忙把炕上的行李往后推了推，便拉着左宗棠坐下，笑道：“莫非三爷想做添香的人？”

左宗棠哈哈笑道：“山人老了，又是个男的！石泉进衙门这几天，还习惯吗？”

杨昌浚给左宗棠斟上一杯茶，道：“书办书办，写字吃饭，冻不死，饿不着。三爷，长毛已经攻破武昌许多天了，怎么还对长沙没有动静呢？长毛下一个目标究竟是不是长沙呀？”

左宗棠端起茶杯喝了一口，说道：“长毛当中也有懂兵事的。现在，向荣率队已围向武昌，朝廷又从各省征调了两万余人伺机收复武昌。徐制军率麾下九千人，正一程一程地往这里赶。长毛若此时对长沙下手，不仅长沙攻不下，连到手的武昌也要再次还给官军。山人推断，洪秀全也在大量调兵，他早晚要对长沙下手，只是还没有找到官军的破绽罢了。对了石泉，你在湘乡同着罗山搞团练，依你看，这团练究竟顶用不顶用？”

杨昌浚苦笑一声道："三爷不问，我还想找个空子同三爷讲一讲呢。这团练哪，其实一点儿用处都没有。三爷知道百姓怎么说这团练吗？团练团练，手里的家伙七长八短，没上战场又呼又喊，要粮要钱；打起仗来丢人现眼、又跑又颠！听听，这就是我大清国时下正倡办的团练哪！三爷呀，您是抚台眼前的红人，您老就进上一言。这团练哪，不办也罢。劳民伤财不说，还容易起祸水。"

左宗棠愣怔了许久才喃喃说道："怎么会这样呢？上次在北门修碉堡用的就是各县的团练哪！"

杨昌浚道："三爷，您老熟读兵书，修碉堡和上阵杀敌能同日而语吗？上次在省城修碉堡，团练充当的其实是长夫的角色。朝廷想依靠团练剿贼，肯定要误事，您老不信就走着瞧。"

左宗棠没有言语，默默地拿起茶杯，边喝茶，边沉思起来。

是年九月，左宗棠从暗探口中得知，太平军的一支军队由武昌即将起程，是向江宁大营运送粮草的，于是向张亮基提出劫粮建议。

张亮基采纳建议，全权委任左宗棠办理此事。左宗棠于是带五营抚标军，乔装成太平军模样，在傍晚时分向武昌进发。

左宗棠率军经过十几个昼夜的急行，终与太平军粮草车队相逢于一处山坡之上，旋发起攻击。

太平军未加防备，死伤大半，丢下粮车败退武昌。

左宗棠着军兵押着粮车由间道高奏凯歌返回长沙。

这是左宗棠出山以来首次统军作战，不期竟大获全胜，长沙军民无不称奇。此役，也奠定了左宗棠湖南巡抚衙门第一幕僚的地位。

左宗棠回城的当晚，张亮基连夜上奏朝廷，为此役出力员弁请功，并再次单片密保左宗棠。折子秘密拜发，左宗棠并不知道。张亮基要给左宗棠一个意外的惊喜。

第一次升迁

是年十一月二十九日，诏授湘乡在籍丁忧侍郎曾国藩为湖南团练大臣，帮同办理湖南军务。

张亮基于是调罗泽南、王鑫、罗信南所练湘乡、湘阴、湘潭三县团丁一千二百人到省城防守，交曾国藩约束训练。曾国藩原本一介文官，刚到长沙时对办理团练是缺乏信心的，后在左宗棠与丁忧翰林郭嵩焘的反复陈说下，始才安下心来。

曾国藩，字伯涵，号涤生，是道光十八年（公元1838年）殿试三甲进士。因朝考一等第三名，被道光皇帝破格钦点为翰林院庶吉士。庶常散馆，又因答对明白而实授翰林院从七品检讨。从此开始一路升迁。

咸丰三年（公元1853年）正月初一，湖南巡抚衙门正在欢度大年的第一天，圣旨偏偏在这时飞递进巡抚衙门：照张亮基所奏，左宗棠因“防守湖南有功”、“劫匪贼粮草筹划得当”，着赏七品顶戴以知县用，并加恩赏加同知衔。其他员弁也论功得赏，无一遗漏。

不想步人官场的左宗棠最终还是凭自己的所学迈进了官场。

几乎就在左宗棠接旨的同时，署湖广总督徐广缙在赶往长沙的途中，突然遭遇太平军拦截。经太平军奋力冲杀，徐广缙所率兵勇死伤大半。徐广缙率残部拼死突出包围圈，一路狂奔。太平军穷追不舍。

正月十二，圣旨飞递湖南巡抚衙门：“徐广缙剿匪不力，被革职留营效力；湖广总督暂着张亮基署理；湖南巡抚暂着布政使潘铎署理；湖北巡抚暂着骆秉章署理。”圣旨最后严命张亮基“会同革督徐广缙、广西提督向荣等，统带各部兵勇，克期收复武昌，荡平境内股匪”。

骆秉章终于再度崛起。骆秉章也是个老官场，是湖南署理巡抚张亮基的前任。骆秉章为广东花县人，原名俊，以字行，改字吁门，号儒斋。出身两榜，做过翰林院编修、侍讲学士，后外放贵州出任地方官，一直熬到道光三十年（公元1850年）才坐到贵州布政使的位置上。考虑到广西与湖南相邻，为防太平军打进湖南，刚刚即位的咸丰帝未及骆秉章把贵州布政使的椅子坐热，便把他升调至湖南出任巡抚。

也是骆秉章时运不济，他前脚迈进长沙，刚把巡抚关防拿到手，萧朝贵后脚就带着太平军先锋部队嗷嗷叫着进入湖南，几天光景就把道州攻破。

消息传进京城，咸丰帝一怒之下将他革职逮京问罪。后来一想又发现不妥，因为太平军毕竟不是骆秉章请进湖南的。于是又紧急下旨，命其留营戴罪立功。

张亮基到长沙后，经过调查，发现骆秉章进长沙和太平军进道州几乎是同一时间。他把这件事如实奏了上去。咸丰帝读完张亮基的折子，想也没想就发出一旨："赏骆秉章二品顶戴帮办湖南军务。"算是给了骆秉章一个安慰。

左宗棠顶戴官服带着杨昌浚等一应衙门幕僚来向张亮基道喜。

张亮基却苦着脸说道："武昌现被长毛占据，湖广总督连个衙门都没有。现在的湖广总督，分明是个刚出锅的山芋，扔了可惜，拿着烫手！季高，你是活诸葛。你说说看，本部堂应该怎么办才好？"

左宗棠捻须笑道："制军大人，下官经过反复思虑，大人此次虽然接了个烫手的山芋，但还是有几步活棋可走的！"

张亮基忙道："季高，你快说说看。本部堂可不想蹈徐广缙的覆辙呀！"部堂是总督的自称，因晚清的总督都例兼兵部尚书，尚书和侍郎都是一部堂官。总督的自称自然就要有别于巡抚，证明总督大于巡抚。

杨昌浚接口道："是啊，说起来也真是不可思议。徐大人从升署湖广总督到现在不过三个月的光景，他连总督衙门的辕门还没摸着呢，就被革职留营了，咳！"

左宗棠道："制军大人容禀，大人的第一步棋，是要调一个人。只要这个人来到大人的身边，武昌就有收复的希望。"

张亮基忙问一句："这个人是谁？"

左宗棠答道："这个人武举出身，以练勇起家，曾做过陕西候补知府，现在正在新宁丁忧守孝。"

张亮基接口道："季高，你是说奏请起复江忠源？"

左宗棠道："大人，江忠源的楚勇现都归钦差大臣赛尚阿调遣。只要朝廷起复江忠源，江忠源不仅很快能为大人募起一支新勇，还能把留在赛相身边的楚勇拉过来。江忠源作战勇猛，长毛闻之无不胆寒。只要江忠源一站出来，大人眼前这盘棋可就全活了！大人以为如何？”

张亮基沉思了一下，缓缓说道：“季高啊，江忠源这个人本部堂知道，防守长沙他是立有大功的。可惜长毛从长沙撤围，他跟手便回籍丁忧了。江忠源是个忠孝两全的节烈汉子。本部堂不担心别样，只是担心他不肯舍孝出山哪！”

左宗棠道：“大人只管上奏朝廷，江忠源那里，由下官去说服。不错，江忠源一贯讲究忠孝两全，但他更识大体。下官推算，只要朝廷准许起复江忠源，江忠源就一定能舍孝出山，重上沙场！”

张亮基笑着击案道：“好！就依你所言。你适才不是说还有几步棋吗？你一一讲来！”

左宗棠道：“第二步棋，是大人立即遣一队人马速去救徐广缙徐大人。只要徐大人的人马能赶过来，大人收复武昌的人马就会增加三到五千人。这件事刻不容缓，大人今晚就须调兵遣将，一定要抢在长毛的前头把徐大人的人马救出来。第三步棋，此次收复武昌，大人不可单独行动，一定要与赛相国、向军门等几路人马会合之后同时行动，用重兵逼迫长毛放弃武昌。大人以为如何？”

张亮基苦笑一声道：“这件事说起来极其容易，当真做起来，却千难万难。赛尚阿是以大学士之高位领钦差大臣，说穿了，他老是替皇上来湖广督军的。向荣是广西提督，除了皇上的话他肯听，其他的人，他根本就不放在眼里。本部堂与他合兵一处，他肯吗？季高啊，依本部堂看，你指的这三条路，这最后一条路是走不通的。等江忠源和徐广缙到了长沙之后，再说吧。”

这时，鲍起豹带着和春、张国梁等人也来向张亮基道喜。左宗棠不想看鲍起豹的脸子，只好同着众幕僚退出签押房。

左宗棠为什么让张亮基奏调江忠源呢？

江忠源，字常孺，号岷樵，与左宗棠、罗泽南、杨昌浚是至交。江忠源中举的当年，湖南新宁雷再浩聚众起义。江忠源于是自募六百名团练，配合当地官军围剿雷再浩，功成，授知县，分发浙江秀水、丽水任职。太平天国成立后，各地义军纷起，江忠源于是回籍再次募勇，后奉旨率勇到广西跟随赛尚阿与太平军作战，因功擢同知，升知府，分发陕西候补，旋丁忧回籍。在当时的大清国，江忠源是举国公认最会办团练的人，也是办团练最成功的人。

试想，军兴时期，左宗棠不举荐这样的人，还能举荐谁呢？

为能使江忠源出山，就在张亮基上奏朝廷起复丁忧知府江忠源帮办军务的折子拜发不久，左宗棠又亲自走了一趟新宁，凭三寸不烂之舌，力劝江忠源舍孝报国。说服江忠源后，左宗棠又转道长沙郊外去看望了一下正在全力练勇的曾国藩。

左宗棠与这位曾侍郎也是至交，左宗棠最后一次进京会试，还在曾府住过几日。

左宗棠在曾国藩的大营逗留了一天，用过晚饭才回到巡抚衙门。

朝廷很快照准张亮基所请，让张亮基向江忠源转达圣谕："赏江忠源四品顶戴，以道员用，准张亮基将其带赴湖北差遣委用。钦此。"

江忠源接旨的当天即带着两名下人来长沙向张亮基禀到。

江忠源到长沙不一刻，已革总督徐广缙带着三千残兵败将也来到长沙城下。

张亮基于是将骆秉章、罗绕典、潘铎、鲍起豹等人召集到一起，同着江忠源、徐广缙一道，会商起收复武昌的大计来。

会前，张亮基生怕心直口快的左宗棠再与鲍起豹发生冲突，于是单给左宗棠十天的假期，回白水洞看视家小。

左宗棠于是差人特邀郭嵩焘一同到白水洞去逍遥。

傍晚时分，左宗棠换上便装，带上两名仆役，悄悄离开长沙城。

他此时虽然已是官身，但他不想过分招摇，因为在他的心目中，七品候补知县根本就算不得什么官员，亦非炫耀的资本。

听说夫君回来了，周诒端让丫环扶着自己赶出府门来迎，对着左宗棠说："昨晚，灯花乱跳，奴婢就知道今儿得有喜事临门，老爷可不就回来了？"说完，又忙不迭地让下人打开中门，迎接老爷，又打发丫环去请张氏。

左宗棠同着周诒端到书房刚刚落座，侍妾张氏便在丫环的搀扶下赶了过来。一见左宗棠的面，张氏便道："老爷升了官，贱妾可是等着老爷的赏钱呢！姐姐，贱妾说得对不对？”

诒端笑道：“是啊，老爷下山不到半年，就捧回个七品的县太爷回来，湘潭的一家大小，怕也等着喜酒喝呢！老爷，就着您这次回来，摆上几桌吧？不能冷了咱们的心哪！”

左宗棠哈哈笑道：“七品知县，还是个候补的，芝麻绿豆大的官儿，算什么喜？你们不要在这里胡搅蛮缠，快让人打扫出一间房来，收拾干净，给筠仙住。筠仙到了以后，我们还有军国大事需要商议呢！”

听了这话，夫人心下虽有些不愿意，但还是笑着答应了一声，同着张氏扶着丫环走出去。

左宗棠到家的午后，郭嵩焘也来到了白水洞。

以后的几天当中，当世的两位奇才，在书房里，或是在山间小路上，开始交流起对时局的看法以及练兵、制械、外交等事。

郭嵩焘在白水洞左府住了九天，左宗棠与郭嵩焘谈了九天。

左宗棠假满后，两个人一同下山。

左宗棠径赴长沙，郭嵩焘则回了曾国藩大营。郭嵩焘眼下正帮着曾国藩练勇，主持募饷筹粮等事，甚是忙碌。

第二章
乱说话却帮了领导大忙

天赐良机

左宗棠回到长沙的五日后，张亮基率骆秉章、徐广缙等各军移出长沙城外，开始向武昌靠拢。

左宗棠随行差委，书办杨昌浚则留在湖南巡抚衙门继续做他的书办。江忠源已回新宁去招募新勇，江忠源的旧部，此时已陆续从赛尚阿的军中划出，归到张亮基的麾下。张亮基此时拥有军兵近六千人。

在途中，张亮基对左宗棠说道："季高啊，本部堂麾下名义上有六千人，其实，能调动的不过只三千罢了。徐广缙手里的三千兵勇，除了他自己，谁也休想调得动啊！"

左宗棠笑道："徐大人是革督，圣旨已明令他老留营差遣，连徐大人都归您老差遣，他帐下的兵勇怎敢不听差遣呢？"

张亮基苦笑数声，却话锋一转道："季高啊，你回白水洞的时候，本部堂给上头递了个八百里加急，想把徐广缙调进京师去。你说，上头能准吗？"

左宗棠一愣，随口说道："制军大人，此时武昌未复，湖北大半州县未克，正是用人之际啊，您此时不该上这个折子啊！就算此时皇上有心想把徐大人逮进京师问罪，您老也该上折奏请徐大人留营才对啊！"

张亮基长叹一口气道："季高啊，做官和做人不一样啊！有徐广缙在本部堂的身边，本部堂总是睡不安稳啊！本部堂有本部堂的苦衷啊！"左宗棠眼望着一脸憔悴的张亮基，一时不知说什么才好。

越两日，圣旨递进军营。张亮基急忙让人摆案设香，然后便同着骆秉章、徐广缙二人面北跪倒，恭听圣谕。

谕曰："已革两广总督署理湖广总督徐广缙着革去署任，即行拿问，由张亮基派员解交刑部问罪。钦此。"

差官宣旨毕，将圣旨双手递到张亮基的手里，说道："请张大人按旨行事吧。"

张亮基起身，冲着徐广缙点了一下头。徐广缙的双眼明显一红，很不情愿地自动摘下顶戴，解下上赏军刀。

张亮基双手接过顶戴和军刀，叹口气道："咳，这都是长毛闹的！仲升啊，你一路多保重吧，本部堂准备让湖南候补知县师鸣凤、湖南提标守备滕代麟二人护送你进京。"

徐广缙口里说一句"罪臣随时准备起程"，便默默地走出大帐。

当晚，左宗棠把自己关进营帐里，一个人喝起了闷酒，直喝到酩酊大醉才休。

徐广缙被张亮基差人送走不过五日，钦差大臣赛尚阿、广西提督向荣等部也奉旨向武昌靠拢过来。

张亮基怕头功被赛尚阿、向荣二人夺去，于是密令骆秉章，率徐广缙所遗三千部众，连夜向武昌疾驰。

左宗棠闻讯大惊，急忙来见张亮基。张亮基正坐在房里喝茶。

施礼毕，左宗棠说道："制军大人，下官听说，大人已派骆中丞率军先期向武昌疾进，可是真的？"

张亮基笑道："季高，你先坐下喝杯茶，来人，给左令沏新茶出来！"外面有人答应一声。

左宗棠急道："大人，情况紧急，有些话要是不太好听，你就当下官是在胡乱说话吧——据下官所知，长毛在武昌屯兵过万，城外又扎有四个大营，估计也有五六千人。骆中丞孤军急进，太过冒险啦！我们现在人数仅只六千，加上赛相国、向军门也不过一万余众！"

张亮基摆摆手说道："季高，你说的这些本部堂也想过。但本部堂以为，赛相国与向荣同时向武昌行进，武昌的长毛不会不知道。他肯待在武昌城里等着我们来打吗？

“本部堂虽是读圣人书长大的，但近几年还是读过几本兵书的。兵书云：‘兵者，诡道也。’本部堂让骆抚台先进，就是要把武昌城里的长毛引出来。只要长毛与骆抚台交上手，赛相国与向荣两个就不会坐视不理。他们三个与长毛杀在一处，我们正可乘虚收复武昌。只要能收复武昌，就算骆抚台带去的三千人全部战死也值啊！”

这时，侍卫端茶进来摆在左宗棠的面前。

侍卫退出去后，张亮基又道：“季高，本部堂此计你也没有料到吧？”张亮基的一番话，直把个左宗棠说得心惊肉跳、冷汗淋漓。

左宗棠沉吟着问道：“制军大人，您想没想过，若长毛知道骆中丞是离开大营单进，结局会怎么样？长毛若派出重兵半路将骆中丞围住，反过来，又扑向我们，然后再直奔长沙……”

张亮基先是一愣，犹豫着说道：“长毛发兵来围骆抚台，赛相国和向荣肯定发兵来救。”

左宗棠急问一句：“制军大人，骆中丞率部离营您老并没有预先知会赛、向二位大人，您怎么能断定二位大人能及时发兵去救呢？设若不救又当如何呢？”

张亮基愣了许久，终于一击桌案道：“季高，经你这么一说，本部堂此次单着骆吁门独进是过于唐突了，但骆吁门已走了一夜，估计离大营当在五十里开外。本部堂现在就派快马去追，晓谕骆吁门暂停前进，就地扎营等候，如何？”

左宗棠道：“大人，派快马传令自是必然，但大人还要连夜拔营快速去追赶，我与骆抚两营相隔只能在五里左右，超过十里，都有风险。我们两军合起来才六千人，势单力孤，无法迎战人数众多的长毛啊！”

张亮基把茶杯一推，道：“好，就依你言，快马传令的同时，大营亦连夜开拔。”

连续的几场冬雨，使湖北大地到处充满着逼人的寒气。

骆秉章率徐广缙旧部三千人刚刚行至嘉鱼一带，便和五千太平军相遇。骆秉章一面向大营的张亮基通报敌情，一面派出两匹战马急向赛尚阿、向荣求援，他自己则快速调整队形，迎战太平军。

交战不到一刻钟，从东西两面又包抄过来两路太平军人马，总数不下五千人，且装备极其精良，洋枪较多。

骆秉章大吃一惊，知道自己进了太平军预先设好的圈套，也顾不得多想，只想从包围圈中撕开一个缺口逃出去。

三路太平军却是早已抱定了吃掉他的念头，只是拼命厮杀，不留丝毫破绽给他。激战不到半个时辰，已有一千余官兵倒下。骆秉章渐渐处于只有招架之力，而无还手之功的境地。骆秉章知道，无论张亮基、赛尚阿、向荣进军的速度多么快，都无法挽回败局，也就是说，无论怎么样，他骆秉章都是死定了。

太平军开始实行切割包围，打算将这队清军逐步吃掉。骆秉章的队伍眼看着被分成七八股。

骆秉章在帅字旗下急忙传令各营，齐向帅旗靠拢，为援军的到来更多地争取些时间。但号令已无法传递出去。

正在这时，一队人马从东面山坡上呼啸而至。

骆秉章一时惊慌失措，以为是太平军加派的援军到了，不由仰天长叹一声："天亡我也！"话未说完，身边的亲兵忽然大叫道："抚台大人，是官军的旗号！"

骆秉章精神一振，定眼望去，但见来军打的果然是官军旗号：迎风飘展的帅字旗上，绣着一个斗大的"罗"字。

来人正是罗绕典。罗绕典奉旨协助张亮基收复武昌，碰巧走到了这里。罗绕典的人马虽只有三千，但他的到来，还是为骆秉章保住了一条性命。但太平军对清军援军的到来并未显出特别的惊慌，而是更加勇猛，企图想把罗绕典也一同吃掉。双方开始了极其酷烈的厮杀。

张亮基的人马终于赶了过来，不一刻，向荣率部也来到这里。太平军眼见清军越来越多，只好扯起撤字旗，向武昌退去。

张亮基正要下令安营，身边的左宗棠忙道："制军大人，此时万不能扎营！"

张亮基忙问一句："季高，官兵交战多时，又死伤大半，正可扎下营盘养一养元气，以利再战。"

左宗棠道："大人熟读兵书，应该知道兵败如山倒这个道理。长毛向武昌败逃，官军此时正可奋力追赶，武昌一气可下。此乃天赐良机，决不能错过呀！”

骆秉章想了想也道：“制军大人，左令说得对。长毛虽势大，毕竟是败逃，我们可分几路追赶，不给他喘息机会。说不准，长毛不揣虚实，当真能弃城而走呢！”

张亮基于是快速分头与罗绕典、向荣二人商议了一下，这才下令继续追敌。

不在背后说闲话

钦差大臣、大学士赛尚阿为什么没有赶过来呢？

当时，赛尚阿率部正在离长沙一百余里的一处江湾扎营。江湾出产上好的鲈鱼，赛尚阿又最爱吃鱼，到了江湾他便打定主意在这里盘扎几日，好好饱饱口福。

骆秉章求援信到的时辰正是夜半，他正在熟睡。守门的侍卫见军情紧急，只好闯进大帐报信。

偏偏这时，他正在做梦，梦见一黑人对着他的头打了一棒，他睁开双眼便看到了骆秉章的军情快报。赛尚阿越想越怕，很快便认定此去一定凶多吉少，便让侍卫传令下去，让探马分四路先去打探消息，他则仍旧钻进被窝妄想做个好梦，再计较发兵的事。

赛尚阿料定，太平军能出兵围杀骆秉章，就能围杀张亮基。赛尚阿甚而进一步推断说，太平军出兵半路围杀骆秉章，只是施行的诱兵之计罢了。等几路官军分头赶到嘉鱼，太平军有可能一瞬间由四千增到四万，把几路官军团团围住，一个一个吃掉，然后趁势攻下长沙，则湖广两省便从此改姓洪矣！赛尚阿可不能上这个当！

赛尚阿是举国公认的老狐狸，但他此次却预料错了。太平军此次不仅没有再增兵迎战，且在张亮基、罗绕典、骆秉章、向荣的一路追赶之下，不仅主动从武昌撤军，且连武昌周边的四个州县，也一起丢掉。

太平军分水陆两路，浩浩荡荡向安徽境内扑去。张亮基与骆秉章很快接管了武昌、汉阳两郡并周边州县。进城的当日，张亮基把安民等所有事宜尽交付骆秉章之手，自己则亲自动手，给朝廷拜发收复武昌的报捷折子。

张亮基的这个头功，是稳捏在荷包里了。罗绕典、向荣二人也分别回营，亦忙着起草折子叙述大概情形。左宗棠按着张亮基的差委跟随骆秉章处理善后、重修城垣等事。

站在城头上，骆秉章忽然动情地对左宗棠说道："季高啊，本部院现在能站在这里，可多亏了你呀！等安顿下来，本部院一定把你老弟请进巡抚衙门喝顿酒！"

左宗棠一愣，随后笑道："抚台大人言重了。其实，此次嘉鱼失利，也并非制军蓄意所为，实是长毛凶悍所致。要说谢，大人该谢罗抚台才对。若非罗抚台赶到，长毛也不会退得这么快！"

骆秉章冷笑一声，忽然自言自语道："有人忙着写折子给上头报喜，本部院呢，也在起草奏稿，却偏要给上头报忧。"说到此，骆秉章忽然话锋一转道："季高啊，你老弟确是我大清国难得的活诸葛呀，可你老弟的有些话，有些人并不是真听啊！"

左宗棠忙接口道："抚台大人，这里风大，我们还是到城下吧。"左宗棠话毕，当先走下城头。骆秉章笑一笑，也迈步下城。督抚不和，是当时大清国官场的通病，左宗棠不想卷入这种权力斗争之中。

张亮基进入武昌的第十日，圣旨颁下："署江西巡抚罗绕典带军征剿得力，着赏一品顶戴升署云贵总督帮办江南军务；大学士、钦差大臣赛尚阿自督军以来，连遭败绩，又拥兵坐视骆秉章被围不理，实属可恨可恼，着拔去花翎，即行革职，由张亮基派员押赴京师交刑部问罪；广西提督向荣加钦差大臣衔，督办江南军务；湖北布政使，着岳兴阿补授；湖北按察使着张集馨补授；湖北督粮道员缺，着徐丰玉补授；徐丰玉所遗黄州府知府员缺，着贾亨晋补授；湖北汉阳府知府员缺，着余舜卿补授；湖北武昌府知府员缺，着延志调补。钦此。"

接旨毕，向荣很快离开武昌，去找赛尚阿接受钦差大臣关防；罗绕典也乐呵呵地出城去大营忙着料理谢恩的事。湖广总督临时的总督衙门里，转眼就剩了张亮基、骆秉章两个人。

张亮基冷笑着对骆秉章道："本部堂料得不错的话，湖北的所有员缺，是你老弟奏请的吧？你老弟上折前，总该跟本部堂透个口风才对！

像岳兴阿，上日刚升署的湖南臬司，他因为在江西与长毛作战一直无法到任，现在更不知他在何处，你老弟却保举他为湖北的藩司，他能到任吗？他不到任，总不济藩库的事由老弟一人料理吧？还有张集馨，也不知身在何处。你老弟保举的这些人都是神龙见首不见尾的人，不是要误事吗？”

骆秉章不慌不忙答道：“制军大人容禀，下官也有下官的道理。下官是湖北的署抚，大人却是湖广的署督。大人管着湖南、湖北两省，下官却管着湖北一省。大人试想，湖北的员缺不由下官保举，上头还要下官这个署抚干什么呢？不错，岳兴阿眼下是不能及时到任，但他接到圣旨后会很快来到的。岳兴阿懂钱粮，会计算，如今湖北还有一半州县在长毛的手里，用银的地方多的是。藩台不放岳兴阿，您老让下官还保举谁呢？”

张亮基把手一挥道：“不行！武昌刚刚收复，满目疮痍、百废待举，湖北的员缺不能虚悬，必须马上到任、视事，一刻也不能耽搁！这件事，本部堂要全盘思虑一下。对了，巡抚衙门还得几时才能修好？”

骆秉章阴沉着脸答道：“大概这一两天就能开署办公事了。大人，如果您没有别的吩咐，下官就告辞先走一步。”

张亮基想了两天，还是把左宗棠传进签押房吩咐道：“季高，湖北的员缺本部堂准备给上头上个折子，重新调整一下。我现在说一遍，你记一下，就照这个思路起稿。岳兴阿是湖南臬司，一直统兵在外，骆抚台举荐岳兴阿署湖北布政使不合适。张集馨现在也没在省城，一省的刑名，不能虚悬，可就近着江忠源暂行署理臬司兼督粮道。徐丰玉还做他的黄州府知府。武昌府着金云门署理。汉阳府知府着张汝瀛署理。饶拱辰是天门县知县，天门现失，饶拱辰正在省城，就让他去署理江夏县。松滋县知县刘鸿庚的境遇同饶令一般无二。这些老知县，在筹饷粮方面还是有一套的，让刘鸿庚去署理汉阳县，就这些吧。”

左宗棠吃惊地说道：“制军大人，照您老新拉的单子来看，不是把骆中丞的人都全盘否定了吗？大人，下官说句不中听的话，督抚同在一城，湖北的事情，您老该和骆中丞商量着办才是正理。督抚不和，可是上头最忌的事啊！”

张亮基愤愤地说道：“季高，你不用说了，本部堂主意已定。这次，本部堂就是要让骆秉章难看！湖北的员缺，本部堂并没有说过什么，他上折前，总该问一下本部堂的主意，大家互相照应一下才对。他倒好，背着本部堂，来了个先斩后奏。行了，你老弟起稿去吧。以后啊，这文案上的事情，你老弟就多操些心吧。”

左宗棠点了一下头，默默地起身离去。奏稿很快便在左宗棠的笔下生出。

奏稿一共向朝廷禀明了四件事：一、经战火洗劫的湖北百业待兴，而岳兴阿此时尚不知在何处，请改派河南布政使严正基为湖北布政使。二、张集馨未到任前，请放陕西候补道江忠源暂署按察使兼督粮道；黄州知府徐丰玉熟悉黄州的情形，最好改署汉黄德道。三、黄州知府请着邵纶护理。四、武昌府知府请派金云门署理。

奏稿这样写道：“臣查岳兴阿前升湖南臬司，尚未到任，现在不知人在何处，恐来楚尚需时日，现值兵燹之余，整饬地方，抚绥黎庶，均关紧要。查有河南布政使严正基，老成干练，实心爱民，现因办理广西粮台来楚，堪以暂令署理布政使。张集馨未到任以前，查有陕西候补道江忠源，经臣奏调赴湖北，该员勇于任事，勤干有为，堪以署理按察使兼督粮道。徐丰玉本任尚无紧要事件，该员曾任黄州府知府，于该处情形较熟，以之改署汉黄德道，可期得力。黄州府知府员缺，新放之贾亨晋现署岳州府事，尚有地方应办要件，未能即赴新任，黄州府知府员缺请即以岐亭同知邵纶暂行护理。武昌府知府员缺，经前署督臣徐广缙檄委新授安陆府知府金云门署理。汉阳府知府员缺，查有广西随员即补知府张汝瀛堪以署理。江夏县知县员缺，请以天门县知县饶拱辰署理。汉阳县知县员缺，请以松滋县知县刘鸿庚署理。所有委署各篆缘由，臣与署抚臣骆秉章面商，意见相同，理合奏明。”

张亮基看毕，想了想，问道：“季高，徐丰玉怎么改署汉黄德道了？你怎么把邵纶写成黄州府知府了？本部堂是这样同你交代的吗？”

左宗棠施礼道：“大人容禀。圣上已照准了骆中丞所荐各员缺的折子，如今大人要全盘否定，这从道理上有些说不过去。所以，下官就试着重新拟了这个员缺。徐丰玉和邵纶都是骆中丞看好的人，让徐丰玉改署汉黄德道，让同知衔的邵纶升署黄州府知府，骆中丞心里多少会对大人存一份感激的。大人想想下官说得在不在理呢？”

张亮基起身踱了两步，终于叹了口气道："罢罢罢，骆秉章这回，算是遇见贵人了。"

张亮基话毕，重新坐到案头，很随意地从笔架上拿过一支笔，稍稍沾了一下墨，便在奏稿的下端写了"照缮"二字。张亮基把奏稿递给左宗棠道："季高，你让案上誊一下吧，明儿一早拜发。对了季高，只几日光景，长毛便占据了安徽的大半州县，连省城也要不保。看样子，只要长毛占据了安徽，他还是要取我湖广啊！"

左宗棠没有言语，只管接过奏折走了出去。

张亮基重新奏请湖北各员缺的折子拜发不多几日，安徽省城安庆便被太平军攻破，巡抚蒋文庆战殁，司道各官奔逃，下落不明。

力荐好友

太平天国调集重兵直扑江宁。

江宁又称金陵，是江苏重镇，是两江总督衙门所在地，亦是江宁布政使和江宁织造府在地。江宁的得失，关乎两江与湖广的存亡。

于是，咸丰皇帝紧急给张亮基下诏："洪酋贼匪此次肆虐，连破九江、安庆，直逼江宁。前旨已令向荣率部会同两江总督陆建瀛追剿。据向荣奏报，追剿贼匪，必须炮船应手，水面攻击，方可得力。其前调湖南炮船，若徐广缙及早筹办，何至贻误至此？现值下游防剿万分吃紧，倘此项炮船不能应手，以致水路防剿毫无把握，是该署督有意掣肘，断难逃朕洞鉴。着将前次谕令封雇船只三四百号，多安大炮，委员星夜驶行；并节次谕令饬音德布、韩世禧、邓绍良，多雇船只，招募水摸，同卢应翔船只一并迅速驶往下游，听候钦差大臣向荣调拨，其船炮驶赴北省日期先行具奏。该署督身受重恩，若仍蹈从前覆辙，纵贼出境，以收复城池防贼回窜为词，坐视邻省下游失事，朕必将张亮基从重治罪，决不宽贷！"

张亮基接旨之后，汗流满面，他一面札饬[①]湖南巡抚衙门署抚潘

①写信训斥。

铎，速雇民船四百号，每船都安装大炮，限期差员督带，急速驶往向荣大营听调；又连夜把骆秉章、江忠源传来，吩咐道："安庆陷落，危及江宁，上头已大发雷霆，旨令本部堂督饬潘铎迅速雇船应急。本部堂适才已给湖南巡抚衙门发了札饬督办，但湖南一时如何能办到这么多船只？骆抚台，你看从湖北三天之内能否雇到二百艘船只？"

骆秉章道："制军容禀。已收复的各州县、城郭，下官正在派员接收当中，一时哪能征集到船只？据出去的人回来禀告，长毛此次攻陷安庆，水师所用船只大半掳自湖北、湖南两省。下官这几日正在遴选得力员弁，监造一批战船供防剿用。"

张亮基听骆秉章如此一说，半天开言不得。他转而又问江忠源："江道，募勇的事办得怎么样？江宁一旦失陷，长毛必定重来武昌！"

江忠源答道："制军大人容禀。职道现有勇丁九百人，分两个营，由二弟忠义、三弟忠浚统带。职道将于近期再就近在湖北各州县招募三个营，凑够五营之数。"

江忠源身材高挑瘦弱，但讲话声音洪亮，颇有名将风度。

张亮基点点头道："江道啊，募勇的事一定要抓紧。本部堂推断，江宁一旦失陷，上头肯定要让各省出兵去救。长毛四面开花，声势浩大，我大清明显兵力不足啊！"

骆秉章、江忠源下去后，张亮基又把左宗棠传进签押房，手举着一道圣谕道："季高啊，奏请选调胡润芝的折子被上头驳复了。这是军机处转来的圣谕，你看看吧。"

左宗棠一惊，忙接过圣谕看起来。

谕曰："张亮基奏请旨调员襄理军务等语。署贵州黎平府知府胡林翼调赴湖北之处，着不准行。钦此。"

张亮基见左宗棠抬起头来，便道："这肯定又是骆秉章背后捣的鬼。润芝不能来湖北，这里的兵事可就有些棘手！还有筹粮筹款、督办兵船，哪一项都要有能员来办理才会妥帖。这可如何是好？骆秉章派来的人，本部堂可着实信不过！"

左宗棠低头想了又想，道："制军大人，下官又想到一个人。如果这个人肯出来，大人眼下要办的事情便都能妥帖。"

张亮基忙道："这个人是谁？本部堂不相信这个人的才学会大于胡

润芝。”

左宗棠笑道：“下官不敢断定这个人就一定能强过胡润芝，但这个人的的确确是我大清国比较有见识的官员。他就是眼下正在曾侍郎大营襄办营务的郭嵩焘郭翰林。”

张亮基点头道：“季高，筠仙这个人本部堂早有耳闻，只是未曾深谈过。本部堂听人说，郭筠仙不仅是制艺高手，还注重西学，赞同引进西人的火枪火炮。这个人的见识的确非我大清的一般官员可比。本部堂不怕别的，就怕奏调的折子递上去后，会引起曾涤生的不满。”

左宗棠道：“大人何不援引一下江忠源的事例？岷樵在湖南新宁守孝，上头还不是着令您将他带到湖北？筠仙虽在湖南为曾侍郎襄办营务，也可以到武昌差遣使用啊。”

张亮基犹豫着说道：“季高啊，你就试着起个稿吧。这件事宜早不宜迟，不要让曾涤生闻到了什么风声，你我这心思可就白用了！其实，曾涤生一个人在湖南办团练已足够了，若再加上个郭嵩焘，湖南倒是稳若金汤了，湖北可就惨了！”

左宗棠与曾国藩、郭嵩焘均有交往。曾国藩是湘乡人，郭嵩焘是湘阴人，左宗棠与郭嵩焘交往相对曾国藩而言更近一层。这一则因为左、郭二人是一榜同年，又同在长沙城南书院求过学，一则也是因为同是湘阴人，是真正的同里。而曾国藩则不同，曾国藩虽比左宗棠仅年长一岁，但曾国藩出道早，到咸丰二年（公元1852年）时，左尚未入张亮基幕府，仅是乡间一孝廉，郭也刚入翰苑，尚未正式踏上仕途，曾国藩已是天下皆知的二品侍郎，是大清国数得着的高官。鉴于这两层原因，左宗棠有意无意地便对曾国藩有些疏远，而对郭嵩焘则非常亲近。

奏调郭嵩焘到武昌襄办团练的折子拜发不久，上授两江总督陆建瀛为钦差大臣，着其率部抵九江堵截太平军，以期与向荣会合。

陆建瀛奉旨率部赶往九江途中，忽与太平军相遇。经奋力拼杀，清军大部被杀，小部投降，陆建瀛只身逃回江宁。

消息传进京师，朝野震动。咸丰帝紧急下诏，将陆建瀛革职拿问，寻命江苏巡抚杨文定派员查抄其府，诏祥厚署理两江总督。越十日，太平军攻破江宁，陆建瀛与祥厚双双战死。

咸丰于是急诏怡良为两江总督，怡良未到任前，暂着杨文定兼署；

命怡良率兵驰赴江宁，会同杨文定、向荣、琦善限期收复江宁。

时任福州将军的怡良接到圣旨后不敢怠慢，很快率军赶往两江。

怡良是满洲正红旗人，瓜尔佳氏，字悦亭。靠着祖上的军功，于道光十八年（公元1838年）升至广东巡抚。曾协同林则徐、邓廷桢在广东禁烟，沾了无数的光辉，被时人称颂。道光二十年（公元1840年），钦差大臣琦善到广东疏请尽撤海防守备，与英国侵略者议和，他与广州将军阿精阿皆不列衔，给了琦善老大一个难看。道光二十一年（公元1841年），琦善与英方私订《穿鼻条约》，割让香港以讨好英方。怡良得知实情后，奋然上折揭发。琦善遂被革职逮问，由他兼署两广总督，不久授钦差大臣会办福建军务，旋调闽浙总督，咸丰二年（公元1852年）任福州将军。满汉各官都对怡良怀有好感。

就在江宁失陷的消息传进武昌的当日，圣旨亦同时到达湖广总督衙门与湖北巡抚衙门："照张亮基所请，调正在湖南为曾国藩襄办团练事宜的丁忧翰林院庶吉士郭嵩焘赴武昌帮同江忠源办理团练事宜，着不准行；实授骆秉章为湖南巡抚，湖北巡抚印绶暂着两淮盐运使崇纶护理。"朝廷没有答应郭嵩焘帮办江忠源团练事宜。

骆秉章接旨的当日，即与匆匆赶来的崇纶办了一下交接，于当晚便带着家人及部分幕僚、随从，乘船赶往长沙赴任。

左宗棠赶到巡抚衙门来为他送行时，骆秉章已离开巡抚衙门一个时辰了。左宗棠知道张亮基是把骆秉章的心伤透了。

崇纶是汉军正白旗人，许氏，字沛如，由武举考取笔帖式，累官至两淮盐运使。此人不是好惹的主儿，他不仅瞧不起汉官，就是满员也极少能入他的法眼。

接到署理巡抚的圣谕后，崇纶如飞般地赶到任所，从骆秉章手里拿到关防不多几日，便开始将省内州县的知州、知县换成他看好的人，又大肆募勇，组建自家的军队，做派与骆秉章大是不同。张亮基一时被他弄得手忙脚乱。

崇纶时年已六十有二，长得凶，脾气大，他老常挂在嘴边的一句话便是："不让我舒服，谁都休想舒服！"

江忠源此时已率勇同着奉曾国藩之命督勇援剿的郭嵩焘奉旨出境，配合各路官军去收复江宁，张亮基此时手里只掌握着两千余督标军。情急之下，张亮基只好让左宗棠起稿，上折奏请调派胡林翼率部入鄂。

咸丰帝接到张亮基的折子后，经反复思虑，也感到湖北兵力太单薄，若太平军大举进攻，定难抵挡，于是下旨照准。张亮基至此心稍安定。但贵州黎平府离武昌太过遥远，胡林翼何时能赶到，仍是未知数。

以退为进

咸丰三年（公元1853年）四月，太平天国先后派林凤祥、李开芳等率军北伐，胡以晃、赖汉英等率军西征。为配合太平军行动，福建、上海小刀会起义，湖南郴州朱九涛、宁乡征义堂起义，湖北各县义堂会亦准备适时起义。

张亮基得到消息，急调湖北提标两营并督标三营，专委左宗棠应对此事。左宗棠奉到札委连夜率军出发，将未及起义的义堂会首领逐一抓获。左宗棠因功被赏五品顶戴，以同知直隶州用。

六月，左宗棠随署湖广总督张亮基出巡鄂省下游，布防广济田家镇。在田家镇，左宗棠向张亮基建议欲战败太平军，非武装水师、控驭长江不能收全功。

张亮基表示赞许，并商定回署即上奏朝廷，力求在短期内在武昌建成一支水师营。左宗棠当夜把张亮基的话函告曾国藩、江忠源、郭嵩焘三人。巡阅回到武昌后，张亮基专委左宗棠一面筹划组建水师的事，一面谋划上奏的起稿事宜。

显然，张亮基决定把组建水师的重任交给左宗棠。左宗棠于是忙碌起来，他决定不负重望，一定要在长江水面上建起一支能战能守的水师出来。九月初四，张亮基着人把左宗棠传进签押房，阴着脸说道："季高，水师的事你不用起稿了，也不用张罗了。本部堂刚接到圣旨，上头着本部堂补授山东巡抚。"

左宗棠登时愣住，脑海一片空白，许久说不出一句话。

张亮基接着说道："云贵总督吴文镕调补湖广总督，本部堂被降授山东巡抚。季高，山东的局面较这里好一些，你也随我到山东去吧。”

左宗棠渐渐冷静下来，道：“大人，您要去山东，这胡润芝可怎么办？他已经从黎平起程正往这里赶来，他这不是要扑空吗？”

张亮基抚须说道：“润芝的事本部堂已经想好了策略。等吴制军到时，本部堂把事情经过向他交代一下也就是了。湖北正是用人之际，相信吴制军也不会把润芝拒之门外的。季高，本部堂一会儿就给上头递个折子，把你奏调到山东，随营差委如何？”

左宗棠长叹一口气道：“大人的美意下官谢了。何况，下官的头上虽有个五品顶戴，但尚未进京引见，不知会指派何省候补。大人把一个未明确省份的官员调来调去，上头不会同意的。”

张亮基也叹口气道：“你老弟说得也在理。不过，老哥就这样离去，你老弟怎么办呢？如今局面越来越坏，上头什么时候才能下旨让你进京去引见啊？你总不能回白水洞去候旨吧？”

左宗棠苦笑一声道：“大人所言不错，这也是下官命该如此，怨不得别人。”

张亮基低头想了想，忽然抬头说道：“季高，老哥倒想出了一个好主意。老哥明儿就给骆中丞去函一封，荐你到他的幕府去帮忙如何？”

左宗棠摆手道：“大人容禀。下官已打定主意，离开大人后，下官就到白水洞去住，引见的圣旨下来前，下官不想再出山了。大人请放心，下官在湘阴还有几十亩薄田，养家度日完全可以。大人，吴制军这一两天就能来到武昌，下官准备明儿就向大人辞行，请大人允准。”

张亮基一愣道：“怎么，你明日就要走吗？你应该等吴制军到武昌以后再做打算。说不定，吴制军能把你留下来呢！那岂不是更好吗？”

左宗棠对着张亮基深施一礼，口里说道：“大人对下官的一片恩情，下官永远铭记在心。如果天遂人愿，下官与大人还会相见的。下官明儿就不来衙门打扰了，请大人凡事保重。”左宗棠礼毕起身，转身走出签押房。

张亮基一个人摇头叹道：“这个左老三，他认准的理儿，八头牛也休想拉他回来！”

左宗棠当日回到自己的房里，连夜给曾国藩、江忠源、郭嵩焘、杨昌浚各修书一封，通报自己回白水洞的事。

张亮基当夜在总督衙门摆了一桌酒席为左宗棠饯行，左宗棠狂醉而归。第二天早饭过后，左宗棠带着随从悄悄离开武昌，登船赶往湖南。

船到长沙，左宗棠特意着便装登岸，到湘军操练营去看了看；又赶到衡州，夹杂在人群中，偷看了一回湘军水师营演操。一连十几日，左宗棠没有惊动任何人，便悄悄赶往湘阴。

到白水洞的当日，左宗棠便致书江忠源、郭嵩焘二人称："涤生一介文官，颇会练兵。弟观湘军水、陆各营，可以料定，致长毛于死地者，必湘军也。"

咸丰四年（公元1854年）正月初一，湘阴东山白水洞左府张灯结彩，正在欢度新年。为过个团圆年，新年的头一天，左宗棠特意派人赴湘潭，将岳父、岳母接到白水洞来住，以此来化解自己与周家的宿怨。周乡绅夫妇异常高兴，连称贤婿不止。

左宗棠在与全家过年的同时，仍在密切地关注着太平军的动向。左宗棠料定，太平军在攻取江宁的同时，不可能放弃湖广。

正月十九日，太平军西征军胡以晃、赖汉英等部再次攻破汉口、汉阳，直扑武昌。经一昼夜激战，武昌也被攻破，吴文镕战殁，署湖北巡抚崇纶率军败逃。

太平军马不停蹄南下进攻岳州，拟由岳州进入湖南。湖南团练大臣曾国藩统率水、陆两路湘勇，从湖南衡州出兵北上，迎战太平军。行前，曾国藩为正师名，特向海内发布由其亲自拟就的《讨粤匪檄》一文，以昭天下。

檄文一共罗列了洪秀全、杨秀清等人五项大罪：一、肇乱五年，蹂躏州县五千余里，毁庙宇、学堂、诗书、农舍，人民深受其害。二、所掠女子不放足，则砍其双脚；男子敢藏私财，砍掉脑袋。三、从耶稣教义里断章取义，尽毁孔圣及历代先贤之书，对中华数千年之文化扫地荡尽，乱中华人伦。四、行状不如李自成、张献忠。五、中华数千年来最大之邪教，人神共愤。檄文最后号召有识之士、血性男子，共同杀敌，殄灭此人间小丑。

檄曰：

"为传檄事：逆贼洪秀全、杨秀清称乱以来，于今五年矣。荼毒生灵数百余万，蹂躏州县五千余里，所过之境，船只无论大小，人民无论贫富，一概抢掠罄尽，寸草不留。其掳入贼中者，剥取衣服，搜括银钱，银满五两而不献贼者即行斩首。男子日给米一合，驱之临阵向前，驱之筑城浚濠。妇人日给米一合，驱之登陴守夜，驱之运米挑煤。妇女而不肯解脚者，则立斩其足以示众妇。船户而阴谋逃归者，则倒抬其尸以示众船。粤匪自处于安富尊荣，而视我两湖三江被胁之人曾犬豕牛马之不若。此其残忍残酷，凡有血气者未有闻之而不痛减者也。

自唐虞三代以来，历世圣人扶持名教，敦叙人伦，君臣、父子、上下、尊卑，秩然如冠履之不可倒置。粤匪窃外夷之绪，崇天主之教。自其伪君伪相，下逮兵卒贱役，皆以兄弟称之，谓唯天可称父，此外凡民之父皆兄弟也，凡民之母皆姊妹也。农不能自耕以纳赋，而谓田皆天王之田；商不能自买以取息，而谓货皆天王之货；士不能诵孔子之经，而别有所谓耶稣之说、《新约》之书，举中国数千年礼义、人伦、诗书、典则，一旦扫地荡尽。此岂独我大清之变，乃开辟以来名教之奇变，我孔子孟子之所痛哭于九原，凡读书识字者，又乌可袖手安坐，不思一为之所也。

自古生有功德，没则为神，王道治明，神道治幽，虽乱臣贼子穷凶极丑亦往往敬畏神祇。李自成至曲阜不犯圣庙，张献忠至梓潼亦祭文昌。粤匪焚郴州之学官，毁宣圣之木主，十哲两庑，狼藉满地。嗣是所过郡县，先毁庙宇，即忠臣义士如关帝、岳王之凛凛，亦皆污其宫室，残其身首。以至佛寺、道院、城隍、社坛，无朝不焚，无像不灭。斯又鬼神所共愤怒，欲一雪此憾于冥冥之中者也。

本部堂奉天子命，统师二万，水陆并进，誓将卧薪尝胆，殄此凶逆，救我被掳之船只，找出被胁之民人。不特纾君父宵旰之勤劳，而且慰孔孟人伦之隐痛；不特为百万生灵报枉杀之仇，而且为上下神祇雪被辱之憾。

是用传檄远近，咸使闻知。倘有血性男子，号召义旅，助我征剿者，本部堂引为心腹，酌给口粮。倘有抱道君子，痛天主教之横行中原，赫然奋怒以卫吾道者，本部堂礼之幕府，待以宾师。倘有仗义仁人，捐银助饷者，千金以内，给予实收部照，千金以上，专折奏请优叙。倘有久陷贼中，自找来归，杀其头目，以城来降者，本部堂收之帐下，奏受官爵。倘有被胁经年，发长数寸，临阵弃械，徒手归诚者，一概免死，资遣回籍。在昔汉唐元明之末，群盗如毛，皆由主昏政乱，莫能削平。今天子忧勤惕厉，敬天恤民，田不加赋，户不抽丁，以列圣深厚之仁，讨暴虐无赖之贼，无论迟速，终归灭亡，不待智者而明矣。若尔披胁之人，甘心从逆，抗拒天诛，大兵一压，玉石俱焚，亦不能更为分别也。

本部堂德薄能鲜，独仗'忠信'二字为行军之本，上有日月，下有鬼神，明有浩浩长江之水，幽有前此殉难各忠臣烈士之魂，实鉴吾心，咸听吾言。檄到如律令，无忽！”

此文传于左宗棠手中。左宗棠连读三遍，击案赞叹道：“曾涤生不愧为三湘子弟中的头号人物，当真不是浪得虚名，吾不如也！”这是左宗棠在自己的书房里，对着满架的图书发自内心的感慨。

当时，罗泽南与附生彭玉麟均随曾国藩练勇。罗泽南统带陆勇，彭玉麟统带水勇，罗泽南的门人李续宜、李续宾、李杏春等亦为营官。左宗棠随张亮基离开湖南不久，经罗泽南举荐，巡抚衙门文案杨昌浚也加入进来，总理湘军文案。

飞来横祸

咸丰四年（公元1854年）二月初一，太平军攻占岳州；初六，太平军攻占湘阴，骆秉章挥师来救。

初七，湘阴文家局左家塅一名晚辈族人慌慌张张来到东山白水洞，向左宗棠报告说："三爷，您老快把奶奶及少爷们迁到别处去住吧。长毛占领县城的当夜，就要进山来捉拿您了，说是给他们的什么西王八千岁报仇，多亏骆抚台连夜提军赶到将他们打跑。但听城里的人说，他们是一定要回来寻您复仇的。三爷，您老快些搬吧，说不定，这些长毛转眼间又攻回来了。"

左宗棠闻听之下难免大吃一惊，但他不想让族人看破，于是抚须冷笑道："长毛也知湖南有个左季高吗？"话毕，便让人招待这位族人用饭，饭后便让一名下人送其下山，搬家的事却未再提起。族人疑疑惑惑地离去。

当夜，左宗棠在书房里来回踱步，苦苦思考避难的良所，夜半时分才进卧房歇息。

第二天早饭过后，左宗棠将家中大小召至堂屋，宣布：为躲避太平军，不为其所害，决定举家迁往湘潭辰山。随后，左宗棠打发管家带两名下人下山赴辰山去寻找合适院落，又安排留在山上的下人收拾物品。就是这一天午时，湖南巡抚骆秉章在十几名亲兵的带领下来到白水洞。

左宗棠将骆秉章迎进书房落座，亲兵则被领进堂屋去喝茶。到了书房，左宗棠又重新礼过，这才让人摆茶进来。

骆秉章笑道："怪不得长毛放着长沙不打，却执意要来攻湘阴，他原来是看好了白水洞这块洞天福地呀！本部院来到这里，也有撞进桃源仙境之感呢！季高，你回来这许多日，如何连老哥的面都不肯见了？你随张石卿以来，老哥有对老弟不恭的地方吗？若非江岷樵在信中提了一句，老哥还以为老弟随张石卿进鲁了呢！"

左宗棠笑道："抚台大人言重了。治民离开武昌时已近年关，各地衙门正是封印前最忙的时候，治民未到衙门去给大人请安，无非是不想给大人添乱罢了。何况，治民已打定主意，引见的圣旨未到前，治民只想在这山上好好地读几本书，不想进衙门去打扰别人，也不想受人打扰。治民讲话不会绕弯弯，还望大人见谅。”

骆秉章有意把茶碗往书案上重重一放道：“季高，不是老哥挑你的理，你口里适才讲出的‘治民’二字就不对。你是我大清国正五品的直隶州知州，怎么还是民呢？”

左宗棠道：“大人，您就不要在这里说文解字了，衙门的各种大事小事还等着大人去料理呢。听治民一句劝，您喝完茶，就下山吧。”

骆秉章仍然不急不恼，哈哈笑道：“左季高就是左季高，连一省巡抚也敢往外赶。不过，我骆秉章可不是张石卿，我话不说完，你休想赶走我！好，我们来说正事。季高，长毛如今分扰湖南、湖北，你以为应如何办理才能使长毛不敢觊觎我湖南？”

左宗棠皱起眉头，手抚胡须说道：“想让长毛不打湖南的主意是不可能的。他怎么攻是一回事，您怎么守又是另一回事。抚台大人，依治民看来，凭湖南现在的兵力，是完全可以应付局面的，不过要团练与绿营协调好。”

骆秉章道：“季高，你说得仔细一些。”

左宗棠道：“抚台大人，治民以为，守城当分两种，一种是以退为守，一种是以进为守，两相比较，后一种为上。曾涤生现已练成水、陆两军，若绿营与团练兵分两路，从河东、河西同时北上进剿，不仅湖南无恙，还能使长毛退出湖北。大人认为是不是这样呢？”

骆秉章叹口气道：“季高啊，湖南的事情你是知道的呀。绿营糜烂已非一日，提督鲍起豹以下各官只知吃粮拿饷，但却不管胜负。曾侍郎团练新成，没有临阵经验，又缺枪少炮，缺粮少饷。如今，两路合成一路，兵力仍显不足，若分成两路，更难取胜了！季高，兵分两路以进为守是好计，但却行不通啊！”

左宗棠冷笑一声道：“大人说这话治民就听着有些不顺！大人说绿营糜烂不堪，绿营难道不是巡抚衙门治下的队伍吗？鲍起豹是巡抚辖下的提督，不是朝廷直属的将军吗？绿营是怎么样的并不重要，重要的是巡抚想怎么样。一省的巡抚调教不好治下的提督，那这巡抚每日都干些什么呢？”

骆秉章急道："季高，你现在说什么老哥都不怪你，因为你老弟与鲍起豹原本就有些过节。绿营的事情，不是说办就能办的呀！曾涤生是在籍的侍郎，他调绿营同团练一起练操，鲍起豹敢理都不理，还说是本部院有话，绿营归巡抚衙门节制，不受团练衙门差遣，弄得曾涤生三天没有与我说话！其实呢，是绿营懒散惯了，他不敢同团勇一起练操，怕出怪露丑啊！反倒挑拨得本部院与涤生之间有了隔阂。咳！"

左宗棠道："不瞒大人，曾侍郎练的团勇治民已是偷偷看过了。曾侍郎是个能干大事的人，长毛必将败于其手！"

骆秉章起身道："季高，如今事急，本部院虽说是追剿长毛到此，的确也是想会你一面，请你下山，为本部院谋划征剿长毛的事。季高，我们现在就下山吧。"

左宗棠笑道："大人容禀。治民先向大人谢过搭救之恩。若非大人来得及时，治民一家上下此时恐怕已成阴界中人了。按理说，大人如此抬举治民，治民除了随大人一同下山，不该讲别的话。但治民确实不想再到衙门去做事了，只想找个清净之地读上几天书，望大人不要相强。得罪处，容治民后报。大人公务在身，治民就不留大人在此用饭了。"

骆秉章两眼愣愣地看了左宗棠好一会儿，忽然一笑道："季高，你可能还不知道，本部院第一次见到你，就忽然有种念头，认为你老弟与本部院的缘分肯定要比与张石卿的缘分深。好，你意已决，本部院也不为难于你。老弟想把一家大小迁往何地？用不用派些兵丁过来？"

左宗棠忙道："大人如此待治民，治民已是感激万分，如何还敢有别的念头！大人只管下山去追剿长毛，搬家的事，治民自会料理。凭长毛的那点能耐，他们还一时抓不到我。"

当日，左宗棠把骆秉章一行亲自护送下山，然后施礼作别。三天后，左宗棠买下湘潭辰山的一处宅院，正式决定离开白水洞，迁到辰山去住。

这天一大早，左宗棠正指挥下人收拾杂物，安化陶府的一名老家人却跌跌撞撞地爬上山来，一见左宗棠，竟然扑通跪倒在地，号啕大哭道："左老爷，您老快到长沙去救我家大少爷吧，晚了，您老就见不着大少爷了！"

左宗棠急忙扶起陶府的老家人，说道："你可真是老糊涂了，一上来就哭成这样，又说些没头没脑的话。你家大少爷究竟咋了？你快起来细细说与我听。”

陶府的老家人费力地爬起身来，哽咽着说道：“老爷容禀。就是三天前的晚饭时候，县衙门派人把大少爷传了去，说是商议摊派银粮的事。大少爷很晚才回来，回来后就长吁短叹，一夜都不曾合眼。”

左宗棠问：“这是为何？”

老家人道：“据大少爷讲，衙门这次摊派粮饷，别人家都是一百两银子、三百斤稻谷，唯独让大少爷出一千两银子、三千斤稻谷。还说安化陶家是大户，一千两银子、三千斤稻谷是最低的数额。老爷知道，长毛闹事的这两年，地里根本就没有收成，这一千两银子、三千斤稻谷不是要人的命吗？”

左宗棠问：“以后呢？”

老家人一拍双腿道：“哎呀我的左老爷，哪还有以后啊！就是第二天，县衙门就派了捕快把大少爷带走了，罪名是抗捐。少奶奶马上便打发人去衙门打探消息，不久就回报说，县衙门已把大少爷押进省城了。后来又听说，巡抚大人为了杀一儆百，已决定明儿午时请出王命将大少爷问斩！”

左宗棠一听这话，登时气得青筋暴起，双眼圆睁，他大叫道：“大清王法何在？大清王法何在？衙门如此行事，这不是把人都往长毛那里逼吗！”

左宗棠随后把管家叫到跟前，吩咐道：“老爷我要到长沙找骆秉章去打官司，这里的事你全权料理，务必一天全搬过去。这里只留两个人看守就行了。”

管家道：“老爷，您老这次去长沙要住些日子吗？用不用多带几个人过去？”

左宗棠边往屋里走边道：“只张升一个人就足够了。”

左宗棠很快来到上房和夫人诒端话别。左宗棠话未讲完，诒端已是吓得颜面俱变，泪流满面，道：“这是怎么说的？这不是飞来的横祸吗？可怜我那女儿，如何这般命苦啊！老爷，您老快动身吧。您老可无论如何要把我们的女婿保下来呀！”

左宗棠快速下山，乘舟赶往省城。

船抵长沙，已是傍晚时分，残阳如血，倒映在江面上火红一片，分外好看。左宗棠上岸，很快雇了顶轿子赶进城去。

到了巡抚衙门，左宗棠打发了轿子，便从袖管里摸出拜客的帖子，递给身旁站着的张升。张升接过，快步走向辕门，把帖子递给站哨的侍卫，口里说一句："劳驾通禀一声，我家老爷特来拜会抚台大人。"侍卫接过帖子走进去。

不一刻，骆秉章身着便装，倒背着双手，慢悠悠从里面走出来。左宗棠一见骆秉章，有意把头扭向一边，并恶狠狠地对着地面吐了一口痰，很恶心的样子。

骆秉章却大声道："来人可是左季高吗？你老弟要来看老哥，如何不提早知会一声？快请快请，老哥我正好沏了一壶好茶，正缺同饮之人！真正是来得早不如来得巧啊！"

左宗棠拱了拱手，冷着脸子说道："谢了！抚台大人的香茶，治民可无福享用，您老还是自己留着慢慢品吧。抚台大人，小婿究竟犯了何罪，值得您老如此大动干戈？听陶府的家人说，您老明日午时还要拜请王命杀一儆百？"

骆秉章一愣，道："这是哪个在胡说八道？你左高季不是在讲笑话哄老哥开心吧？"

左宗棠闻听此言也是一愣，随口道："怎么，您难道还不知道这件事吗？"

骆秉章跨前一步，用手一拉左宗棠的衣袖，笑道："季高，这里风大，我们进签押房去说话。"话毕，也不管左宗棠同意与否，拉起左宗棠的手便向衙门里走。到了签押房，左宗棠又是一愣，因为他的女婿陶桄正坐在炕桌前看书。陶桄一见左宗棠进来，慌忙下炕，深施一礼道："小婿给岳父大人请安。"

左宗棠用手指着陶桄问道："你不是被人关进大牢了吗？"

骆秉章从后面跨前一步说道："何人如此大胆，敢把左大人的贤婿给关进大牢！他除非不想活了！"

陶桄对着骆秉章边施礼边道："抚台大人要与岳父大人说话，学生暂且告退。"陶桄话毕，又对着左宗棠深施一礼，这才快步走将出去。

左宗棠瞪着眼睛问骆秉章道："抚台大人，您这演的是哪出戏？您在戏耍治民不成？"

骆秉章又是打躬又是作揖道："老弟且莫生气，老哥这也是没有办法的办法。老哥不这么做，你老弟会这么快来到巡抚衙门吗？老弟且请宽衣，我俩升炕讲话如何？"

左宗棠大叫道："您老身为一省巡抚，行事竟如此鬼祟，如何能不让人生气？"

左宗棠话音刚落，门外忽然有人说道："季高自然应该生气。把人骗来，还不准人生气，这是哪家的王法？"话音刚落，签押房的木门被推开，一人迈步走了进来。

左宗棠抬头一看，不由道："曾大人，您怎么在这？"

骆秉章笑道："本部院怕你老弟不肯甘休，特意把侍郎大人从大营请了过来说情。季高，你老弟这回该消气了吧？"

曾国藩把左宗棠摁到炕前坐下，自己也坐下，说道："季高啊，国家兴亡，匹夫有责。湘省乃你我的桑梓，我们不能图轻闲哪！你苦读兵书为的是什么？为的不就是将来能替国家排忧解难吗？换言之，引见之后，你是大清国的五品官员，回到湘阴你又是乡绅，无论从哪方面讲你都该出山。好了，本部堂大营还有些事情，就不陪你们了，本部堂先走一步。"

官场潜规则

骆秉章与左宗棠把曾国藩送出辕门方回。到了签押房，两人分宾主升炕，围桌而坐，有侍卫献茶上来。骆秉章说道："季高，本部院此次请你入幕，主要是帮我料理文案和一些兵事。你的办事房，本部院已派人给你收拾好了，除张升外，衙门再给你拨一名亲兵伺候，如何？"

左宗棠低头不语，良久，才长叹一口气道："下官按大人吩咐的去做就是了。"

骆秉章哈哈笑道："季高啊，你老弟说这话本部院愿意听。你老弟现在是屈尊帮老哥做事，说不定有一天，老哥又要投在你的门下呢！"

左宗棠说道："抚台大人，下官同意留下来，但您可不能耽误下官进京引见。若有旨下来，您可不能学张抚台，背着下官给朝廷上折子。下官今年已经不惑有二，还能活几年哪？不能总当幕僚啊！"

骆秉章用手指着左宗棠说道："说一千，道一万，你老弟就是不肯屈尊人下呀！老弟放心，老哥保准不误你的前程就是了。走，我们去用饭。饭后，我们再谈如何？"左宗棠只好起身，随骆秉章走出签押房。

当日晚饭过后，骆秉章到鲍起豹的提督府去谈公事，左宗棠则带上张升及十几名亲兵乘着月色到城头巡查防务。

当夜月色朦胧，天地间弥漫着一层淡淡的冬雾，使驻扎在城外各营房的灯火星星点点，看上去摇摇曳曳，分外美丽。

左宗棠用手指着东南方向的一处营房问身边的亲兵："你可知道那是谁的防军？"

亲兵顺着左宗棠的手指仔细辨认了一下回道："回大人话，小人没有记错的话，那里该是鲍军门亲领的提标中军五营。"

左宗棠点一下头，自言自语道："各路人马均到各隘口防堵，只他这提标五营守着省城不挪窝！真亏他做得出！"话毕正要下城，一名城门官却慌慌张张跑上来道："左大人，打城外来了两个武官模样的人，叫开城门，口口声声说要给您送一封急信。"

左宗棠忙道："信呢？人呢？"城门官把信双手递过来道："信在这

里，人已经出城了。”

左宗棠接过信来，快速撕开，见写道：“季翁，奉调前来，苦无着落，山坡上屯扎本部六百兵勇已断炊一日，特遣人告急。”落款是“胡林翼”三个字。

左宗棠连连顿足道：“是我害了润芝！是我害了润芝！”说完飞速下城，乘轿赶往巡抚衙门。行至半路，却忽然发现有些不妥，便急忙喊停轿。轿子停下，左宗棠掀开轿帘问了亲兵一句：“你们可知曾大人的亲兵营扎在何处？”

一名亲兵跨前一步答道：“禀大人，曾大人的亲兵营现在城西北屯扎，离城门五里左右。”

左宗棠道：“走北门，到曾大人亲兵营去！要快！”

四名轿夫不敢怠慢，加快脚步向北门行去。

到了城门，左宗棠下轿，把城门官叫到身边道：“让人打开城门，本官要出城去找曾大人商量事情。”

城门官忙道：“大人容禀。抚台大人有令，剿贼时期，任何人不得擅自出城，除非有他老的手札。大人，您老这城还是不要出了吧。”

左宗棠瞪起眼睛道：“你放屁！现在是本官要出城去救人性命，关抚台何事？快快开启城门，误了大事，本官拿你是问！你聋了吗？”

城门官吓得一哆嗦，忙赔着笑脸道：“大人息怒！不是卑职不给大人情面，实在是抚台怪罪下来，卑职担当不起呀！”

左宗棠大怒道：“你误了本官的事情，你就担当得起吗？”

城门官一愣，道：“左大人，您……”

左宗棠大喝道：“你快快开启城门，不要在此聒噪！”

城门官慌忙跑到城门口，不久便有两名军兵走出来，很快将城门打开。左宗棠飞身上轿，大喝一声：“若误了本官的大事，看本官回来怎么发落你！快快起轿！”

轿子飞一般离去，城门官随又命官兵将城门关闭，口里却不干不净地骂道：“这哪里是巡抚衙门的师爷，这简直就是巡抚他爹！”

左宗棠赶到时，曾国藩正坐在大帐里的灯下观书。闻报，曾国藩一边连声喊请，一边披衣迎出去。一见左宗棠急匆匆的样子，曾国藩一愣，不知城里发生了什么事情。

左宗棠却抢先一步道："涤生，我也不同你客套了，你让粮台快借给我十石白米，有蔬菜也带上几捆，我要赶着去救人性命！"

曾国藩愈发吃惊，道："季高，你能否把话说清楚一些？"

左宗棠道："我回来再同你细说，你也先别歇，让人先预备些酒饭，就在这等着，我一会儿给你带一个人过来。"

曾国藩急忙传粮台过来，让粮台速拨十石米交给左宗棠，又单拨了二十名亲兵押运粮车。左宗棠带上粮菜并押粮亲兵乘轿匆匆赶往城西。城西的山坡上，果然屯扎着一支队伍。

左宗棠飞身下轿，大步走向辕门，向守门的哨兵大声道："快去禀报你家胡大人，就说湘阴左季高到了！"哨兵一听这话，急忙飞跑着进去禀报。

身材高大、一脸憔悴的胡林翼大步走了出来，一见左宗棠的面，胡林翼急忙抢前一步就要施礼。左宗棠一把拖住道："润芝，我来晚了，让你受苦了！我先给你拉了十石米，你快让军兵做饭。你把营里的事情赶快交代一下，然后同我先去见一个人，他那里已经备下了酒饭。"

胡林翼忙道："到了这里，我只能听您的了。我就不请您进营了，容我进去换身衣服，我就同您走。"

左宗棠向押粮的军兵一挥手，大喊道："都愣着干什么呀，等着领赏哪？快把粮食给胡大人送进营去！"

胡林翼很快走出辕门，后面跟着四位牵马的勇丁。

胡林翼道："季翁，您坐轿，本官骑马相随，如何？"

左宗棠笑着点了一下头，边上轿边道："好，就按你说的做。"他坐上轿子，随口喝一句："起轿，回曾大人营地。"一行人很快消失在夜幕里。

到了曾国藩大营，有亲兵快速通报进去，里面很快传出一个"请"字来。左宗棠拉起胡林翼的手，迈步走进曾国藩的大帐。

曾国藩一见胡林翼，猛地站起身，问道："来人可是胡润芝？"胡林翼一见曾国藩，先是一愣，随后便跨前一步，大叫道："曾涤生！"

曾国藩伸出双手握住胡林翼的手，上下打量着问道："你怎么到了这里？如何弄得这般狼狈？来人，快快摆茶！"

左宗棠大叫道："涤生，快摆饭摆酒吧，润芝已是饿了一整天了！

你还让他喝茶，你想要他命啊？”

曾国藩忙道：“季高所言极是，快快通知伙房，摆酒摆饭！”回头又一抖胡林翼的手道：“润芝，快请坐下说话。京中一别，我们整有七年未谋面了。真正是有朋自远方来，不亦乐乎！季高，你也坐吧。你敢则就是给润芝借的米？”

左宗棠坐下，长叹一口气道：“左季高对不住胡润芝啊！是我让张石卿奏调的润芝。张石卿离开武昌的时候，又把润芝推荐给了吴制军。谁料吴制军他……要不是我，润芝为什么要长途跋涉来到这里呀？现在倒好，奏调润芝的两个人，一个补了鲁抚，一个调到了阎王那里。咳！是我坑了润芝啊！”

胡林翼接口道：“这也怪我时运不济。我离开黎平不多几日，黎平知府便放了实缺。我没进湖北，便得知武昌被长毛打破了，吴制军也投河了。但我已没了后路，因为我没有带着回去的粮草，又没有接到准予回任的圣旨。在常德，我又与一队长毛相遇，所带粮草被悉数掳走，好歹总算保了条命出来。湖北到处是长毛，无一座城池不破。我想向衙门借粮，都没得借呀！”说到此，胡林翼眼圈一红，不由自主落下泪来。这时，有亲兵摆饭上来，又捧上一坛老酒。

曾国藩忙道：“来，润芝，季高，我们先吃饭，吃完饭再谈吧？”

左宗棠一边更衣一边道：“折腾了大半夜，我也饿了！来，润芝，我先陪你喝上三杯，算是向你赔罪。”

胡林翼一边更衣一边道：“我已经连着三天没有吃饱饭了！”

饭后，三人重又坐下，一边喝茶，一边谈话。

胡林翼先说道：“上头放青麟署理湖北巡抚，杨霈署湖广总督。自湖北全境陷落后，杨霈在哪里？青麟又在哪里？本官现在是连个报到的地方都找不到啊！如果是我一个人还好办，偏偏还有六百余名黔勇！这六百张口，可不得了啊！”

曾国藩眼望着左宗棠一字一顿道：“成也萧何，败也萧何。季高啊，润芝现在是上不着天下不着地，眼看就要报国无门了，你这个赫赫有名的当今诸葛亮，可有什么好办法吗？”

左宗棠道：“涤生啊，润芝既来到这里，就不能再回去。我思谋着，明儿就找骆抚台商量，让他请旨奏留润芝在湖南帮办军务如何？”

胡林翼道："季翁，我与骆抚台不熟，他肯奏留我吗？这有些太唐突了吧？"

左宗棠为难地说道："那可怎么办呢？除此之外，我老左可是再没第二条办法可想了。"

曾国藩沉吟着说道："润芝啊，我明日要督率水勇去收复靖港，绿营副将塔齐布所部同团练彭玉麟、杨载福十营去收复通城。我一会儿给塔齐布密函一封，让你所统黔勇一起参战，你部所需粮草，先让塔齐布供应。你一会儿回营后，就马上拔营去与塔齐布、彭玉麟、杨载福三人会合。有些话，我这个团练大臣不好讲，季高这个文案师爷也不能说，但塔齐布能说。这些官场潜规则，我们多少还得注意些，季高，你意下如何？"

左宗棠高兴地一拍手道："好你个曾涤生，这二品侍郎真没白当，真有你的！对，就让这个塔齐布说话！他塔齐布不过是抚标军的一名正四品都司，被你明保暗荐，一年光景成了二品副将。你曾涤生让他怎么办，他焉能道半个不字？"

胡林翼道："涤生，我听你的，你让我怎么办我就怎么办。我总得有个去处啊！"

第三章 死脑筋能干成事儿

疯狂的赌注

胡林翼很快辞别曾国藩，乘马赶回自己的大营，安排拔营的事。左宗棠则留在曾国藩的大帐里歇了一夜。

曾国藩连夜给塔齐布去密函一封，嘱其同胡林翼协同作战，给初来乍到的胡林翼创造一个立功的机会。塔齐布接到密函，马上便派出亲兵去与胡林翼联络，通报起程时辰并两军会合地点、进军路线等。

胡林翼接信大喜，快速拔营按塔齐布指定的路线进发。塔齐布是绿营军官，不是团练，又是名满员，他怎么这么听曾国藩的话呢?

塔齐布是满洲镶黄旗人，托尔佳氏，字智亭，为人最讲义气，作战又颇为勇敢。初由火器营护军擢三等侍卫。塔齐布于咸丰元年（公元1851年）到湖南提标中军出任正四品都司，在鲍起豹手下做事。曾国藩在长沙办团练期间，对鲍起豹不予理睬，但对义勇双全的塔齐布却另眼相看，并连连保举，塔齐布终于成了中军参将加副将衔，进入二品武官行列，经常配合团练作战。

以后，曾国藩每奏事必将塔齐布列在前面，以示倚重。鲍起豹明知曾国藩这么做是在挖绿营的墙脚，但却敢怒而不敢言。鲍起豹几次在巡抚骆秉章面前建议让塔齐布回归绿营建制，骆秉章不是好言劝慰，就是用话搪塞，分明也是不敢惹曾国藩。其实，就在鲍起豹满腔怒火的时候，城府极深的曾国藩，正在心里做着让塔齐布取而代之的打算，且在等待时机。

好消息与坏消息同时传进长沙。

好消息是塔齐布统率各路大军在通城取得大捷，收复通城；在返回长沙途中，塔齐布又听从胡林翼的建议，从间道转奔湘潭，打了太平军一个措手不及，大败太平军，轻松收复湘潭。

坏消息是曾国藩统率的水师在靖港被太平军击败，曾国藩本人被太平军打落水中，幸好被亲兵及时救起未伤性命。此役，湘军水师战船损失过半，营官多人战殁，兵勇千人战死，元气大伤。

塔齐布带着胡林翼高高兴兴地返回长沙并于当日到巡抚衙门来见骆秉章。施礼毕，塔齐布道："此次能很顺利地收复通城，多亏胡大人的黔勇相助，而返回省城的途中间道去湘潭，又是胡大人所献计策。此次湘潭大捷，胡大人是头功！"

骆秉章忙对胡林翼说道："观察神勇，本部院早有耳闻。本部院依稀记得，张石卿做制台的时候就已奏调观察统勇援鄂，想来观察已到多时了。现在的局面是越来越坏，鄂省通省陷落，安徽也是糜烂不堪，观察责任非轻啊。"

胡林翼道："职道也是刚刚到达，尚未见到制军大人，正逢塔协台率军与长毛激战，职道不敢袖手旁观。要讲神勇，塔协台是真正的神勇。职道亲眼所见，塔协台一人手刃长毛不下百余人！职道真正是眼界大开！"

骆秉章高兴地说道："此次出征，不仅是按皇上的旨意收复了通城，又额外捞了个湘潭大捷！本部院此次与曾大人会衔为所有出力员弁请功！"

骆秉章随后让亲兵传令下去，在巡抚衙门大摆酒席。当晚，骆秉章把左宗棠传到签押房起草奏折，向皇上通报官军收复通城并湘潭大捷，同时为出力员弁请功邀赏。骆秉章特别提到，此次的首功是奉旨援鄂的前贵州黎平知府加道员衔的胡林翼。

左宗棠领命而去，很快草折一篇，向朝廷表述胡林翼的功劳。

折子这样写道："骆秉章、曾国藩饬塔齐布率所部三营及团练彭玉麟三营、杨载福二营，与贼激战于通城城外，适逢奉旨援鄂之前黎平知府加道衔胡林翼率黔勇六百到此，即奋勇参战。胡林翼先派所部兵勇将贼分股包抄，旋发起攻击，并亲自上阵，手刃贼酋十余人，致使贼匪人心涣散，纷纷溃逃。此役斩获颇多，掳得马匹、粮食无数。后又会合塔齐布等各路兵勇，追敌二十余里方返回省城。途中，得知团练水师靖港失利，贼匪已攻破湘潭，胡林翼遂与塔齐布相商，建议由间道直扑湘潭，歼贼于猝不及防之时。塔齐布于是合同胡林翼等急速赶到湘潭，旋发起攻击。经一日激战，斩杀贼匪万余，余匪溃逃，遂复湘潭城郭。”之后，折子才表塔齐布之勇，彭玉麟、杨载福之能并阵亡员弁。洋洋洒洒，整整五千余言。

奏折草稿交到骆秉章手上，骆秉章看了看，提笔写了“照缮”二字。几乎与此同时，团练大臣曾国藩也给朝廷上了一折，在通报湘潭大捷之后，又讲述了一下靖港失利的原因。折后，依照惯例，自请治罪。

随后，曾国藩又提笔写了两个折片。一片密保塔齐布“忠勇绝伦，可当大任”，一片奏请《留胡林翼黔勇会剿》。

曾国藩为人处世以老道著称，以缜密稳重闻名于世。此次也不例外，自请治罪与保举能员都在悄悄中进行。除他本人外，湖南官场再无第二人知道。

二十五日后，圣旨颁下，旨曰：“内阁奉上谕：据骆秉章、曾国藩等奏贼陷湘潭，官军水、陆获胜，克复通城及湘潭县城一折。览奏朕心实慰……补用副将塔齐布，前在茶陵剿匪出力，业经曾国藩保举，已赏换花翎，着加恩赏给总兵衔，并赏给喀屯巴图鲁名号。黎平知府升用道胡林翼，前经督臣张亮基、吴文镕奏调湖北差遣，该员自带练勇六百名，由黔赴鄂，抵达通城当日即会同塔齐布会剿贼匪，力克通城，着加恩赏三品顶戴，按察使衔，遇缺即补。胡林翼着会同塔齐布先在湖南境内征剿贼匪，粮饷等暂由湖南巡抚衙门拨给。六品军功附生彭玉麟，着以知县归部，遇缺即选。团练营官、千总杨载福，着以守备留于本省补用，并赏换花翎。”圣旨随后又写道：“据曾国藩自请从重治罪，实属咎有应得。姑念湘潭全胜，水勇甚为出力，着加恩免其治罪，即行革职，仍赶紧督勇剿贼，带罪自效。湖南提督鲍起豹，自贼窜湖南以来，并未带兵出省，迭次奏报军务，仅止列衔会奏。提督有统辖全省官兵之责，似此株守无能，实属大负委任，鲍起豹着即革职。所有湖南提督印务，即着塔齐布暂行署理。钦此。”

从圣旨中可以看出，曾国藩奏留胡林翼的请求，咸丰帝答应了，拿塔齐布取代鲍起豹的目的也达到了。曾国藩无论是在战场还是在官场，都打了个大胜仗，是真正的双喜临门。

接旨毕，鲍起豹气嘟嘟地爬起身，很不情愿地向身边的塔齐布贺喜。塔齐布连称：“同喜！同喜！”

鲍起豹听着这话刺耳，不由说道：“塔总镇以总兵之位得以护提督印绶，这固然是喜，但本官不清不白地竟遭革职，这也能算喜吗？”

塔齐布一愣，知道自己一时高兴说了犯忌的话，便忙道：“大人误会下官了，大人误会下官了。”

鲍起豹气愤地说道：“这也不知是哪个乌龟王八蛋背后下的蛆，说本官‘仅止列衔会奏’，还说‘株守无能’。抚台大人在此可以作证，本官哪一次征剿，不是抚台提前筹划的？”鲍起豹话毕，恶毒地瞪了左宗棠一眼。

骆秉章一听话音，就猜出鲍起豹是误会左宗棠，怀疑是左宗棠背地里搞的鬼，便打圆场道：“军门就不要说气话了。军门眼下是被革职了，但进京后，说不定皇上哪天高兴，外放个将军给军门呢！”

骆秉章话毕，回头对坐着的湖南布政使徐有壬说道：“徐藩台呀，胡臬台的六百黔勇可不能饿肚皮呀。”

徐有壬笑道：“抚台请放宽心，就算我湖南的绿营不发饷，司里[①]头拱地也不能饿着客军哪！”

胡林翼对着徐有壬连连道：“有劳方伯[②]了！”

曾国藩这时说道：“徐藩台呀，水师营靖港失利，船只折损大半，要重整旗鼓，还得靠您想办法呀！”

徐有壬为难地说道：“曾大人哪，重整水师营，这笔银子可不是小数啊！湖南的这点儿家底，您老是清楚的呀！”

曾国藩抚须坐了许久，忽然冷笑着说道：“看样子，重整水师营这

①司里是布政使、按察使的自称。
②当时对布政使(品级与巡抚同，是从二品官。掌管全省的财政、民政)的尊称。

件事，还得从长计议。”话毕，起身冲骆秉章、徐有壬、胡林翼等人拱了拱手，说道：“我要到水师营去看看，就不陪各位了。”说完走出官厅子。

望着曾国藩的背影，徐有壬两手一摊，对骆秉章说道：“您老看看曾涤生这脾气！靖港失利，他还有理了！好像让他吃败仗的不是长毛，倒是司里！水师营不同于陆营，又是船又是炮的，徒费工夫不说，这得需要多大的一笔银子往里填哪！”

左宗棠把茶碗一推说道：“藩台大人，您老此言差矣！编练水师，是朝廷定的策略，又不是曾涤生一人突发奇想。不长久操练，如何能成劲旅？不花费银子，又如何造得出船来？有船就要有炮，这个道理，天下人尽知，怎么就大人一人想不明白？”

徐有壬冷笑一声道：“左师爷，你说得轻巧！你知不知这次曾涤生要重整水师共得需要多少银子？整整一百万两！本官把银子都给了他，绿营的饷粮怎么办？胡臬司的饷粮怎么办？他曾涤生编练的两万陆营还要不要吃饭？就算本官从库里给水师营支出五十万两，余下的五十万两怎么办？”

骆秉章这时插话说：“徐方伯，库里现在能为水师营支出五十万两银子吗？”

徐有壬叹口气道：“司里是在说气话。库里的情形，抚台难道还不知道吗？别说五十万两，就是三十万两，一下子也凑不齐呀！”

左宗棠摸着胡子冷笑道：“堂堂的一省藩库，没人相信会凑不齐三十万两白银。如果连三十万两白银都拿不出来，这藩库不是跟没有一样吗？”

徐有壬提高声音道：“左师爷，你也不用激我。本官管着一省的钱粮，库里能不能凑齐三十万两白银，本官比你清楚！本官现在想问左师爷一句：设若库里为水师营凑齐了五十万两白银，余下的五十万两从哪里出呢？总不济从你自己的腰包里掏吧？”

左宗棠兀地瞪圆了双眼，忽地站起身道：“徐方伯，我左宗棠今天偏要和您老打这个赌！您老说吧，您老能不能为水师营拿出这五十万两白银？”

徐有壬一愣，问道：“左师爷，你问这话是什么意思？拿出来怎样？拿不出来又怎样？”

左宗棠一字一顿道：“您若能拿出五十万两，余下的五十万两，由我左宗棠筹措！”

徐有壬一时有些受窘。他眼望着骆秉章，两手一摊道：“抚台您看，您请的这位师爷，说着说着又犯脾气了！我们不过是说几句闲话，又不是商议什么大事情！何况，水师营已经一败涂地，想恢复元气，又不是一时便能办到的事。”

骆秉章冲着左宗棠摆摆手道：“季高，你快坐下说话，方伯有方伯的难处！”

左宗棠缓缓坐下，笑道：“我左老三在湖南住了四十二年，哪家乡绅有银子，哪家乡绅无银子，我不敢说知道得一清二楚，但也掌握个大概。我就知道徐方伯是不敢跟我赌的。”话毕有意抚须大笑起来。

徐有壬气恼起来，他用手一拍桌面，冷笑道：“好，左师爷，你今天既然把话说到这个份儿上，本官不想和你赌已是不能了！本官今儿偏要和你赌这一次！我俩以一个月为限，到了期限，你筹措不到五十万两白银怎么办？”

左宗棠两眼一瞪道：“抚台大人做个见证，就以一个月为限。若到了期限我左老三不能把五十万两白银交到水师营，我就滚出巡抚衙门再不踏进官场半步！如何？”

徐有壬追问一句：“若朝廷有旨下来着你进京引见呢？”

左宗棠朗声道：“左季高决不奉诏！不管上头如何问罪，我领！”

徐有壬击案道：“好！我们一言为定！”

左宗棠却道：“徐方伯，若您到了期限不能拿出银子怎么办呢？您也总得有个说法不是？否则，我们两个又在赌什么呢？”

徐有壬一愣，沉吟着说道：“左师爷问得好！本官到了期限若不兑现诺言，本官甘愿摘掉头上的顶戴，把藩台让给你来做！如何？”

左宗棠哈哈笑道：“大人真能讲笑话。一省藩台是皇上家的官，又不是您徐大人自家的，您老想给谁就给谁呀？总得皇上同意不是？您哪，只要不毁约，我就知足了。军中无戏言，您徐大人，可不能说反悔就反悔！”

骆秉章又好气又好笑，连连道：“你们两个呀！这是何必呢？”

左宗棠骂曾国藩

从巡抚衙门下来之后，鲍起豹与塔齐布两个，去到提督府办理交接事宜。胡林翼到曾国藩大营去谈事情，骆秉章与徐有壬则到签押房去商量已收复州县的放缺挂牌等事。只有左宗棠一个人默默地回到自己的房里，一边喝茶，一边冥思苦想筹款的事。

当晚，曾国藩派人悄悄地把左宗棠请进城外的大营，嗔怪地道："季高，你又犯脾气了不是？白天的事，润芝都和我说了。你为了我曾涤生，犯不着和他徐有壬结怨哪？他是一省藩台，我湘军要壮大，怎么能离开他的支持呢？"

左宗棠双眼一瞪道："涤生，你不用把自己举得那么高！我和徐方伯打赌，根本就不是为了你！"

曾国藩一笑道："那你是为了谁？"

左宗棠道："为了能把水师营练成劲旅，为了能尽快剿灭长毛，还我太平日子！我与徐方伯这一赌，为的是国家！为的是我大清国的江山社稷！现在，长毛在江面横行无忌，靠的是什么？不就是他们有水师吗？想剿灭他们，没有水师怎么行呢？经制之师已到穷途末路，剿长毛靠他们不行了。你曾涤生费了千辛万苦建起来的水师，怎么能经靖港一役，便一蹶不振了呢？涤生，要将长毛彻底歼灭，水师必须重整啊！"

曾国藩心事重重地叹了口气，缓缓道："你左季高从哪儿去筹措这五十万两白银啊！你把前程都赌上了！季高，你究竟想怎么办呢？"

左宗棠皱着眉头说道："涤生，我问你一件事。我记得你为了筹饷，曾于年初从户部请了四千张国子监印发空白捐纳的执照。你手头还有多少张？"

曾国藩想了想道："四千张捐纳一共分给了三个省，湖南一千张，四川一千张，江西一千张，我手里留了一千张。后来，湖南的一千张给了湖北，我这里还有二百张。你如何问起这个？"

左宗棠点头道："行，你把这二百张都给我吧，我力争一个月之内给大清国劝出二百个监生来。"

曾国藩道："季高啊，你真是急昏了头了。二百张执照，每张规格都是四百两，你最多只能劝到八万两啊！"

左宗棠叹口气道："涤生啊，劝八万是八万吧，水师营重整旗鼓刻不容缓哪！"

曾国藩眼圈一红，嘶哑着嗓子喊了一声："来人！传夏观察[1]到大帐来一下。"

外面答应一声。不一会儿，署四川盐道帮办湘军营务的夏廷樾顶戴官服走了进来。

施礼毕，曾国藩说道："夏道啊，你把手上的二百张国子监印发的空白捐纳执照取过来都交给左大人吧。户部核发的职衔捐纳执照还有多少张？"

夏廷樾答道："禀大人，还有三百张。不过，一百张您老不让动，说是给阵亡将弁遗属用的。"

曾国藩起身踱了两步，说道："不要留了，都交给左大人吧。我寻机再为阵亡员弁请奖吧。季高啊，这三百张职衔捐纳执照没有规定银数，你可以多劝一些。最高的品级是道员，最低的是典史。银子兑付，你就把回单交给夏道，由夏道再寄回户部。"夏廷樾急忙走出去。

左宗棠瞪起眼睛道："涤生，你要是信不过我，这五百张执照我就不要了，我另外想办法！"

曾国藩摆摆手道："季高啊，我有什么信不过你的呀，我是怕你毛手毛脚，给夏观察留麻烦。说一千道一万，总归银粮上的事，还是小心一些好啊！"

左宗棠揣起五百张空白执照离开大营后，夏廷樾小声对曾国藩说道："大人，职道知道您老与左大人是至交，您一次怎么能给他这么多执照呢？这要出个什么差错，您老可怎么跟上头交代呀？"

曾国藩一字一顿说道："夏观察呀，你是不知道啊，为了能重整我湘军水师旗鼓，左季高把功名前程都押给徐方伯了！我这几张执照算个什么呀！何况，左季高的为人我最清楚不过，光明磊落，从不苟且，死脑筋却能干成事儿。我大清国眼下，缺的正是这种人哪！"

---

①观察是人们对道员的一种尊称。道员又称道台、道。

咸丰四年（公元1854年）五月初，被江忠源奏留在营帮办军务的翰林院编修郭嵩焘离开江忠源大营赶回湘阴省墓。

郭嵩焘到湘不过三日，太平军便攻破庐州；刚刚得授安徽巡抚的江忠源战殁，其弟江忠淑、江忠义率残部突围。至此，湖北、安徽、江苏、江西、浙江五省大半糜烂，再无往日的宁静。

得知郭嵩焘回湘，曾国藩急上一折奏留郭嵩焘帮办营务，上准。郭嵩焘只得奉旨重新来到湘军大营入曾国藩幕。

当月中旬，历经一个月的紧张奔波，一身疲惫的左宗棠回到了省城。左宗棠到省的当日，一张五十万两白银的银票便递到了湘军粮台的手上。

对湘军颇有成见的徐有壬迫于压力，也只得着属员给湘军划拨了五十万两白银。左宗棠与徐有壬从此交恶。

有了银子，曾国藩于是请出绿营休致水师军官丁善庆、黄冕二人重整水师旗鼓，赶造新船；又听从郭嵩焘的建议，派员奔赴广州，通过买办，从洋人手里购买枪炮，全方位装备湘军各营。

曾国藩手里的一百万两银子很快告罄。左宗棠得到消息的当天，便带上两名随从，再次挑起筹款大任。

塔齐布则会同胡林翼、罗泽南、王鑫等各路人马，对湖南省内的太平军开始大规模的清剿，终使太平军在湖南无法立足，不得不分批退出省境，返回湖北。湖南全境收复。

湘军水师营船炮又渐渐制办齐备，陆营也有部分枪炮更换了洋人来造。这时的湖北全省已全部被太平军占领，每天都有上万名百姓及散兵败勇从各路进入湖南。

终于，湖北巡抚青麟也带着残部逃进了湖南苟延；湖广总督杨霈则率部退入安徽境内残喘。

骆秉章一面紧急安抚大量流民，一面快速上奏朝廷请求各地协饷如期到达。

咸丰接到奏报，立即下旨，旨曰："据骆秉章、曾国藩奏，全省贼匪肃清，湖北流民大量窜入，湖北青麟率部逃离武昌抵达长沙等语。览奏朕心甚慰。此皆骆秉章、曾国藩、塔齐布等同心谋划得当之故也。曾国藩开除所有处分，实授兵部右侍郎，着曾国藩会同塔齐布等，督率水、陆各勇，出境驰赴湖北助剿，断不可轻于一掷，再致损我军威。谅塔齐布与曾国藩同办此事，必能和衷商榷，计出万全也。青麟于武昌失守后退于长沙，实属偷生无耻。青麟着交荆州将军官文即行正法。所有青麟带赴长沙之兵勇，仍责令魁玉、杨昌泗管带约束，迅赴杨霈军营，听候调遣。其湖北难民应如何安抚资遣之处，着骆秉章迅筹办理，毋令别滋事端。曾国藩何时出境，做速奏来，不得延误。钦此。”

从圣旨上可以看出，咸丰已经抛开最初允许各省办团练的初衷，不得不征调本为守土保境的团练出境作战了。

曾国藩练成的湘勇成了朝廷收复湖北全境的希望。曾国藩接旨的当天便给咸丰帝上了《恭谢天恩折》，折后附有《请提督塔齐布会合东下》及《胡林翼随同东征》二片。

折片拜发，曾国藩便开始筹备东征各事。十几日后，圣旨飞递湘军大营：对曾国藩所奏一一照准，并补授胡林翼四川按察使随同湘军东征。见到圣旨，骆秉章全身一抖，手里的茶碗随之落地。

骆秉章急把左宗棠传进签押房，顿足道：“塔齐布系曾涤生一手提拔，曾涤生为确保万全奏请塔齐布随行东征本部院不好说什么，但他却连胡润芝也一起奏调了去。季高你说，我湖南怎么办？如果长毛反扑怎么迎敌？曾涤生光顾着去湖北立功，他怎么就不想想，如果湖南出了事情，他几万人马的粮饷从何而出？”

左宗棠正要讲话，恰巧徐有壬进来禀告公事。骆秉章便又气愤地把曾国藩将胡林翼调走的事对徐有壬说了一遍。

徐有壬原本就对曾国藩心存成见，一听这话，他便两眼一瞪，大叫道：“他曾侍郎这么做，分明是看湖北重于湖南。他下得了手，本官也下得了手！本官掐他的粮脖子，断他的饷根子！”

左宗棠眼望着徐有壬冷笑一声，道：“藩台大人，左季高还想和您打上一赌。您当真敢断几万湘勇的饷粮，皇上就敢砍掉您老的项上人头！大人信不信？”

左宗棠话毕起身离去，把徐有壬气得跳起脚来骂道：“抚台大人，您听听，您老请的师爷，都骑到司里的脖颈上了！司里这还哪是朝廷的命官，司里都快成他左宗棠的下人了！”

骆秉章劝道："好了，好了。季高的脾气你又不是不知道，你别看他当着我俩的面这么说，说不定，他此时已经出城去找曾涤生吵架去了。季高这个人哪，要文有文，要武有武，就是脾气不好。你就看在他往日替你筹饷的份上，多担待他一些吧。现在你还看不出什么，真到有了事故，你才知道这个人的能耐呢。"

骆秉章果然料个正着，现在的左宗棠，当真已经离开巡抚衙门，乘轿直奔城外的湘军大营找曾国藩去了。

一见曾国藩的面，左宗棠也不顾罗泽南、彭玉麟、杨载福等各路将官在场，大声说道："涤生，你真是糊涂！你东征奏请塔齐布率军随行也就是了，如何连胡润芝也一发带了去？"

曾国藩一愣，说道："季高，你这是咋了？胡润芝文韬武略俱全，是难得的能员，本部堂奏调能员随征不对吗？"

左宗棠顿足道："当然不对！你怎么就不想想，你东征湖北，饷粮来自哪里？还不是湖南吗？岳州是湖南、湖北的主要水上粮道，而润芝此时就守在岳州。岳州几次被长毛占据，自打润芝去后，三千守军被他布置得极其得当，一丝破绽不给长毛。你可好，调了塔齐布不算还要调走润芝，你这是自掐咽喉啊！"

曾国藩愣了半晌，点头道："季高所言极是。你这一顿骂，倒把我骂醒了。本部堂接到圣旨，一心只想尽快收复湖北全境，却忘了后路！季高，你骂得好！本部堂所请皇上虽已恩准，但本部堂仍决定把润芝留下来。当然，这需要骆抚台单给皇上递个折子。来人，给左大人摆茶上来。左大人的嗓子已经冒烟了！"在座的湘军将领哈哈大笑起来。

做官诀窍

左宗棠从湘军大营回城，连夜替骆秉章拟了道《通筹防剿大局谨拟制办船炮》一折，折后，又附《请留胡臬司驻守岳州》一片。该片的主题只有一个：岳州关乎湘军东征成败，胡林翼不能离开岳州。

片曰："臣维胡林翼以文臣兼娴武略，带勇随征，固可期其得力；但岳州关系甚大，必须重兵驻守，始为计出万全。"又说："此次大军东下，利在遄行，原不暇久留镇压。设使大军东下之后，余匪复肆鸱张，或逆贼乘我军后路空虚，间道抄袭，致大营粮台声息中梗，所关殊非细故。"最后才点出主题："臣愚昧之见，胡林翼随同东征，不过多一起劲旅。而以此时事势言之，则驻守岳州，遥为大军声援，俾大军无后顾之忧，数省有藩篱之固，尤于大局有裨。"

允准圣旨不久颁下，胡林翼于是得以继续在岳州驻防。

湖南形势见好，在京供职的湖南籍官员开始纷纷告假回籍省亲、省墓，这倒也是人之常情。这当中就有一位都察院的御史，姓宗名稷辰，也赶回湘潭省亲、省墓。这位宗御史当时已是年近六十，太平军连续几年横扫大江南北，两江、湖广无一省不糜烂，势头只见其猛不见其弱，他以为在有生之年是难归故里了，孰料仅仅几年光景，官军便把太平军打出了湖南，圆了他回乡之梦。

宗御史有个儿子叫宗冬生，本在军营效力，得知父亲打京城回来省亲、省墓，他便也告假回来陪伴父亲。

宗御史到家的当日，便在儿子的陪伴下，屋前屋后走了走，又绕着庄子看了看。宗御史见屋子还是他离开时的屋子，村庄还是他记忆中的村庄，丝毫未遭战火洗劫，加之一家大小无缺，满门无恙，心里就更是高兴，便对儿子道："冬生啊，长毛作乱，举国震动。为父走一路，见到的不是流民便是死尸，村庄也毁坏极多，这骆秉章当真不同凡响啊。放骆秉章做湖南巡抚，真我三湘之幸也。"

冬生说道："父亲所言极是。说起来呢，湖南能有今天，固然与骆抚台谋划得当有关，但真正出力的还不是骆抚台，倒是我恩师。想张大人做湖南巡抚时，长毛围攻长沙整整八十余天，若非张大人请出我恩师佐以兵事，长毛岂能退兵？我湖南又安能保全？”

宗稷辰大叫道：“冬生啊，你恩师是哪个？为父如何不知道？你何时拜的师父？”

宗冬生笑道：“父亲如何就忘了？儿子的师父不就是湘阴孝廉左三爷吗？道光二十九年，左三爷在长沙写信征求过父亲的意见，父亲回信是同意的。父亲怎么就忘了？”

宗稷辰沉思片刻，忽然点头道：“为父想起来了，你说的是湘阴左季高吧？”

宗冬生说道：“就是他呀！若非他老人家替巡抚衙门到处筹款，曾大人的水师营如何能这么快便重整旗鼓东征啊！若非他老人家料理军务，湖南也不能这么快全境克复啊！”

宗稷辰一边走一边吩咐道：“我们进屋里来谈！”

宗稷辰回京后，不久便给咸丰帝上了一折，大讲左宗棠的才能。

咸丰五年（公元1855年）十二月，两道圣旨飞递进湖南巡抚衙门。

一旨曰：“都察院御史宗稷辰奏，平寇需才，请保举备用一折。现在用兵省份委用需人，如有才兼文武胆识出众之士，自应随时采访，或令随营，或办团练，以收实效。该御史所称湖南之左宗棠，不求荣利，迹甚微而功甚伟。若使独当一面，必不下胡林翼诸人。着骆秉章悉心访察，如其人果有经济之才，即着出具切实考语，送部引见。此外衡茅伏处不乏英奇，并着各省督抚广为谘访，其素怀忠义韬略过人者据实保奏，一并给资，送部引见，候朕录用。总期保举得实，毋尚虚声。”

二旨曰：“湖广总督着官文兼署；赏胡林翼二品顶戴实授湖北布政使兼署湖北巡抚。”

接旨的当天，胡林翼即率本部人马离开岳州，到长沙来向骆秉章、徐有壬及左宗棠辞行。

见过骆秉章等人后，胡林翼径直来到左宗棠的房里。

左宗棠当日恰巧刚从辰山家中返回。见左宗棠疲倦的样子，胡林翼顺袖中摸出张一千两的银票，递给左宗棠道：“季翁，这是一千两银票，里面有骆抚台五百两，我的五百两，给您在长沙买宅子用。您老再这么长沙、辰山的两头奔波，用不几日身子就该垮了！”

左宗棠把银票往外推了推，道："大房生闺女，二房又有孕，我不勤回去看看哪成！你赶紧把银票收起来，你刚放鄂抚，应酬少不了，使银子的地方多着呢。我用不着，我有田有地有家业，就算三年不收成也饿不着。"

胡林翼把银票往左宗棠的手里一塞，说道："行了，您就别嘴硬了！您那点儿家业，瞒得了别人，却休想瞒得了我！你左家的什么事，陶桄哪项不是一清二楚？您手里头要是有银子，您能这么久不在长沙买宅子？"

左宗棠不再言语，默默地接过银票看了看，口里忽然有些难为情地说道："都是长毛闹的！弄得我那么大一份家业，现在到处都是债！润芝，现在湖北大部被曾涤生收复，你打算何时动身赴任？说也奇怪，武昌收复之初，朝廷让涤生兼署鄂抚，哪知道十天不到就变了卦！看样子，涤生这颗棋子，朝廷还没有找着合适的位置安排。"

胡林翼说道："季翁，说起来呢，朝廷也不是朝令夕改。设若涤生当真放了鄂抚，那几万湘军怎么办？现在安徽、江西、浙江、江苏大半还在长毛手里，江南、江北两个大营也是刚有起色，朝廷不能不从长计议呀！"

左宗棠想了想说道："润芝啊，官文这个人，我听说一贯瞧不起汉官。你和他相处，可要小心提防着些呀！"

胡林翼笑道："季翁请放心，官文这个人，我在京里时，就和他有过来往。不错，这个人的确有些瞧不起汉员，但也要看对谁。我对他，还是有些办法的。涤生现在已经挺进安徽，并分兵江西、浙江二省，湖广有为湘军筹饷筹粮之责。他官文如若只打自己的小算盘，我怎么能对得起涤生呢？我做鄂抚，就得保几万湘军不饿肚子啊！"

左宗棠高兴地说道："润芝，你能这么想，我就放心了。还有，你到武昌后，寻机让桄儿到你身边吧。他年纪不小了，也该出去历练了。江督陶制军生前，可对你我都不薄啊！"

胡林翼点头道："季翁所言极是，我寻机办理就是了。"

二人别后，胡林翼带亲兵赶奔安化陶府去拜别，左宗棠则被骆秉章传进签押房，说道："季高啊，前些日子比较忙，你的事本部院也没有顾得上招呼。如今湖北已被曾侍郎克复，湘军正向安徽推进，我湖南此时正能清静几日。本部院给你老弟放几天假，你把家移到长沙来住吧。这样，也省却了老弟奔波之苦，缺人手缺银子，你只管跟我说。”

左宗棠心里一热，忙答道：“抚台太抬举下官了。适才，润芝已经把银票交给下官了，其实，下官并不短银子用的。”

骆秉章打断左宗棠的话，哈哈笑道：“好了，好了。你我相交日久，你就不要多说什么了，快忙去吧。”

咸丰六年（公元1856年）二月，左宗棠用骆秉章、胡林翼二人所济银两，在长沙司马桥附近购得宅院一座。三月，左宗棠将一家大小由湘潭辰山迁至长沙居住。

四月初，一道圣旨飞递进湖南巡抚衙门。旨曰：“据曾国藩奏，湖北全境克复实赖湖南抚臣骆秉章一力维持，接济船炮，拨给饷项，添募水陆各勇。该抚署内幕友候选同知左宗棠，于外江水师尤为殷勤保护，一船一炮一哨一勇，皆苦心照料，劳怨兼任。其一面在长沙操练，一面劝捐饷需，毫无抑勒，绅民为之感动。其致书臣云‘如饷项紧急，则倾家荡产，亦所不恤！’等语，实属力拯大局，公尔忘私。湖南抚臣骆秉章，受恩深重，自应竭诚报国，左宗棠等员则吁恳恩施等语。着赏左宗棠五品顶戴，以兵部郎中补用。钦此。”

接旨毕，骆秉章一面强装笑颜向左宗棠道喜，一面心里想道：“这个曾涤生，他倒抢在了本部院的前头！我倒成了知贤不举了！”

左宗棠却苦着脸说道：“抚台大人哪，下官都已经四十四岁了，不要说兵部郎中，就算赏个四品京卿，又顶什么用啊！您还是替下官上个折子，把这候补郎中辞了吧！”

骆秉章笑道：“季高啊，本部院知道你老弟是在说气话。恩赏的顶戴，哪能说辞就辞呢！这做官的诀窍啊，就是凡事都得一步一步来。心急怎么能行？本部院先替你上个谢恩折，你哪，该干什么还干什么。”

左宗棠当日回府，一个人在书房喝了半夜的茶水。茶罢，又在灯下含毫命简，给胡林翼写信。左宗棠在信中写道：“曾涤翁上奏，保举数君，巍然以本司宦名冠首。俾先人得邀诰命之荣，是平生所欣羡祈祷而不能得者，若锡类有恩，则三十年孤儿可以瞑目矣；不朽之感，何烦言喻！然鄙人自念平生绝少宦情，于浮名尤所不屑，所谓布衣躬耕，不求闻达前身，亦尝自颂之矣。自咸丰三年至上年屡辞保举，非但廉耻不容尽丧，亦实见得时局日艰，担荷不易。剿贼非有大权不能，使我得以数千人当一路，不缺其饷，何尝不可有成？无如出身太迟，资望不足充当世用，我之例不过交某人差遣而止，即真诸葛亦无可展布，何况假耶？与其抑郁而无所施，何若善刀而藏为宜。”

从信中可以看出，左宗棠不是不想出去做官，实在是不想受人差遣，处处仰人鼻息。

信发走不久，胡林翼复信。胡林翼在信中提出，若左宗棠“肯到湖北巡抚衙门充幕”，“当备四辆车一行”。

四匹马拉的轿车，相当于八人抬的绿呢大轿。清朝官制，外官非三品以上文职大员，不能乘坐八人抬绿呢大轿，否则按违制治罪。

左宗棠连夜回函，称：“此断不可。数以微贱姓名上达天聪，实非所宜，且恐傍人之话短长者谓其急于求进，或非少宝山人倍索身价，尤非鄙心所安也，乞赦之。”

显而易见，左宗棠不肯离开骆秉章，恐招人讥讽。胡林翼接信苦笑数声，只得作罢，但却悄悄为左宗棠拜发密保一折。

轩然大波

圣旨再次来到湖南巡抚衙门。旨曰：“湖南举人左宗棠，前经曾国藩奏后，已经赏五品顶戴分发兵部郎中上行走；复经胡林翼奏称，‘左宗棠才学过人，于兵政机宜、山川险要尤所究心，其力能兼江西、湖北之军，而代臣等为谋’，‘左宗棠秉性忠良，才堪济变，敦尚气节，而近于矫激，面折人过，不少宽假，人多以此尤之，故亦不愿居官任职，若能使其独领一军，必有大效’等语。又经骆秉章奏该员有志观光，俟湖南军务告竣，遇会试之年，再行给资送部引见。现在军务需才，该员素有谋略，能否帮同曾国藩办理军务，抑或无意仕进，与人寡合，难以位置？着骆秉章据实陈奏，不得有丝毫隐瞒。钦此。”

左宗棠接旨之后也是连连叫苦不迭。左宗棠知道，胡林翼如此举荐，不仅暴露了左宗棠的去意，而且把左宗棠推向了一个非常尴尬的境地。如果左宗棠就此离开幕府，骆秉章会说他左宗棠不够义气，天下人也就从此以后对他左宗棠瞧不起。这样一来，就算骆秉章同意左宗棠到曾国藩麾下去独领一支湘军，左宗棠也不会去的。何况，骆秉章也根本不会让左宗棠走。反之，如果举荐的人不是胡林翼，而是湘军统帅曾国藩，情况就大不一样了。一则，曾国藩此时的分量在咸丰帝的眼中比骆秉章重；二则，曾国藩以军务奏请也名正言顺，骆秉章就算有一千个理由也大不过军务二字。胡林翼是好心办了件坏事。

不过，经此二旨，左宗棠的名声总算大了起来。各省督抚乃至各路统兵大员几乎都知道湖南幕府有个左宗棠，是个才学过人，却又无意仕进的能员。名声越来越响，左宗棠的心情反倒许多天不能开朗。

一晃儿，咸丰八年（公元1858年）到了，左宗棠已四十六岁，须发间已夹杂起白霜。九月，骆秉章奏保左宗棠“连年筹办炮船，选将练勇，均能悉心谋划”，诏赏左宗棠四品卿衔。

从咸丰三年（公元1853年）算起，左宗棠整整在幕府做师爷五年，才算熬了个四品的空顶戴，左宗棠颇有些心灰意冷了。

这一日，左宗棠刚坐进师爷办事房，便被骆秉章传去，骆秉章道：“季高啊，增援贵州的田兴恕刚刚发来个军粮告急的函件，你明儿就带几个人去办一下吧。案上的事情，先交代给别人，这个事比较急。”

左宗棠一愣，问：“抚台大人，上个月不是刚运走一万石吗？田兴恕不过两千人，吃得也太快了吧？”

骆秉章叹一口气道：“快别提那一万石了，还没走到半路，就让别的官军伪装成长毛给劫走了！这件事，本部院已知会了总督衙门，官制军正在派人调查。看样子，这押运粮草啊，不光要防着长毛，还要防着官军呢！现在各省都在练勇，都在挖空心思弄银子弄粮草。现在的大清国呀，已经不是以前的那个大清国了！”

左宗棠大叫道：“这也太缺德了！我湖南现在筹上一万石粮食不知有多难！他们怎么就不想想，几万湘军的粮草，有一半出在湖南。大人，依我看，这件事您老得奏明圣上。”

骆秉章摇头道：“本部院得知此事也是十分气恼，可是反过来一想，也只能认了！咳，看官文怎么说吧。季高啊，不知你发现没有，自从官文做了湖广总督，本部院做起事来，总觉着放不开手脚，总像有一双眼睛在背后盯着我们看。”

左宗棠用鼻子哼一声道：“天下人都知道，上头把官文放到湖广，不就是安的一根眼线吗？塔齐布战殁，尸首还没起运，他官文的保举单就已经递上去了，奏请樊燮署理湖南提督印务！

樊燮是永州镇总兵，永州离省城最远。这要不是官文保举，这提督印绶无论怎样也轮不到樊燮护理呀！现在可好，提督府在省城，提督却在永州统兵，这不是瞎胡闹吗？湖南提督出缺，提督人选总要问问湖南巡抚才合正理！他官文的手伸得也太长了！”

骆秉章默默地喝了一口茶，摆摆手道：“季高啊，官文想插手提标的事，就把提标交给他好了。樊燮反正要十天回省城禀见一次，等他跑累了，他自己就打退堂鼓了。我们还是先顾眼下吧。”

左宗棠低头走出签押房，回到办事房只略坐了坐，便换了常服乘轿回府。他想回去早早歇着，明日好早些到下面去征粮。

到了府门，左宗棠迈步下轿，见府里的老管家正站在门旁仰着脸向天上望。

左宗棠见管家极其专注，不由问道：“老张，你这是干啥呢？”

管家老张一愣，回头见是左宗棠，便笑道：“是老爷回府了，小的正在这里琢磨西厢房的事呢。老爷，小的扶您进去。”

老张紧走两步来扶左宗棠。左宗棠一边进门一边问：“西厢房不是租给一个卖肉的了吗？是姓徐的吧？怎么，他不想租了？”

管家说道：“老徐不是不想租了，是他租不起了，他的肉摊，今天中午让提督府的军兵给砸了！”

左宗棠笑道：“提督府的人砸他的肉摊干什么呀？等等，你说提督府的军兵？老徐没闹错吧？提督府里有家丁，怎么会有军兵呢？樊军门过几天才该回省城，提督府留军兵干什么呀？提标军都在永州屯扎呢。这个老徐，怎么乱讲话呢？”

管家说道：“谁说不是呢？可老徐死咬定是提督府的军兵，不是家丁，还说得有鼻子有眼。”

左宗棠驻足问道：“老徐走了没有？”

管家答道：“老两口子正在收拾东西，想明儿一早走。小的见他们俩哭得一把鼻涕一把泪的，就没忍心撵。”

左宗棠点头说道：“让他们宽住几日也没什么打紧。这样吧，你去把老徐给我叫到书房，我想问他几句话，顺便跟他说，如果没有去处，就先住着。我们手头再紧，也不差他那几毫银子。我到书房等他。”

管家忙答应一声提起长袍向大门走去。

左宗棠推开上房的屋门，自有一班下人赶忙过来为他宽衣、净面，大少爷孝威也走过来问安。左宗棠简单问了一下孝威的功课，便走进书房坐等老徐。

早有家人把茶摆进来。左宗棠在长沙购得的这套宅院比较气派，是三进三出的一个大院落。很宽敞的门楼，旁边依例贴着“京卿府邸，不准喧哗，如违送官”的标志，证明着主人的地位。第一排房子自然先是门房，与门房相邻的依次是下人的住房、轿夫的住房及轿房。挨着轿房便是一排厢房，厢房里放着杂物，空着的那间厢房赁了出去，住着老徐。赁出去的这间厢房门冲外开。过了天井便是上房，里面有书房、待客的方厅、饭厅，还有卧房；左宗棠和一妻一妾以及几名丫环住在这里。上房的后面便是第三排房子，里面分设塾馆以及大少爷孝威的书房、管家的卧房及账房；左宗棠未出阁的几位闺女住在第三排房子的东厢房里，塾馆的先生则住在靠近塾馆的一间屋子里。府里的奶妈及几名粗使丫头住西厢房。东、西厢房直通上房，窗子上都挂着帘子，和第三排房子分成两个世界。

这套宅院的前主人是一名布匹商人，布商故去后，家道败落，无以为继，加之太平军兴起，这才卖到左宗棠手里。

左宗棠到书房落座不一刻，管家老张便领着老徐走了进来。老徐五十上下年纪，穿着不甚体面，胸前油光光一片，戴着顶破毡帽，显得很局促。

老徐施过礼，左宗棠也不及细看他的面目，开口便问道：“老徐呀，听老张说你的摊子让提督府的军兵给砸了？你有没有看错呀？提督府里住着的是提督的五房太太和一班少爷、小姐，怎么会有军兵呢？你说的是不是樊军门回省禀告公事期间的事啊？”

老徐答道：“回老爷话，提督府里不是现在才派的军兵，是一直都有军兵住着，总共不下十几人，有专管做饭的，还有专管置办菜肉的，还有几个，是专给几房太太做跟班，这一条街的人都知道。这些军兵好像是一个月一轮换，他们上个月当班买菜的就蛮好，我们都叫他陈老好。这个月换了个姓徐的，就不好，每回到街上买菜买肉，总是过完秤之后再捎上一些，还不容人说话。俺们背地里都叫他徐大孬。这个徐大孬，他当班的第一天买肉，就拿了俺个猪腰子，以后就回回整这事儿。就是三天前，他一共才秤了十二斤肉，过完秤他拿了俺的腰子不算，又诬俺的秤不准，竟自己动手，又斩了一块肉。俺实在气不过，就说了一句：'军爷这是想把俺的摊儿弄黄了呢！'就这一句，徐大孬就来气了，回去后不久就带了四个当兵的，啥话不说就把俺的肉摊儿给掀了！摊儿上还有百十斤肉和两大盆杂碎。老爷您说，俺这生意还咋做？"

左宗棠笑道："老徐呀，你讲的这些话，我听来听去总觉着不太牢靠。你可能不知道，提督如果在提督府办公事呢，这提督府就可以派军兵充夫役。可如果提督不在省城办公事呢，这提督府就是私宅。你想想，私宅怎么可以派充军兵充夫役呢？樊军门一直在永州镇守，永州的提督府才是真正的提督府。省城里住着樊军门的一家大小，算不上是提督府，只能是樊府。老爷我在抚台身边当了好几年的差，你说的这些事，如果是真的，我怎么没有听人讲起过呢？这徐大孬啊，大概是城外绿营的人，是你错把他当成提督府的人了。"

老徐回答道："左老爷，您讲这话俺就不明白了。就算是小的一时糊涂错把绿营的伙夫当成了提督府的人，难道一个街的人都糊涂了吗？老爷怎么就不到街上访听访听呢？老爷如果没有别的话要问，小的可就回去了，小的正收拾东西呢。"

左宗棠摸着胡子说道："老徐呀，卖肉这生意还可以吧？利钱好不好啊？"

老徐答道："回老爷话，小的若卖掉一头整猪，便能剩一副头蹄下水。若是赶巧行情好，挣的还不只这些。如果要是自己买猪杀来卖，赚的就更多。小的若不是得罪了提督府的人，还想把摊子扩大一些呢。现在不中了，徐大孬已喊出话来，俺一天不滚出省城，他就带人砸俺摊儿一次。所幸我在乡下还有三亩薄田，就算回去也饿不着。老爷，俺能走了吗？"

左宗棠笑道："老徐呀，你这也不算什么祸事。这样吧，你明天还到街上照常去卖肉，老爷我怎么说也在巡抚衙门当了几年差，我跟提督府的人言语一声，做个中人，让徐大孬以后不再为难你就是了。当然，我并不是非要你赁我的屋住，你如果想赁个离街面近一些的，随你，我的屋再租给别人来住。徐大孬每天都是什么时候去街上买肉？”

老徐高兴地说：“老爷肯替小的去说情儿，俺替一家老小先谢过老爷的大恩大德。老爷请放心，俺只要不离开省城，就赁老爷的屋住。”

左宗棠急道：“老徐，你是越说越远了。你还没说徐大孬什么时辰去买肉呢？”

老徐忙答道：“小的一高兴，忘了回答老爷的问话了。徐大孬每天都在午后来街上买肉买菜，有时是一个人，有时是两三个人陪着。”

左宗棠点头道：“那我俩就说好，明天你照常去卖肉，午时一过，老爷我准时去会你。只要徐大孬一露面，老爷我就为你求个人情。去吧，老爷明天就办你的事。”

老徐离去后，管家老张笑道：“老爷您真是个热心肠的人，老徐他一家上下不定多感谢您呢！”

左宗棠一边喝茶一边道：“我这算什么热心肠啊？我不过是想验证一下老徐说过的话。这话反过来说呀，你说这老徐不是犯混吗？卖肉有这么好的利钱，你跟他们置什么气呀？他这是和银子过不去呀！老张啊，你这几日也到街上转转，找个好地面，我们也支个卖肉的摊子吧。我适才在肚里算了算，一天就算卖掉一头猪，这一年下来，比二十亩地的收成还好呢！有好生意就得赶紧做，不能眼看着白花花的银子往别人的腰包里滚！”

老张双手一拍道：“许多人都说老爷是大经济，老爷真不愧是大经济。您说，小的也听老徐讲了这半天，怎么就想不到也去街面支个摊子卖肉呢？”

二人又说笑了一会儿，左宗棠这才到饭厅去用饭。饭后，左宗棠先到夫人诒端的房里坐了坐，然后便起身去了侍妾张氏的房里。诒端虽心生诸多不快，却也无可奈何，不过是骂了丫环两句，借由发泄了一下不满而已。

第二天一早，左宗棠乘轿来到巡抚衙门，先把征粮的人打发下去，这才到签押房来见骆秉章。骆秉章碰巧一早便出去了。左宗棠只好回到自已的办事房，坐下一个人喝闷茶。

不一刻，衙门里的誊写师爷叫洪小二的也去签押房找骆秉章。洪小二回来的时候，见左宗棠的房门开着，便顺道进来，请个安，无非是个过场。

左宗棠正闷得发慌，一见洪小二，便一把拉住，让他陪着自己喝杯茶。洪小二推不过，只得坐了下来，口里无意中便说了这么一句：“你老哥有发达的那一天，可别忘了我们这些在一个锅里搅过粥的弟兄。”

洪小二原本是无意中说的话，按说不该当真，但左宗棠是个直性子，有话又不愿憋在心里，他见洪小二这话说得郑重，不由追问一句：“洪二爷，您是信口胡说还是听到了什么？”

“什么？”洪小二一愣，反问一句，“左爷的话我没听明白。”

左宗棠一听这话，立时就把双眼一瞪，说：“你我同是抚台身边的人，不能一见面就说奉承话。奉承话说多了，听着就刺耳朵。洪二爷，我对您就从来不说奉承话。”

洪小二被左宗棠的一番话说得愣了许久，不得不说道：“左爷也用不着这么说，其实我也是听里头的大少爷说的。昨儿我陪大少爷去街上听戏，大少爷忽然问了我这样一句话：‘我说老洪，你说左宗棠都快五十岁的人了，还能带动兵吗？’我当时见大少爷这话讲得古怪，就问：‘大少爷，左爷是候补的四品卿衔，是京官，要不是抚台他老人家奏留，他早进京引见了。皇上怎么能让左爷去带兵呢？’大少爷便说道：‘可曾侍郎却给爹写了密信，让爹上个折子奏请左宗棠募勇去江西援剿。’我忙问道：‘你爹答应了？’大少爷答道：‘我爹当然不能答应了。我爹说曾侍郎是在挖湖南的墙脚。我爹说，现在湖南的饷出这么大，我爹还得靠左宗棠筹饷呢。’左爷您说，如果不是大少爷说这么一嘴，我能信口胡诌吗？”

左宗棠沉吟了一下，笑道：“洪二爷，是我错怪您了，我生来说话就不会绕弯弯，您也不要怪罪。其实，抚台大人说得对，左季高这个人哪，是只会筹饷啊！”

一听这话，洪小二马上又开始在心里懊恼起来。他回到自己的房里后，又是打自己嘴巴，又是掐自己的大腿，口里骂自己道：“我他娘的这不是发傻吗？我这不成了挑拨抚台和幕僚之间不和吗？我他娘的是吃饱了撑的呀！”

洪小二说得不错。洪小二的一席话，的确在左宗棠的心里掀起了轩然大波。他知道，自己在骆秉章身边就算帮幕一辈子，骆秉章也不会放自己出去带兵的。骆秉章的自私，与张亮基比起来有过之而无不及！左宗棠非常清楚，自己要想在官场上有一番作为，是必须离开骆秉章的。可以肯定地说，他在骆秉章身边，永远都只是为他人作嫁衣的角色。

左宗棠进而想，与其为他人作嫁衣，还不如退隐林下经营自己的田产来得实际。他一边喝茶，一边叹息，整整苦恼了一个上午。

午饭前，左宗棠又到签押房看了一趟，见签押房房门紧闭，也没有侍卫守候，便知道骆秉章还没有回来，就一个人去饭厅用了饭。饭后，也顾不得喝茶，便换上便服带上张升，徒步向街市走去。

权力斗争

长沙是湖广重要的水陆商埠，极其繁华，虽经过战火洗劫，有过短暂的萧条，但随着太平军被湘军逼出境后，很快又热闹起来。

左宗棠自打入幕巡抚衙门，每日忙于差事，已极少到街面走动，现在突然来到街市，满眼是吆喝的商贩和滚动的人潮，使他好半天不知该往哪里走才对，后经一个卖大葱的指点，他才找到卖生肉、熟肉的地方，入眼的又全是肉贩和案上的各种生肉、熟肉。

左宗棠一家家走过后，在最末一家看到了正给人称肉的老徐。

料理完生意，老徐把左宗棠拉到一个木凳上坐下，说道："左爷，俺还以为您老把答应俺的事给忘了呢！"

老徐话毕，忽然把手指往对面一扬，悄悄说道："左爷，您都看见了吧？那个蹲着挑菜的人就是徐大孬。俺估摸着，他买完菜，就该去买肉了。"

左宗棠细细看了看，便起身把张升拉到一边道："张升啊，你拿上我的片子去首县一趟，把首县请来，就说老爷我在此候他。"

张升接过片子飞快地向县衙奔去。这时又有人来称肉，老徐忙去料理，左宗棠一个人坐着看老徐割肉，过秤，与买肉的人热情地搭话。老徐打发走一份，跟着又来了三份，老徐忙得无暇与左宗棠搭话。

看着老徐生意红火，左宗棠心想："卖肉这生意，还真是不错。"

徐大孬一身戎装慢悠悠地向老徐的肉摊走来。徐大孬的后面，跟着一个双手拎菜的人，看上去应该是个跟班。

徐大孬远远地就喊："老猪狗，你又摆上了？爷跟你交代的话，你没听见是不是？"

老徐一边砍肉，一边对左宗棠道："左老爷，这大孬又来和俺拼命了！您快去同他说话吧。等他们两个到了跟前，说话可就来不及了！"

左宗棠坐着没动，口里却瓮声瓮气道："军爷是提督府里的吧？"

徐大孬已然来到摊位前，他听了左宗棠的话，随口便道："你老儿眼力不错呀？也是卖肉的？是生肉还是熟肉？是牛肉还是猪肉？你的摊子在哪儿？"

左宗棠道："你这个后生，怎么张口就叫我老儿呢？我的年纪都快赶上你爷爷了！"

徐大孬一听左宗棠讲话底气十足，不像是市井小民，心头先就一懔，不由问道："你究竟是谁？是你先和俺搭的话，俺不叫你老儿难道还叫你老爷？"

左宗棠道："想知道我是谁对吧？我先问你一句，巡抚衙门里有个左宗棠你知道吧？"

徐大孬道："你这人真会问话，全湖南有几个不知左师爷的？俺不仅认识，还同他老喝过酒呢？怎么？你是这左师爷的亲戚吧？"

左宗棠笑道："左宗棠就是我。你看像不像？"

徐大孬忙道："你这个人越说越不知深浅了。你恐怕也没见过左师爷吧？让爷来告诉你，这左师爷虽是巡抚衙门的文案师爷，但却是抚台身边的红人，连俺家军门都巴结他呢！还有，左师爷是四品京卿，顶子和道台的一般无二，出得门来，那叫前呼后拥，气派大的，简直就是湖南的二巡抚！小老儿，你现在还说你是左宗棠吗？俺先替左师爷赏你一拳，省得你在外面满嘴胡说八道丢他老的人。"

徐大孬话毕，抡拳便向左宗棠扑来。左宗棠虽慌忙起身，终不及当兵的人腿快，身上已被重重踢了一脚，险些倒地。

老徐此时已顾不得生意，挥刀大叫道："提督府的人又开始行凶了！"跟在徐大孬身后的军兵飞起一脚就把肉案踢翻，大骂道："知道俺是提督府的人还乱叫！”

左宗棠气得拿过身旁的木凳便和徐大孬打在一处。徐大孬怕被凳子砸着，随手便操起散落地上的一角猪肉来迎战。

张升领着首县朱孙诒并两名衙役飞也似地跑来，一名衙役大叫道：“县大老爷在此，你们还不住手！”

徐大孬一听这话，不得不把手里的猪肉向地下一扔，骂道：“老猪狗，看爷不让县里的人把你下大狱！”

左宗棠此时已是狼狈至极，身上不仅到处是猪血，脸上也沾了不少的肉沫子。

左宗棠放下木凳子，一边蹲下喘粗气，一边用手指着徐大孬道：“好！打得好！打得好！左季高活了四十六岁，还从没这么被人打过！痛快！痛快！”

首县朱孙诒到了近前，先喝令随行的衙役把两个军兵拿下，这才紧走两步来到左宗棠的面前，一边往起搀扶一边道：“大人，您老怎么和人打上了？伤着没？”

徐大孬这时大叫道：“看清了，我俩可是提督府的人，误了府上开饭，您大老爷可要吃不了兜着走！”

左宗棠站起身来，慢慢走到徐大孬的跟前，劈手便是一掌，骂道：“狗仗人势的东西！你口口声声是提督府的人，老爷我还是巡抚衙门的人呢？你提督府的人就可以随便踢人家的摊子？”

左宗棠回头对浑身哆嗦的老徐说道：“老徐，你算一算，你这些猪肉值多少银子？让这两个杂种赔给你！”

张升这时已操起飞落在地面的一块布巾在为左宗棠擦衣服。

张升小声道：“老爷，小的回衙门再给您老取件衣服过来吧？”

左宗棠苦笑一声道：“不用了，我还要到县衙门有公事要办。”

朱孙诒这时道：“左大人，本县把这两个孬种押到衙门赏他们一顿板子，给您出出气？”

左宗棠笑道：“左季高是个读书人，却偏生爱打架，可一直没找着对手。老了总算和人打了一架！却又没有打出人血，倒打出了猪血！你说可笑不可笑？你把他们两个带到县里，我还要问他们几句话。”

左宗棠一瘸一拐地同着朱孙诒及衙役们把徐大孬二人带到首县大堂

之上。

朱孙诒让人给左宗棠净了面，又沏了壶茶摆上，这才惊堂木一拍，喝令徐大孬近前跪下，说道："你这个不长眼睛的兵痞！你给老爷听好了！左大人问你话，你要老实回答，不得有半点隐瞒！如若不然，看老爷不把你的屁股打成两半！"

朱孙诒随后低声对左宗棠说道："大人，您想问什么话就问吧。"

左宗棠先喝了口茶水，又摸了把胡子，这才问道："你叫什么名字啊？到绿营当差几年了？一直在樊军门身边吗？"

徐大孬急忙讨好地回答："回左师爷的话……"

朱孙诒一听这话，登时把两眼一瞪，大喝道："大胆！左师爷是你叫的吗？叫老爷！"

徐大孬忙道："叫老爷，俺叫老爷。回左老爷问话，俺姓徐，大号徐得胜，小名狗剩，来绿营已经三年了，一直在樊军门的亲兵营当差，是马兵。"

左宗棠点一下头，又问："徐得胜，你来提督府当差多久了？"

徐得胜答道："断断续续地，总有半年了吧，我们是十天一轮换。以前我在门上当差，这个月才被派到灶上。"

左宗棠想了想，又问道："徐得胜，我来问你，提督樊军门一直在永州把守，他十天才回省城一次，你们在提督府当差总有个头人吧？"

徐得胜答道："我们在提督府当差的马兵、步兵共有五十几个人，都是由外委把总李士珍管带。李把总是我家少爷的亲娘舅，住在府里方便些。"

左宗棠问："徐得胜啊，提督府除了你们之外，还有家丁吗？比方说护院的，给太太扶轿的。"

徐得胜答道："没有。"

左宗棠问："那管家呢？管家总该有吧？"

徐得胜摇头答道："回老爷话，管家就是李把总，别的管家小的没有见过。"

左宗棠端起茶碗喝了口茶，忽然又问道："徐得胜啊，我还有一件事要问你。樊军门于本年八月进京陛见[①]，并没有带着家眷，却整整走

①臣下谒见皇帝。

了六十几天，你知不知道是什么原因哪？”

徐得胜答道：“老爷这事儿算问着了。军门大人进京，正巧让小的跟了去。军门走得慢，是因为没有骑马，一路乘坐的肩舆，说肩舆坐着舒服。”

左宗棠想了一下又问道：“徐得胜，樊军门进京，带了多少兵？”

徐得胜答道：“当然记得，连小的在内，军门一共带了三十二名，由镇标中营游击玉宝大人统带，玉大人原本就是亲兵营的统带。”

左宗棠点一下头，低声问了朱孙诒一句：“朱令，徐得胜适才所言你可曾记录下来？”

朱孙诒一愣，忙道：“大人未曾吩咐记录啊？”

左宗棠道：“我走后，你再记录也不为迟。还有，徐得胜两次掀翻老徐的摊子，他要包赔老徐损失的，这赖不得。老徐是小本生意人，又不曾招惹是非，他无理取闹，理应治罪。你朱大人深明律例，知道应该怎么办。我案上还有些事，就先走一步，徐得胜的口供你办理完毕就马上让人给我送去，不要泄露给别人。事关武职大员清名，不可大意。”

左宗棠话毕，冲着朱孙诒点了下头，便起身走下堂去，叫上张升赶回巡抚衙门。

左宗棠到办事房先换上官服，便忙着到签押房来见骆秉章。骆秉章偏偏还未回来。

左宗棠重新坐回自己的办事房，一边喝茶一边等骆秉章回署。

足足等了一个时辰，左宗棠两壶茶都已喝净，骆秉章仍没回来，左宗棠便坐不稳板凳了。他本是个性急的人，加之樊燮这件事又是必须急着办的，一旦延误就可能走漏风声。

左宗棠在心里反复推敲了一下，当即铺开公文纸，开具了一张札调署永州镇标中营三品游击玉宝速进省询事的公文。左宗棠一定要抢在樊燮进省前把玉宝调进巡抚衙门。左宗棠拿着札子径直来到巡抚衙门的用印房，恰巧管印的李师爷正在那里。

左宗棠就把札子往李师爷手里一递，道：“李爷，我等了抚台老半天了，实在等不及了。这件公事太急，只能先发出去了。等抚台回来再补个字过来。您老用印吧。”

李师爷拿眼睛往札子上瞄了瞄，问道：“左爷，玉宝现在跟着樊提台在永州镇守，他有了什么事？”

左宗棠道：“李爷，你先用印，这件事一两句话说不清楚。”

李师爷知道左宗棠与骆秉章的交情，何况，这样的事情左宗棠以前也有过，骆秉章并没有怪罪下来。李师爷就把札子放在一本书上，又起身来到身后的大木柜前，摸出钥匙开了锁，从里面捧出巡抚关防锦匣，打开匣子取出关防，沾了紫花，对着札子便盖了下去。

左宗棠拿过札子又回到自己的办事房，给札子上了封套，又到用印房用了印，这才交衙门的快马递出。札子刚刚发走，首县朱孙诒誊录的口供也到了。左宗棠看了看，见与原词一致，便收起来。

傍晚时分，骆秉章的绿呢大轿才落在巡抚衙门的辕门前。闻报，左宗棠急忙袖了徐得胜的口供，到签押房来见骆秉章。见礼毕，左宗棠也不及骆秉章更衣，便把口供放到骆秉章的面前，说道：“抚台大人，您怎么才回来？您先看看这个，我想替您把虎口里的那颗牙拔下来。”

骆秉章狐疑地拿起口供边看边笑道：“季高啊，你这个脾气呀。”骆秉章打住话头，埋首看起口供来。

口供很快看完，骆秉章抬起头说道：“这樊燮的胆子真是太大了！他不仅违例乘舆，还敢私役弁兵！这还了得！速传玉宝过来问话，如证据确凿，本部院一定重重参他！”

左宗棠答道：“抚台容禀。就是抚台回署前，下官已经给玉宝发出了札子，并让李师爷用了印。大人还须到李师爷那里补个签字。”

骆秉章点头道：“季高啊，你这件事办得好！玉宝来省这件事，宜速不宜迟，一定得抢在樊燮的前面。官文不是不准汉官动他们这些满人吗？本部院这次就是要给他个好看！”

依大清官制，文官坐轿，武员骑马。若遇情况紧急时，文官可以骑马，但武员却决不准乘轿，违者重处。

樊燮乘舆进京，又带兵丁三十余人，此是违制之一；樊燮是永州镇总兵署湖南提督，一直在永州屯扎，而他却把家眷送到省城居住，依着大清定制，武员私宅可以用家丁仆役，但决不准以兵充役。因为兵丁拿的是国家俸禄，只准为国家干事，不准为私眷效劳。这是樊燮违制之二。樊燮为什么这么大胆呢？

樊燮是满洲正红旗人，以侍卫进身。官文做荆州将军时，他以副将在樊城镇守，与官文交厚，累受保举。樊城被太平军打破，他率兵败逃至长沙，经官文上折辩护，未获罪，补湖南永州镇游击。官文实授湖广总督后，樊燮也开始官星发作，先赏二品顶戴署理永州镇副将，又实授永州镇总兵，终于又赏加头品顶戴兼署了湖南提督，成了一省提台。

樊燮胡闹已非一日，早在樊城时，他就曾因霸占良家妇女遭御史弹劾过，到了湖南后，仗着官文的后台，更是为所欲为。他把眷属迁至长沙居住，为的就是在霸奸当地妇女时方便，不受妻妾干扰，永州被他闹得乌烟瘴气。他是湖南提督，名义上归湖南巡抚节制，可他却根本不把骆秉章放在眼里，凡事只以官文的话为准。樊燮千真万确是官文设在湖南的一根眼线。其实，当时的大清国满人横行霸道是一件极平常的事，本不足以大惊小怪，武官中的满大员，几乎无一不是以兵充役，变相私吞军营粮饷，没有谁肯认真对待此事，朝廷也是睁一只眼闭一只眼。

但左宗棠却想就樊燮这件事做成一篇大文章，杀一杀满人的威风，借机替骆秉章给官文打上一闷棍，让他打消插手湖南的念头。

这其实也正是骆秉章一直想办而未办成的事情。

第四章
命悬一线抓住救命稻草

铁证如山

玉宝接到札令，很快带了两名随员来到省城。

骆秉章与左宗棠对樊燮进京乘舆并私役弁兵的事逐一向玉宝查询。

玉宝起始不肯说，直到骆秉章动怒，扬言要参他，他才慌了手脚，毫无隐瞒地将樊燮乘舆进京以及几年来一直私役弁兵的事和盘托出。

左宗棠将玉宝的话逐一记录在案，经一一核实后，又让玉宝在口供的下面画了押。玉宝回营后的第三天，樊燮依例进省禀见抚台，会商军务粮饷等事。

樊燮回长沙后先到家中歇了歇，吃了两个大烟泡，这才带上随员来到巡抚衙门。

进了巡抚衙门，他并未直接去见骆秉章，而是先进了左宗棠的房间。左宗棠当日正在给曾国藩与胡林翼写信通报樊燮的事，听到门响，左宗棠不由抬起头来。

樊燮两眼冒火，一步跨到左宗棠的案前，用手指着左宗棠说道："左师爷，你我往日无冤近日无仇，你缘何背后下我的毒手？听徐得胜说，他弄脏了你的衣服，打了你的腿一下，本镇可以赔你十件新衣服，你如果缺银子，也可以跟本镇言语一声，本镇可以不给别人面子，敢不给你左师爷面子吗？”

左宗棠未及樊燮把话讲完，便把笔一摔，说道：“樊军门，你说的这是什么话？你要讲清楚！”

樊燮大声道：“左师爷，你背后做了什么事，本镇适才讲的就是什么话！”

左宗棠大喝一声道：“你放肆！你不过是个武官，就敢对堂堂的四品京卿这样讲话！你眼里还有王法没有？”

樊燮冷笑一声道：“不错，我大清是武官贱文官贵，但武官也是皇上封赏的！你是四品京卿怎么了？本镇知道你是四品京卿，本镇还知道，你头上的这个四品顶戴是个虚的，师爷才是实的！而本镇头上的头戴，一直都是实的！”

樊燮的几句话，把左宗棠气得暴跳如雷，浑身乱抖，他瞪圆眼睛，用手指着樊燮道：“姓樊的，你给我滚出去！”

左宗棠话毕，摸起案上的砚台便打过去。樊燮飞身躲过，一边后退一边大叫道：“反了反了，一名师爷打一省提督，本镇要到抚台那里去论理！”樊燮退到门外，返身向签押房走去。

左宗棠愤愤地骂道：“狗娘养的樊燮，老爷我现在就替抚台起草参你的折子！”

坐在签押房里喝茶的骆秉章已经知道樊燮与左宗棠争吵的事，正想起身去看个究竟，不期樊燮一脸怒容地闯了进来。

骆秉章于是坐下，任着樊燮施礼、问安，然后便冷着脸子说道：“樊军门哪，本部院看你最近闹得是越来越不像话了。你自己做错了事，怎么反倒去找左季高吵闹？你这是干什么呢？究竟是四品京卿位重，还是你这一品提督位重，你不会不知道吧？”

樊燮低头答道：“抚台大人容禀。标下承认有些事情做得荒唐，惹您老生气了，但标下也有标下的难处。如果抚台骂标下，那是抚台在替皇上管教标下，标下不敢不听，但他左季高充其量不过是您老出银子请的师爷，头上的那个四品顶子终归是个好看不顶用的，他怎么能背着您私查标下的家事呢？还让首县把标下的亲兵徐得胜带进了衙门严刑逼供。他这不是目无王法吗？标下就不承认，这件事传扬出去，抚台的脸上能有光彩？”

骆秉章一边喝茶一边慢悠悠地说道："樊军门，本部院不听你讲的这些，本部院只想问你一句，你八月份进京陛见，是骑马还是乘舆？"

樊燮理直气壮地答道："抚台大人这是明知故问。我大清定制，武官骑马，文官坐轿，标下就是有天胆也不敢违抗祖宗的家法！标下进京，当然是骑马。"

骆秉章冷笑一声道："樊军门，你不用抵赖，你八月进京陛见，不仅乘舆，还带了三十几名兵丁护送，一路招摇！本部院已掌握确凿证据，你休想抵赖！"

樊燮脖粗脸红道："抚台大人也该容标下说句话才是，不能别人说什么便当了真。不错，标下进京的路上是乘了几日肩舆（轿子），但那也是不得已的事情，因为标下的脚扭伤了，骑不得马，又不能在途次养伤，只得改乘肩舆，这样才不致误了陛见的期限。大人适才讲标下带了三十几名兵丁随行，这也是不得已的事情。大人应该知道，长毛起事以来，各地都在闹贼闹匪。标下虽是武官，但好虎亦难招架群狼，标下不多带些人，恐怕不等到京，命已是被长毛拿去了！"

骆秉章说道："樊军门，你的话讲得真好听，你老弟违制却这么在情在理！照你这么说，本部院是错怪你了！本部院问你，你的家小住在省城，如何不雇几个家丁来用？你把在籍兵丁派充过来，谁在永州把守？永州控制两广交界地方，干系甚重，驻防官兵本来就少，如此一来，不是更少了吗？"

樊燮急忙堆出一脸笑容，说道："抚台请息怒，听标下慢慢跟您老诉诉苦情。标下让兵丁暂充夫役也有不得已的苦衷。大人知道，标下常年在永州镇守，十几天才能回省一次，标下的家里除了女人就是孩子，标下是不敢让些不托底的男人进进出出啊！标下房里的几个女人都是浑身冒火的年龄，这要弄出些事来，您让标下这脸往哪搁呀？不过，大人请放心，既然抚台这么交代了，标下自然也就不能再让兵丁充私役了。标下下去后就把派在省里的兵丁全部调回永州，然后雇几个知根底的人来替标下看门护院。"

骆秉章深思了一下，说道："樊军门哪，本部院真希望你讲的这些都是实情才好。好了，这些先不去说他，本部院会一项一项查实的。有些事情啊，本部院能替你捂一捂，可有些事情，本部院却又不敢捂。这个月的粮饷，方伯那里已替你准备妥当了，你到布院衙门去吧。本部院还有别的事情，就不送你了！”

樊燮只好施礼退出，到布政使衙门去领粮饷。樊燮走后不久，左宗棠手拿起草好的奏稿来到签押房。

左宗棠把奏稿递给骆秉章说道：“参劾樊燮的奏折我已经拟出了个大概，请大人过一下目，看能不能用。”

骆秉章接过奏折，忽然问道：“季高你说，就樊燮违制乘舆和私役弁兵的事，能参倒他吗？我们可别打不着狐狸惹上一身臊啊！”

左宗棠抓过骆秉章的茶碗喝了一口，说道：“他樊燮是狐狸是狼还说不准，您老还是先看一下折子能不能用吧。”

骆秉章没有言语，低头便看起来。折子的题目是“参永州镇樊燮违例乘舆私役弁兵折”。该折一共参了樊燮四款：违例乘坐肩舆；私役弁兵；冒领军粮；兵费私用。

骆秉章读罢折子，沉吟良久，忽然一笑道：“季高，你这个折子拟得好！不过，凭这四点，樊燮最多也就是个革职留任的处分，连降级都够不上。本部院一直在想，为樊燮这件事去得罪官文，值不值呢？官文会怎么做呢？”

左宗棠小声说道：“抚台是真糊涂还是装糊涂？您老当真就相信樊燮只做了这四样违例的事？这个人在樊城镇守时就骄奢淫逸，当地的多少家闺女被他弄大了肚子！现在是军兴时期，提督有保境守土的大任。像樊燮这种满人，他除了在背后捣鬼，能替湖南干什么呢？”

骆秉章忽然指着折稿空着的一块问道：“季高，你这折子写到‘若各营相率效尤，势将靡所底止’。折子的后面还想写什么？是不是派员详查的话？”

左宗棠道：“大人所言极是。但大人并没有交代，派谁去查，这折子就只能空着。”

骆秉章想了想，说道：“本部院也料定这樊燮违例的事不会只此四项。好，就依你所言，折子拜发的同时，本部院就委你走永州一趟接着查，只要再查出一两件事来，扳倒樊燮这件事就成定局了。”

左宗棠忙道：“抚台大人容禀。到永州这个人您老可以委衙门里的一名候补道，但不能委左季高。樊燮已对山人怀了仇恨，山人一到永州，樊燮势必严加防范。”

骆秉章笑道：“季高，你老弟怎么又自称起山人来了？你现在可是我大清国的四品卿衔，可不是山人哪！”

左宗棠苦笑一声道：“抚台大人就不要羞臊季高了。其实，樊燮说得对，我左季高头上的这个顶子是个好看不顶用的空顶子，一钱不值！我已经想通了，以后啊，我在您老身边一日，就称一日山人，您老呢，也别把我当成大清国的官员来看。左季高不是您的下官，只是您的一名幕僚，我来前已经让张升知会衙门里的人了，以后谁敢再称山人为大人，左季高定然和他翻脸！”

骆秉章用手指着左宗棠道：“季高，你又犯脾气了不是？你老弟是我大清国堂堂的四品京卿，是京官，怎么能是空顶子呢？照你这么说，衙门里的那些四品候补道就都别活了。季高啊，你听本部院讲，樊燮同你说的话不过是气话，别看他是一品顶戴，他头上的一品顶戴可抵不上你头上的这个四品顶戴！四品京卿，放到省里可就是三品臬台啊。他樊燮不过是借机想把老弟气走，让本部院身边少个帮手罢了。你是聪明人，可不能上他这个当！季高，你说让谁去永州好呢？”

左宗棠道：“去永州的这个人，山人已替大人物色好了，就让候补道赵永去吧。赵永籍隶云南，来省的时间又短，永州没有人能认识他，樊燮更不会防范他。他只要到永州私访两天，就保准有大收获！大人以为呢？”

骆秉章把折子往左宗棠手里一递，道：“就依老弟所言，你把折子拿去写完吧。”

左宗棠把折子铺开，顺手拿过案头的一支笔，在砚上沾了沾墨，一边写一边道：“几个字的事情，一挥而就，就在这里写完交稿吧。”

骆秉章不由打趣道：“好你个左季高，你在本部院面前卖弄不是？本部院数三十个数，在三十个数之内，你能把折子续完，本部院中午请你吃海物！”

左宗棠边写边说道：“好，抚台既然这么有雅兴，那就让伙房去打点吧。”

骆秉章也不言语，开始在心里数数，哪知刚数到二十七的时候，左宗棠已掷笔于案，把折子往骆秉章面前一推，起身道：“抚台且请过目，如不能用，山人反请大人吃海物。”

骆秉章埋首下去，见折子这样写道：“臣现委员赵永详查一切，俟得实据，再行奏参。顷准督臣咨开，业将该员奏授湖南提督，臣已据实函复矣。该总兵劣迹败露，均在去任之后。臣近在一省，尚始知觉，督臣远隔千数百里，匆匆接晤，自难遽悉底蕴。陈奏两歧，实非别故。理合一并声明，伏乞皇上圣鉴，训示施行。谨奏。”

骆秉章把这段话反复诵读两遍，不由击案叫绝道：“真是好才情！前面是暗指官文滥保，后面便是公然指责了！季高大才，不仅是湖南之幸，实乃我大清国之幸也！”

骆秉章抓过笔，在下面写了“照缮”二字，随后高喊一声：“来人，传洪师爷过来一下。”

誊抄房洪小二很快来到签押房取走奏折回房照誊，骆秉章随后又派人把候补道赵永传了过来，委赵永持札连夜赶往永州密访樊燮的其他违例行径。

赵永离省时，永州镇总兵署湖南提督樊燮尚未离省，此时正坐在省城的府邸同人饮酒，陪他饮酒的是巡抚衙门专管印绶的李师爷李景堂。

意外的处罚

李景堂是樊燮暗设在巡抚衙门的眼线。巡抚是一省的最高长官，凡省内文武官员的升降调补，都须经巡抚考核后上奏朝廷，而朝廷对官员的任用便是依据巡抚出具的评语来定夺官员的前程。所以，省内官员要想摸清自己的前程，无不把心思用在巡抚身上。巡抚本人自然很难接近，最有效的办法就是在巡抚身边的人身上下功夫，巡抚衙门的师爷丁是便成了各官员争相拉拢的对象。大清国各省皆是如此，无一例外。

樊燮拉拢李景堂已有几年的光景，樊燮为了能掌握巡抚衙门的内幕，每月不仅要给李景堂开一份俸禄，逢年过节，还要献上一份礼品。

李景堂也确实肯为樊燮办事，所有衙门里的大事小情，李景堂都毫无保留地说给樊燮听。樊燮这人也讲义气，他每次回省，都要把李景堂请进府里饮酒，酒后还要叉上几圈麻雀；有时人手不够，还把小妾叫出来凑数，直哄得李景堂要多开心有多开心。

李景堂是个老幕僚，骆秉章最初任湖南巡抚时，他就在衙门里混。李景堂伺候过张亮基，张亮基离任后，他又伺候潘铎，骆秉章二次出任湖南巡抚后，他接着伺候骆秉章。

李景堂虽与樊燮过从甚密，但他因城府深，又精于应付，平日少言寡语，致使巡抚衙门上下无人能知道实情。除樊燮外，李景堂还与署永州镇总兵、云南临元镇总兵栗襄有来往，他还是湖南布、按二司府上的常客。

李景堂此时正一面饮酒，一面给樊燮出主意："军门试想，军门进京乘舆是违制，军门府里私役弁兵是违制，他左季高不经抚台签单便开具传文，这难道不是违制？经我的手，他左季高干这种事就不下十几次！抚台此次一心要难为军门，说穿了，全是这个左季高在幕后捣的鬼。抚台整日忙着为出省的湘军各营运粮运饷，他哪顾得了这些？"

樊燮说道："其实，抚台要参本官这件事，本官并未十分放在心上。乘舆进京是因为伤了脚，私役弁兵是为了防贼，这两项都不是什么大不了的事，上头顶多给本官一个革职留任的处分。若等官制军那里替本官上个折子辩护一下，说不定就烟消云散了。本官昨晚已打发人去了武昌，官制军不会任着骆秉章胡来的，本官只是对这个左宗棠气不过。他不过是乡间的一名破举人，靠着抚台的势力就压着省内各官一头，别人能忍，本官可不能忍。本官头上的乌纱是靠一刀一枪拼来的。想本官在樊城时，从制军到抚台，哪个不高看一眼！如今到了湖南，反要受他一个师爷的气！"

李景堂见樊燮越说越多，只好道："军门大人，其实，师爷也有师爷的难处。大清国开国至今，哪个衙门里能少了师爷？就说您老在永州吧，没有师爷替您办事能行？"

樊燮一听李景堂话音有变，忙笑着说道："李师爷，您老是误会本官了。本官适才说的不是您，是左宗棠这个犊子！巡抚衙门的事情，本官还要靠您这个掌印师爷维护呢，本官哪敢对您不敬啊！李师爷呀，您老能不能联络其他几位师爷想个法儿出来把左宗棠从抚台身边赶走？他整日在你们几个面前比比划划，你们能舒服吗？"

李景堂摆手道："这话快不要提！左季高这个人的才情大着呢！现

在的湖南巡抚衙门，还没有哪个人能真正压过他的！除非有人参他，否则，谁都别想让他离开。军门大人，景堂今天跟您老道句真言，我虽然也在衙门当了好几年的师爷，可我这个师爷，连左季高的十分之一都不及！现在您是看不出什么，就说张抚台在任的时候吧，长毛围我长沙两月不退，铁了心要攻破。张抚台被逼无奈，请出了左季高佐兵事。左季高到后，又是筹粮又是布防，还在北门修了炮台，长毛愣就对长沙奈何不了！不要说张抚台佩服得不得了，全省的文武官员哪个不竖大拇指呢？左季高的名气什么时候起来的？就是从那以后起来的嘛！”

樊燮阴沉着脸说道：“李师爷，照您老这么说，这个左季高无论怎么给本官气受，本官都奈何不了他了？”

李景堂道：“话也不能这么说，想动左季高也容易，但需慢慢来。只要有一天您掌握了左季高行为不轨的证据，只需官制军一个折子便能要他的项上人头。这件事本师爷替您留意就是了。”

樊燮高兴地说道：“李师爷能如此讲话，本官就放心了。本官心里的这口恶气，是一定要出来的！”

李景堂这时却道：“军门大人，左季高的事我们先说到这里，我还有点私事要同大人讲。”

樊燮道：“李师爷是本官的贵人，有话只管讲来！”

李景堂道：“说起来呢，也不是什么大事。我上个月被人请了顿花酒，认识了一个婊子。我照顾了她几回，想不到她却不同于其他的人，倒是个有情有义的，非让我娶她不可。我也是一时糊涂，就答应了她，并在南门外赁了个宅子让她住。她住下也没什么打紧，可她还要让我出些银子再买两个丫环供她使唤。我本想把她接进门来，可又怕我家的那头母老虎和那三个小的不能相容。就是这件事，我已经思虑许久了，但总找不到一个最好的办法，真是愁死了我！”

樊燮大笑道：“这算什么大事啊，不就是银子吗？本官一会儿让账上先给您老支五百两够不够？如果不够，等本官回了永州，再打发人给您送过来！”

李景堂连连道：“如此甚好！军门大人果然是侠义中人！”

很显然，为了能拿掉左宗棠的项上人头，樊燮决定下大赌注了。李景堂离开提督府的时候，长沙城已到了掌灯的时分，夜晚的天空星光点点，安静下来的长沙城灯光一片。李景堂走到十字路口站住了，他犹豫了片刻，这才迈开大步向南门走去。

赵永从永州悄悄返回，随行查案的候补道王葆生一并回省交差。

二人此次永州之行收获颇丰，不仅得知樊燮在永州出入从未骑马，而是乘坐绿呢大轿，无非是将八人抬改作了四人抬，且樊燮署理提督两年来，从未督率操兵，每日的公事就是四处派人寻找漂亮女人和打麻雀，尤其是冒领粮饷等事，更是胆大妄为，无所顾忌。还有一点也令骆秉章吃惊，樊燮在永州出行，随行侍卫员弁竟达一百六十人之多。

候补道王葆生最后说道："抚台大人，樊军门在永州的这些违法行径，虽让人震惊，但要查实，却也不是一两日便能办到的，仅就传唤证人一项，就要两三个月的时间。"

骆秉章让赵、王二人先下去歇息，然后便把左宗棠传进签押房，说道："季高啊，赵永、王葆生二人已经从永州回来了。你料得不错，樊燮违法的事不只一项两项，而是太多了！就因为太多了，查起来就要颇费些时日，本部院倒有些犹豫了。本部院就是想同你商量一下，对樊燮这件事，是慢慢来办呢？还是明天就找人来办？"

骆秉章说着拿起案上的几页纸递给左宗棠，接着说道："这是赵永和王葆生二人到永州私访的经过，你先看一下。本部院久历封疆，像樊燮这么胆大妄为的真还是第一次见着。"

左宗棠把这几页纸反复看了又看，不由说道："这个狗娘养的樊燮，官文怎么就看好了他？按赵永和王葆生二人访查的情况来看，应该不是虚的。抚台大人，依山人看来，大人明儿就委专人查吧，不妨就交给按院衙门来办，让赵永和王葆生二人帮同办理。"

骆秉章想了想，同意左宗棠此议。

左宗棠下去后，骆秉章就把署湖南按察使潘芳传来，吩咐道："本部院专委赵永和王葆生到永州走了一趟，查出许多樊燮的劣迹。"

骆秉章把赵永二人所述经过递给潘芳，接着说道："赵永已开具了一张单子，你老弟就按着单子上所列的事项查一查吧。本部院让赵永、王葆生二人帮着你办这件事。"

潘芳领了宪命，自然不敢怠慢，第二天就动作起来。

几乎就在潘芳开始查案的同时，在永州的樊燮与在巡抚衙门里的李景堂也在紧锣密鼓地暗中收集左宗棠的劣迹。

十几日后，圣谕下到湖南巡抚衙门。

谕曰："骆秉章奏武职大员乘坐肩舆，私役弁兵，请先行交部严议一折。湖南永州镇总兵樊燮，违例乘坐肩舆，本年陛见出省，私带弁兵至三十余名之多，护送同行。其眷属寄寓省城，复派外委李士珍等借差进省照料家务，该抚严查，始行回营。永州镇毗连两广，现当贼氛未靖、边防紧要之时，该总兵以专阃大员，玩视军务，希便私图，实属胆玩。樊燮着先行革职留任。其署内差役冒领兵粮、摊派养廉、盖造房屋，并演戏赏耗开销公项各劣迹，仍着骆秉章查明奏参，以肃官方。"

接旨毕，骆秉章一面派员赴永州向樊燮转达圣谕，一面把左宗棠传进签押房，苦笑着说道："季高，圣谕刚刚下来了，樊燮果然只闹了个革职留任的处分！"

左宗棠呆了半晌，忽然叹口气道："山人说句不该说的话，依山人看哪，这大清国，早晚得毁在这些满人的手里！"

骆秉章同样叹了口气，但却没有言语。樊燮这件事办成如此局面，骆秉章心里不痛快，左宗棠的心里也不是滋味。

口诛笔伐

一个月后，圣旨又到巡抚衙门。旨曰："官文奏，贼扑江西，湘军力不能支，请派统兵大员率兵助剿。又奏，已革湖南永州镇总兵署理湖南提督印务樊燮久历兵戎，作战勇猛，当此用人之时，可否仰恳天恩，加恩开复处分率兵援江西等语。着樊燮开复先前处分，率本部驰赴武昌，由官文派用。湖南永州镇总兵员缺，着周宽世补授。所有湖南提督印务，着周宽世暂行署理。钦此。"

樊燮兴高采烈地带着一应随员到省依例来向骆秉章辞行。

骆秉章心里虽是十二分地不满，但面子上还要和樊燮敷衍。樊燮从签押房出来，掉头又进了左宗棠的办事房。

左宗棠正在案头忙着处理文牍上的事，樊燮大步闯进门来，有意把地面踩得山响，进门便大声说道："左师爷，樊某又来了！"

樊燮声音洪亮，走路山响，着实把左宗棠吓了一跳。

左宗棠抬头一看，见是红光满面的樊燮，心里就一气，口里便道："山人听人说樊大人要到江西去剿贼？大人可要小心哪。据山人所知，匪酋石达开就在江西，两次把曾侍郎打进水里的，可就是他呀！大人此次出征，随行的物品，可要备齐呀。"

左宗棠话毕，仍然埋首下去忙自己的事情。樊燮反手拉过一把椅子，在左宗棠的对面坐下，说道："樊某是从枪林弹雨里过来的人，樊某不会纸上谈兵，只会沙场用兵。樊某这话讲得没错吧？"

左宗棠一撇嘴道："依山人看也不尽然。山人料得不错的话，有一样东西，大人本该准备，但却并未准备。"

樊燮哈哈大笑，问道："左师爷如此讲话，樊某倒要请教一句，左师爷并未到营里去，怎么就敢肯定樊某此次出征少准备一样东西呢？别又是左师爷杜撰的吧？"

左宗棠头也不抬说道："山人可是话说到了，信不信由你。"

樊燮哈哈笑道："左师爷，你少在本镇的面前卖弄你的计谋。本镇此次来会你，就是要告诉你一句话，你在巡抚衙门为所欲为的日子就快到头了，你还是早些打点自己的退路吧，不要事情到了眼前才后悔！”

左宗棠用鼻子哼了一声道：“樊总镇哪，您知道您此次出征江西，少带一件什么东西吗？”

樊燮笑道：“本镇此次奉旨到江西剿匪，可谓兵精粮足，本镇手里现在缺少的就是匪酋石逆的项上人头了！”

左宗棠抬头说道：“总镇可是大错特错了！总镇此次出征粮少不怕，有官制军和本师爷为您筹措，当可无虞；兵寡亦不足虑，曾大帅可以拨两营团勇供您差遣。但您却不能不带着棺材！石逆智勇双全，能把兵用得神出鬼没。您老此次到江西，不提早把棺材备好，等到身首异处，属官如何备办得来呢？江西山林虽多，但能做棺材的木料却极少，不能不早做准备呀。樊总镇，您还不明白吗？”

樊燮一听这话，嗷地一声便跳将起来，指着左宗棠的鼻子，大骂道：“你放屁！你敢糟践朝廷命官，本镇和你这官司打到底！你给本镇听着，本镇此次奉旨出征，为的就是去取石逆的首级，就算备了棺材，也是为石逆所用！倒是你左师爷，该早早备口棺材才是，说不定哪天有旨下来，你现备都来不及！”樊燮一脚踢翻木椅子，恨恨地走了出去。

左宗棠笑着大声说道：“樊总镇走好，恕山人不送！”

樊燮离省不过十几日，朝廷果然有旨下来。骆秉章接旨之后大惊失色，连连顿足道：“这可如何是好！”

旨曰：“据官文奏，湘阴举人左宗棠赖湖南巡抚臣骆秉章信任，私自拜发奏稿，擅自给州县、军营行文，并依势欺压同僚，又利用筹饷之机，在湘潭、湘阴及省城大兴土木造屋，致使湖南军务废弛，物议沸腾等语。左宗棠累受皇恩，不思报国，着实可恨可恼，着即革职，由骆秉章逐出幕府，派员解交湖广总督衙门，着官文查明真相，若该员果有不法情事，可就地正法。钦此。”

左宗棠见到圣旨也惊了个目瞪口呆。这是怎么回事呢？

原来，就在按院衙门到永州办案不久，樊燮便将收集的几件左宗棠违制的事例函告了官文。官文依着樊燮所列事项，又添油加醋地渲染了一番，编造了几件事情，写成一个参折，递进了京城。

官文拜折的同时，不忘派人传信给樊燮，嘱其提前起程入鄂，商办援助江西之事。

骆秉章参樊燮，官文参左宗棠，两事合一，史称“参劾樊燮案”。

见骆秉章愁眉苦脸，左宗棠愤然起身道：“抚台大人请放心，古人云：‘一人做事一人当。’圣上着官文查办，山人就一个人到武昌的总督衙门去投案，看官文能把山人怎样！”

骆秉章摆手道：“季高，你又来了！不是我说你，你到武昌去投案，还想活着出来吗？官文这个人，一贯心狠手辣，他什么事做不出来？官文是借着你的事情在和本部院玩手段。好，本部院就陪他玩上一回！樊燮的案子经按院反复详查，已经水落石出，我现在就让潘臬台把案卷送过来，你马上再起草一份参樊燮的折子。本部院一会儿给曾侍郎写封快函通报一下官文诬陷你的事情，让这个侍郎官替你想个办法。你呢，也给胡润芝写个信过去。润芝这人手面阔，交际广，与很多京官都有来往。说不定润芝一出面，你这场飞来的横祸就此乌有了呢！”

左宗棠低头沉吟了一下，说道：“抚台大人容禀，胡润芝正在任上丁父忧，山人这个时候如何能张得了这个口呢？这不是给他添乱吗？何况他又与官文住一城，你让他如何办理？给润芝的信，山人不能写。还有，曾涤生在江西正是焦头烂额之际，因为厘金的事，他刚参倒巡抚陈启迈，已是海内哗然。这个时候，您把山人的事通报给他，您让他怎么办？上折去参官文吗？山人此次已横下一条心，所谓是福不是祸，是祸躲不过！山人做过什么，山人心里清楚，他官文休想栽赃！”

骆秉章起身道：“好了好了，你不要说这些气话了。你今晚就把参樊燮的折子拟出来，别误了明天一早拜发。其他的事，本部院来办！”

湖南按察使潘芳很快把有关樊燮一案的卷宗交到左宗棠手上。

左宗棠反复看了几遍，提笔便写了“樊总兵劣迹有据请提省究办折”十三个大字。折子先把按院衙门查案经过叙述了一遍，最后写道：“臣接阅之下，不胜骇异。查该镇劣迹种种，不但臣前奏违例乘轿，私役弁兵，及摊派养廉、盖造屋室、家宴戏赏开销公项等款均属确凿有据，且有臣原参所未及者。如兵饷米折皆属营中正款钱粮，该镇以专阃大员，辄称预提廉俸，并购买绸缎，擅行动用，数至盈千，悬项无着；并署中一切使用，复提用营中银至数千之多。实属恣意侵亏，大干功令。且恐此外尚有别项劣迹，即提用之款，亦恐不止此数，亟应彻底追究，按例惩办，以警官邪。查该镇已奉旨回楚，此时计早已抵湖北境内。除咨移督臣官文暨署湖北抚臣胡林翼饬查该镇现行行抵何处，即着委员押解回南，听候查办外，相应据实奏参，请旨将永州镇总兵樊燮拿问，以便提同人证，严审究办，所有遵旨查明各款均有确据缘由，理合恭折具奏。”

折子拜发，骆秉章笑着对左宗棠说道：“圣谕几天就能下来，等圣谕到了，总督衙门的官文老贼就得忙着替樊燮在京里找门路，恐怕就顾不上急着催你老弟到案了！”

左宗棠长叹一口气道：“山人料得不错的话，总督衙门催解山人到案的传文恐怕得抢在圣谕到达前来到湖南。”

骆秉章说道：“给他一个不理也就是了。本部院就不信，他官文还能亲自赶来长沙拿人！季高啊，你不要想得太多，曾涤生和胡润芝会为你想办法的。自扬州江北大营溃败后，曾涤生麾下的湘勇愈来愈被上头看中。此时只要曾涤生肯站出来说句话，朝廷不会把你怎么样的。”

左宗棠长叹了一口气，默默地走出签押房。湖广总督衙门的“速着湖南巡抚衙门委员押解劣幕左宗棠到武昌总督衙门问案”的咨文果然最先到达巡抚衙门。

骆秉章接文在手，也不言语，提笔批了“该员办理之事尚未交割完毕，一俟交割事竣，定当委员解送”寥寥数语交来人带回。

曾国藩接到骆秉章的密函后，口里先是说了一句：“这个左季高，你惹谁不好，怎么惹上了官文？官文岂是好惹的？”

曾国藩并未急着往京里派人，而是先提笔给骆秉章书信一封，详询官文参左的经过并左宗棠是否真有不法情事。信连日交军营快马送走。

骆秉章一见到曾国藩的来信，马上便把左宗棠传进签押房，苦笑着说道：“曾涤生给本部院来了一封快函，询问你老弟是否果有违制不法之事！这个侍郎官，他连你都信不过！”

左宗棠把曾国藩的信默读了一遍，道：“这就是曾涤生与常人的不同之处，山人佩服的也是他这点。他这是在江西抽不出身子，他若是在省内，当真查清事情根由，他都敢拉上官文去京城找皇上论理！山人活了这么大，我大清国像曾涤生这样公私分明的大员，山人还没有见着！大清国立国百年至今未亡，就是总有人成为榜样！大清国有幸啊！”

骆秉章忙压低声音说道：“季高禁声，有些话不是你我这些汉人该说的。你听老哥的话，以后万莫在人前想说什么便说什么，传出去，会杀头啊！”

左宗棠见自己的一句话把骆秉章吓成这样，忙道：“山人也就是在您面前说说，山人也实在是让一些满人给气坏了。好了，山人还有些事情要去做，就不陪大人说话了。山人先行告退。”

左宗棠走后，骆秉章很快铺开纸墨，给曾国藩回函一封，据实讲明官文参左的起因，并再三向曾国藩保证，左宗棠确无不法情事，请曾国藩尽快为左宗棠想办法。

左宗棠当日回到府邸后，心情却异常开朗。在晚饭桌上，他对夫人诒端说道：“你们都不用愁眉苦脸了，曾涤生开始过问我被参的事了。涤生此次一定能救我！”

夫人诒端小声说道：“听人说，曾大人在江西挺不顺的，他离省城又那么远，他如何能帮得了您哪？”

左宗棠大笑道：“我与涤生交往已非一日，我说他能帮我，他就一定能帮我！我不会料错！”

大祸临头

左宗棠料得不错，曾国藩接到骆秉章的第二封信后，先给离营后到南书房供职的翰林院编修郭嵩焘发函一封，嘱其寻机在皇上面前把官文参左的真相讲出来，然后又给湖北的胡林翼发信一封，嘱其速与在肃顺府邸做西席①的王闿运联络，让王闿运把官文参左的真相对肃顺讲清，要让肃顺了解事情的经过。

王闿运是湖南湘潭人，字壬秋，一榜出身，与胡林翼过从甚密。王闿运时年仅二十六岁，却已是当时颇负盛名的理学家。肃顺慕其名，聘到府邸做西席，甚被尊崇。

肃顺是满洲镶蓝旗人，爱新觉罗氏，是宗室。字雨亭，又作豫庭、裕亭，郑亲王端华之弟。肃顺以内庭侍卫进身。咸丰初，以敢于任事渐受重用，与怡亲王载垣、郑亲王端华同为咸丰帝所信赖。肃顺时任户部尚书在内庭行走，正是当红之时。

王闿运接到胡林翼的信后，不敢耽搁，肃顺当日从衙门下来，他便来给肃顺请安，其实是要和肃顺讲话。请过安，道过乏，肃顺便留王闿运陪自己喝茶。

王闿运自是求之不得，稍稍谦让，便一屁股在肃顺的对面坐下，听肃顺讲话。肃顺比王闿运长十八岁，时年已四十四岁，短胡子，脸皮保养得极好，加之长了一副高挑的身材，一双浓眉大眼，看上去就透着股精明强干的劲头。

王闿运当时尚未留胡子，身材虽也与肃顺不相上下，但过分用功却使他显得有些苍老，加之眼睛小，就更不像个干大事的人。每逢二人坐在一起，王闿运常常是不老说老，肃顺倒是常常把“等我老了的那一天”这句话常挂在嘴边，仿佛他正处在七八十的年龄。

肃顺今天也是这样，他先喝了一口茶，然后便愤愤地说道：“一些

①古代以西、东分别宾、主，家塾教师和做官僚们私人秘书的“幕客”，都称为“西宾”，又称“西席”。

老糊涂是越来越让皇上生气了，我大清的一些事情啊，就是让一些老糊涂给办坏了！”

王闿运忙恭维道：“大人说得对，皇上身边能多几个像大人这样年轻有为的大员就好了！”

肃顺答道：“壬秋所言也不尽然。其实呢，皇上身边的年轻大臣也不少，可真能为皇上办事的就不多。外臣呢？一个曾国藩，一个胡林翼，还有一个骆秉章也不错。”

王闿运一听这话，忙接过话头道：“大人提起骆秉章，倒让在下想起了一个人。大人听说过左宗棠这个人吧？”

肃顺摇头道：“快不要提他，外面名头挺大，蒙了皇上许多年，谁知道却是个一等一的劣幕！骆秉章这回呀，怕也脱不了干系。”

王闿运道：“大人说的是官制军参奏的事吧？”

肃顺答：“若不是官秀峰，谁会知道骆秉章幕府的实情呢？你说骆秉章也真是的，一大把年纪了，又久任封疆，你用谁不好，怎么偏偏就用了这么个人呢？”

王闿运说道：“说起这左宗棠，在下正有几句话想对大人讲。就是昨天，在下收到岳麓书院的一封来信，是在下昔日的一名同窗写来的。他在信中讲，官制军参奏左宗棠这件事，在湖南士子当中引起轩然大波。士子们说，如果此次朝廷办事不公，他们就要联名进京来告御状，为左宗棠鸣冤。”

肃顺听了这话一愣，忙问一句：“怎么会是这样？官秀峰与姓左的不认不识，他又何必去诬陷他？这些读书人，可不是越读书越糊涂吗？壬秋啊，你给他们写封信过去，就说是我说的，他们当真敢胡闹，我就上奏皇上把他们一个一个都抓进大牢，革除他们的功名！”

王闿运笑道：“大人的话我一定转告他们，不过，若这左宗棠当真是被冤枉的呢？大人试想，骆秉章久历官场，阅人无数，凭他的精明劲儿，他怎么可能用一个劣幕把持幕府呢？在下就是不相信，他与左宗棠在一起这么多年，就没看出左宗棠是怎样的一个人？”

肃顺听了这话，沉思了一下，忽然问道：“壬秋，你讲得也有道理。不过，官秀峰怎么会平白无故便诬陷他呢？左宗棠仅是骆秉章身边的一名师爷，与官秀峰不可能有恩怨啊？”

王闿运答道："大人还记得骆秉章参劾樊燮的事吗？奏稿该由谁来起草？左宗棠是干什么的？他在骆秉章身边不就一直在为骆秉章办理文案吗？樊燮又是谁的属官？"

肃顺猛然大悟道："壬秋，你绕了这大半天，总算才绕到点子上！看样子，左宗棠这件事，还是稳妥些才是。"

肃顺起身走了两步，忽然两眼望住王闿运道："壬秋，是谁托你来同我说这些的？是不是那个左宗棠？你同我讲实话，我不怪你，你们两个可是同乡啊！"

王闿运一惊，马上镇静下来，答道："大人说的这是什么话？大人可能早就听人说起过，左宗棠一贯心高气傲，凡事都不肯服人，他肯求我这样的人吗？在下倒是希望他能求我一次呢！"

肃顺点头道："你说得不错，我早就听人说过左宗棠的脾气，是有个不愿意低头的毛病，凡事又不认输，犟得很。"

王闿运道："在下读了同窗的来信，当时就想，如今正是用人之际，虽不能错用一个人，但也不能错杀一个人哪。在下是怕官制军一时糊涂，上了樊燮的当啊。当今天下，各省都知道湖南有个左宗棠，如何如何了得，转眼又说他是劣幕，这让天下人会怎么想呢？"

肃顺重新坐到案前，一边喝茶，一边深思起来。

王闿运急忙起身，正要告退，肃顺忽然说道："壬秋啊，左宗棠这件事啊，我适才在心里反复想了想，错也好对也好，都不大好办。上头已着官秀峰去办，结果怎样还不知道，别人怎么好说什么呢？"

王闿运一听这话，心头扑地一跳，忙道："大人，如果真是官制军成心要陷害左宗棠，左宗棠不是死定了吗？人头只有一颗，如果砍掉了，这人也就到寿了，大人想想是不是这个理儿呢？"

肃顺点了一下头，一边深思一边道："现在这个时候别人的确不能说什么，但此时若有哪个人保左宗棠一本，事情恐怕就好办些。"

王闿运答道："大人真能讲笑话。都这个时候了，谁肯站出来为他讲话？官制军已晋协揆，谁放着活人不交，去交一个要死的人啊？"

肃顺自言自语道："壬秋所言不差，官秀峰刚晋协揆，圣恩正好。左宗棠这件事啊，只能等官秀峰的折子到后再说吧！"

王闿运用过晚饭后，连夜赶到郭嵩焘府邸，把肃顺说的话据实相告，让郭嵩焘作速函告曾国藩，请曾国藩尽快想办法。曾国藩做过十几年的京官，官至二品侍郎，在京官面前有面子，说话也响。

曾国藩收到郭嵩焘信时，圣旨也偏巧下到湖南巡抚衙门和湖广总督衙门，原来是将樊燮即行拿问，着交骆秉章严审究办。

旨曰："骆秉章奏查明总兵各劣迹实据，并有侵亏营饷重情，请拿问提讯一折。湖南永州镇总兵樊燮，有署内差役冒领兵粮、摊派养廉、盖造房屋，并演戏赏耗开销公项各劣迹，前经谕令骆秉章查明参奏。兹据奏称'该员种种劣迹均有确据，且擅提廉俸，数至盈千，悬款无着。署中一切使用，复提用营中银钱至数千之多。实属恣意侵亏，大干功令，亟应彻底追究，以儆官邪'。樊燮着即行拿问，交骆秉章提同人证，严审究办。并着湖北督抚饬查该员现在行抵何处，即委员押解湖南，听候查办。钦此。"

圣旨递进总督衙门时，樊燮已到武昌多日，这时正在城外的营中对买来的一名丫环大行不轨。闻听总督有请，他一脚便将丫环踢开，带上随员赶进城去。

到了总督衙门的签押房，他见官文正冷着脸子一个人坐着喝茶，便猜出可能出了什么事情，当即慌忙施行大礼给官文请安。

官文也不扶他，摸起圣旨往他的怀里一摔，说道："你这个人哪，自己看看吧，你就要大祸临头了！"

樊燮未及把圣旨看完便已吓得瘫跪在地上，一边流泪一边磕头一边哽咽着说道："卑职是冤枉的呀，沐恩一定要给卑职做主啊！卑职的生死，可全在沐恩的身上了！"

官文手抚胡须，冷冷地说道："事情出来了，你又吓成这样！你当初怎么不收敛一些呢？老夫说过你多少次，你哪一次认真听过？圣上让把你交回湖南究办，老夫有几个胆子敢抗旨不遵？老夫真恨不得踢你几脚才解恨！"

樊燮哭道："要杀要剐，卑职只凭沐恩处置。沐恩可万不能把卑职交回湖南啊！"

官文气愤地说道："你个狗杂种，你犯的事情还不够砍头吗？老夫怎么摊上你这么个不争气的属官！"

樊燮一把鼻涕一把泪地说道："沐恩可不要气坏身子啊！卑职自打

跟了沐恩，就一直把沐恩看成自己的父亲。卑职以后再也不敢惹沐恩生气了。沐恩快消消气吧，卑职给您老磕头了！”

樊燮话毕，也顾不得隆冬季节地面坚硬，直把头磕得砰砰山响。

官文长叹一口气，说道：“好了，你起来吧。你这次的事啊，恐怕不破费些银子是不行了。”

樊燮一听官文的口气有些松动，忙一骨碌爬起来，也顾不得擦眼泪，便说道：“沐恩只要能让卑职躲过这劫，不管花多少银子，卑职都愿意出。”

官文手抚胡须沉思了一下，缓缓说道：“肃顺那里要打点，怡亲王、郑亲王那里也不能空着。还有几位大军机，也须堵他们的嘴。这样算来，恐怕得一百万两银子才行！樊燮呀，你有这么多吗？”

樊燮用心算了一下，说道：“卑职手里现在能有六十余万两，京城和长沙还各有一处宅子。内眷手上呢，还有一些首饰。沐恩，这些银子什么时候用啊？”

官文一瞪眼道：“你这个糊涂虫，你的命现在就掌握在人家的手里，不急着办来得及吗？你再这么说，老夫可真不能再管你的事了！”

樊燮忙道：“沐恩骂得对！卑职是被吓糊涂了。请沐恩给卑职三天的时间，三天之内，卑职一定把银子给沐恩送来。”

官文笑道：“樊燮你真是昏了头了。老夫要你银子干什么呀？老夫又不缺银子！说不定，为了买你这条命，老夫还得赔钱呢！你快去吧，晚了，有银子怕也送不出去了。”

樊燮慌忙又对着官文重重地磕了三个响头，这才旋风般地走出总督衙门，自己去料理银子的事。

樊燮回营后，先连夜差人分赴京城和长沙，料理卖屋的事，又托了身边一名文案，拿了几包太太的首饰到汉口的一家钱庄商借现银。师爷好说歹说，总算从钱庄借出了十万两。樊燮明知道京城长沙的宅院三天之内不可能变现，就狠狠心，把身边的丫环全卖了，到最后一发连几名侍妾也卖给人家。老夫人吓得东躲西藏，怕樊燮红了眼，连她也一发卖给人家去当老妈子。樊燮想尽了法，仍然凑不够一百万两，他就骑上马，挨着附近的军营找熟悉的人去借，早没了武职大员的风采，活脱脱一个讨饭的叫花子。

三天后，樊燮怀揣着各省通兑的一百万两银票，满脸憔悴地来见官文。官文好言劝慰了他几句，便让他回营等候消息。

樊燮走后，官文把一百万两银票交给管家，让管家到钱庄把一张银票打成十张，每张十万两。管家办完后，官文便将衙门里的一名师爷请进签押房，让他揣着五张银票连夜动身进京，去办该办的事。

师爷走后，官文手抚着剩下的五张银票，微笑着自言自语道："这个樊燮，弄这么多银子干什么呀？到头来还不是落个倾家荡产！"

官文只顾了忙樊燮的事，对左宗棠没有到案反倒顾不上了。一切尽在骆秉章的意料之中。

遭人弹劾

曾国藩读过郭嵩焘的信后，整整思虑了一天，这才关上房门，铺上纸墨，写了一篇折子。曾国藩在折中这样写道："湘勇立功本省，援应江西、湖北、安徽、浙江所向克捷，虽由曾国藩指挥得宜，亦由骆秉章供应调度有方，而实由左宗棠运筹决策，此天下所共见，久在我圣明洞察之中也。前逆酋石达开回窜湖南，号称数十万，以本省之饷，用本省之兵，不数月肃清四境，其时贼纵横数千里，皆在左宗棠规划之中。设使易地而观，有溃裂不可收拾者。是国家不可一日无湖南，湖南不可一日无左宗棠也。左宗棠为人，秉性刚直，嫉恶如仇。湖南不肖之员，不遂其私，思有以中伤之久矣。湖广总督惑于浮言，未免有引绳批根之处。左宗棠一在籍举人，去留无足轻重，而楚南事势关系尤大，不得不为国家惜此才。"

曾国藩写毕，并没有落上自己的名字，便将折子誊抄了一份封装起来；他随后又给郭嵩焘写了封信。

折、信封装在一起，曾国藩连夜派快马送进京城。

郭嵩焘接到曾国藩的信后，揣上折子连夜便赶到同在南书房任值的翰林院侍读学士潘祖荫的府邸，把怀里的折子往潘祖荫的面前一交道："伯寅，这是曾涤生写过来的。他让我把这个交给你，他说你一看就知道该怎么办！"

潘祖荫望着郭嵩焘，狐疑地问道：“筠仙，这究竟是怎么回事？”

郭嵩焘道：“左季高遭官文诬陷的事你知道吗？王壬秋把实情讲给了肃顺，肃顺以为，若此时能有人给左季高上个保折，他才好在皇上面前替季高辩诬。我让涤生拿主意，涤生却写了这个过来，还回信说只有你潘伯寅能办这件事。”

潘祖荫没再言语，打开折子便看起来。折子看完，潘祖荫点头说道：“曾大人不愧是文章大家，一篇不起眼的奏稿，在他的笔下，就能变成千古传诵的好文章！‘是国家不可一日无湖南，湖南不可一日无左宗棠也。’绝唱，真是千古绝唱！”

潘祖荫话毕，拿过笔来，想也没想便在折子的后面写道：“据实陈奏，伏乞皇上圣鉴。谨奏。恩赏四品顶戴翰林院侍读学士行走南书房臣潘祖荫。”

潘祖荫放下笔，笑着说道：“折子我明天一早就递上去，结果怎么样，可就看季高的运气了。”

潘祖荫何许人也？曾国藩写的奏折，如何自己不具名，倒要让他来具名呢？

潘祖荫是江苏吴县人，字伯寅，咸丰进士，钦点翰林院庶吉士，期满授检讨，累官侍读学士。潘祖荫的祖父是大名鼎鼎的三朝老臣，如今已作古的状元大学士潘世恩。潘世恩本人亦素有才名，生前很讨嘉庆、道光、咸丰三位皇帝的喜爱。曾国藩与潘世恩交厚，与潘祖荫也有交往。潘祖荫未中进士前，常把自己的文章寄给曾国藩请教，曾国藩很是爱惜其才。潘祖荫现在官位虽不高，但却是京师出了名的清流派主力。咸丰帝很欣赏他的文采。

关于官文诬左这件事，如无询旨，曾国藩不能上奏为左讲话。一则曾国藩远离湖南正在江西作战，一则也是二人同为湖南人，按着大清规避的制度，曾国藩只能缄口。胡林翼也不能为左宗棠讲话，一则胡林翼正在任所丁忧守制，一则胡、左二人沾着亲戚，胡林翼讲话便是违规。

曾国藩经过深思熟虑，决定让文名鼎盛的潘祖荫做自己的代言人。曾国藩阅人无数，其人又最长于识人，他不想让大清国浪费了左宗棠这个人才。

咸丰帝读到潘祖荫递上来的折子，当即把肃顺传进宫里，说道：

“潘祖荫今儿给朕上了个折子，是关于左宗棠的，你看看吧。”

咸丰帝用手指了指摆在案头的折子。肃顺拿过折子看了看，小声说道：“禀皇上，奴才看这潘祖荫的折子怎么和官中堂奏的正相反呢？”

咸丰帝沉思着说道：“这也是朕奇怪的地方。官文说左宗棠所犯之罪砍头犹轻，潘祖荫又说这左宗棠是我大清一等一的能员！你说朕该听谁的？”

肃顺这时道：“皇上，奴才倒有一句话，不知当讲不当讲。”

咸丰帝道：“你快讲给朕听。”

肃顺道：“据奴才所知，翰林院编修郭嵩焘与这左宗棠是同乡，他二人还是城南书院的同窗。郭嵩焘丁忧期间，帮江忠源办过团练，又在曾国藩的身边办理过粮饷。左宗棠这个人究竟怎么样，依奴才想，郭嵩焘应该最知道底细的。”

咸丰帝沉吟了一下，挥挥手道：“这件事，朕再好好想想，你下去吧。”肃顺退出后，咸丰帝很快传话下去，速召郭嵩焘进宫。

郭嵩焘被两名太监匆匆引进养心殿内书房。咸丰帝正坐在案前翻看潘祖荫的折子，一旁则摆着官文的折子。

郭嵩焘跪倒依例不敢起身，不敢抬头，静静地等着皇上问话。钦点翰林院庶吉士的官员俗称天子门生，召见本是常事，但在夜间召对，这对郭嵩焘来说还是首次。郭嵩焘的心里难免有些紧张。

咸丰帝终于把潘祖荫的折子放在官文折子的旁边，抬头看了看，口里说道：“你起来回话吧。”

郭嵩焘忙道一声：“谢皇上隆恩。”

话毕，爬起身来，两手垂着，仍不敢抬头。

咸丰帝问道：“郭嵩焘啊，朕把你连夜召来，是想问你一件事情，你要如实对朕讲，不得有半点隐瞒。朕来问你，左宗棠在骆秉章身边已经许多年了，朕也累累加恩于他，可有人却把他告到官文那里，说他是劣幕把持幕府，衿张过甚，又说他嚣张跋扈，目中无人，干了许多违制的事。你在丁忧期间应该与他共过事，他究竟是怎样的一个人？究竟跋扈到何种程度？你讲给朕听听。”

郭嵩焘忙答道：“回皇上话，据臣所知，左宗棠的确有些心高气傲，因为他读过许多兵书，还重新编绘过湖南的各州县舆图。臣随前皖抚江忠源办团练时，经常与他接触，江忠源遇到兵事上的事也常向他请教。臣后来又随在籍侍郎曾国藩办团练，每遇兵事上的事，曾国藩也是常向他请教。”

咸丰帝插话道：“郭嵩焘啊，你说江忠源向左宗棠请教兵事上的事朕信，但你又说曾国藩也向他请教一些事情，朕就不信。曾国藩是个很用功的人，先皇在时就常向朕说起他，何况朕没登基他就署理过兵部侍郎。曾国藩怎么会向一个举人去请教问题呢？朕不信。郭嵩焘啊，朕希望你能讲实话。”

郭嵩焘忙道：“皇上容禀，臣有天大的胆也不敢不讲实话。曾国藩确如皇上所说，是我大清极难得的能员。但曾国藩侧重的是理学，而左宗棠虽只是乡间的一名举人，但他侧重的却是兵学。曾国藩肯向一名举人请教问题，臣大胆以为，这正是曾国藩的过人之处。请皇上明察。”

咸丰帝沉吟了一下，忽然问道：“郭嵩焘啊，照你这么说，这左宗棠还是有功的了？那为什么朕几次着他进京，他都不肯呢？他究竟是何居心？”

郭嵩焘答道：“回皇上话，这也是当时形势所迫，左宗棠确实无法离开湖南进京。官军和团练在省内作战时，左宗棠不仅帮着骆秉章谋划兵事上的事，还要协助骆秉章四处筹饷筹粮。曾国藩与塔齐布出省作战后，左宗棠不仅筹饷筹粮，还要协助骆秉章监造炮船，并在省内为骆秉章选将练勇，这才保得湖南全境未遭受长毛大的蹂躏。微臣适才所讲，其实早在皇上的洞察之中。”

咸丰帝想了想，又问道：“郭嵩焘啊，朕听人说，这个左宗棠与人寡合，听不得半点不同的意见，这是不是真的？”

郭嵩焘答道：“皇上圣明，据臣观察，左宗棠并不是固执己见的人。骆秉章的话他自然要听，但江忠源、曾国藩、塔齐布，甚至微臣的话，他也听。他实在是因为太懂兵事，又看不惯一些庸员敷衍办事，这才遭人议论。”

咸丰帝忽然拿起官文的折子道：“郭嵩焘啊，据官文讲，这个左宗棠脾气很是不好，他与人讲话，一言不合，不是破口大骂，就是拳脚相加，以致骆秉章身边的人都极怕他。”

郭嵩焘答道：“回皇上话，微臣与左宗棠同县同窗，又在一起办过事，左宗棠自度秉性刚直，不能与世合。左在湖南办事，与抚臣骆秉章性情契合，彼此亦不肯相离。左宗棠有才华，料事明白，无不了之事，人品尤极端正。湖南人都知道他，有些京官也知道他。”

咸丰帝放下官文的折子，又问道：“郭嵩焘，照你所讲，这左宗棠与骆秉章性情契合，彼此不肯相离。朕要是用他，他也不肯出来吗？”

郭嵩焘忙答道：“回皇上话。左宗棠为人中豪杰，每言及天下事，感激奋发，恨不能马上殄灭丑类，还我大清清平世界，曾国藩、胡林翼等人都知道他。微臣大胆以为，皇上天恩，如能用他，他亦万无不出之理。请皇上明察。”

咸丰帝沉思良久，终于挥了挥手。时间是咸丰八年的十二月初三，按公历推算当是公元1859年1月6日。

咸丰九年（公元1859年）一月初十，圣旨下到湖南巡抚衙门与湖广总督衙门。

旨曰：“内阁奉上谕：左宗棠暂毋庸解赴湖广总督衙门交官文审理。钦此。”

经过曾国藩、胡林翼等人的多方赢救，左宗棠总算侥幸地逃过了此劫。当骆秉章把圣旨读给左宗棠时，左宗棠先是沉默，旋即哭倒在地。

左宗棠边哭边道：“皇上圣明，皇上圣明啊！臣虽肝脑涂地，报答犹不为过！”

骆秉章扶起左宗棠道：“季高啊，这是喜事，你怎么倒哭了？快起来快起来，我们还要商量大事。”

左宗棠这才止住哭声，在骆秉章对面坐下。骆秉章笑着说道：“本部院接旨时就想啊，这皇上也不知是怎么想的，只说毋庸解赴官文处审理，但却没有为老弟公开昭雪，也未把京卿衔还给你，这可是怪！”

左宗棠小声说道：“这有什么奇怪的，皇上有皇上的难处啊！皇上若公开为我昭雪，官文怎么办？何况，京卿头衔原本就是空的，还不还能怎样呢？只要不革除我头上的举人，我不还是从前的我吗？”

骆秉章道：“话虽是这么说，但本部院的心里还是没底。本部院是怕官文在耍什么花招啊！樊燮至今尚未到案，也不知这狗杂种，是半路跑了，还是投了长毛！”

左宗棠肯定地说道：“依山人大胆推测，这樊燮既不会跑，也不敢去投长毛，他肯定就在武昌呢！说不定，官文正为他这事，派人在京里到处打点呢！”当晚，骆秉章在衙门大摆宴席，为左宗棠逃过此次劫难庆贺。

二月，形势突变，太平天国石达开部由江西大举入湘，人马行六日夜不绝，连下宜章、兴宁、郴州、桂阳州等州县。五月，攻宝庆。六月大合围。太平军此次入湘人数不少于十万，宝庆危在旦夕。

骆秉章与左宗棠在签押房连日调兵遣将，商定方略。

骆秉章此次把兵事俱付于左宗棠之手。

左宗棠先檄正在江西作战的刘长佑部回援，自武冈、新宁攻宝庆西；又派快马赴武昌，商湖北巡抚胡林翼，以湘军将领李续宜部速援湖南，授李续宜督统宝东各路官军；又调湖南抚标田兴恕率所部屯宝庆城南，提标军赵焕联率所部屯宝庆东南，合围宝庆，并成掎角。

左宗棠又给曾国藩发快函一封，商湘军水师一部西扼资江，切断太平军粮道。水、陆各路大军合攻宝庆。

八月，太平军各路大军无粮自乱，开始分批撤往广西。十月，宝庆围解，太平军余部被官军歼灭。宝庆之役，历经八个月的奋战，左宗棠累得须发半白，脸上的皱纹明显地多了起来。

其间，骆秉章接到上谕，差令官文将革职樊燮委员押解京师问罪，樊燮进京后便再没了下文。左宗棠与樊燮二人的案子就这样不了了之。

第五章
仕途第八年，迎来重大机遇

梦想成真

咸丰十年（公元1860年）正月二十，新年的气氛尚未消退，四十八岁的左宗棠感到大志难展，决定离开骆秉章，进京参加会试。

骆秉章苦苦劝留，左宗棠去意已决。骆秉章毫无办法，只得送以重金，又依大清科考制度，为左宗棠支付旅途费用。

左宗棠于是将家事略作安排，便带上张升，由长沙起程北上，取道湘阴、岳州、荆州，赶往京城。

途中，左宗棠收到胡林翼密信，得知北面太平军“网罗密布，断难通过”。左宗棠接信不敢前行，不得不取消原定之会试计划，折转东下；其间，又接曾国藩与胡林翼密信。曾国藩告诉左宗棠，朝廷已下旨询问左宗棠办事究竟如何，他已奉旨上奏，信后附曾国藩奏折的抄件。

胡林翼的信与曾国藩的信一般无二，胡林翼在信后也附了他所上奏折的抄件。左宗棠在客店的灯下，先看曾国藩的奏折。

曾国藩奏折的题目是“复陈未能舍安庆东下请简用左宗棠折”。

奏折先讲了一下未能舍安庆东下的详细原因，是“兵力太单薄”，且无“独当一面之才”，然后才这样写道：“查左宗棠刚明耐苦，晓畅兵机。当此需才孔亟之际，或饬令办理湖南团防，或饬赴各路军营襄办军务，或破格简用藩臬等官，予以地方，俾任筹兵筹饷之责，均候圣裁。无论任何差使，唯求明降谕旨，俾得安心任事，必能感恩图报，有裨时局！”

从折子中可以看出，“办理湖南团防，或饬赴各路军营襄办军务，或破格简用藩臬”，曾国藩保举左宗棠的三点，都是独当一面的大员。为了能让朝廷大胆起用左宗棠，湘军统帅曾国藩可谓煞费苦心。

折子还没读完，左宗棠早已是泪流满面，仰天长叹道：“生我者父母，知我者涤生，吾平生知足矣！”

左宗棠把曾国藩的信与折件收好，又打开胡林翼的奏折抄件。胡林翼的奏折题目是“敬举贤才力图补救疏”。

胡林翼在疏中除保举左宗棠外，还保举了素有小亮之称的刘蓉。

奏疏这样写道：“酌量器使，并请旨饬下，湖南抚臣，令其速在湖南各募勇六千人，以救江西、浙江、皖南之疆土，必能补救于万一。”

左宗棠眼望着胡林翼的奏疏，脑海中却突地闪现出“官文”两个字来，不由一阵脊背发凉，随口自语道：“方今大乱，奸佞当道，圣上必不准润芝所请也！”

但他还是决定到军营看一下长女孝瑜和女婿陶桄，同时与胡林翼商讨一下自己下一步的计划。

四月八日，左宗棠乘船过汉口，次日晚抵兰溪。到兰溪后，左宗棠弃舟乘轿，又行一百八十余里土路，方到达英山。英山是胡林翼大营的所在地。到营的当晚，左、胡二人谈至夜半。

左宗棠心情郁闷地对胡林翼说道：“人生苦短，弹指间，山人已经四十有八了，眼看着就知天命了。尽管涤生和你累疏保举，筠仙和潘伯寅亦在京里遥相呼应，但因有官文这一类满贵大员把持权柄，朝廷是不会破格加恩于我的。涤生和骆抚保了我个四品京卿，如今也让官文给闹飞了，我心焉能不死！”

左宗棠说这话时，两眼怒睁，胡子乱动，脸上挂着悲愤之情。

胡林翼劝道：“季翁，如今北路已堵，会试不成，您打算下一步怎么办呢？还回湖南巡抚衙门如何？”

左宗棠摇头道：“山人做了多年的幕僚，虽蒙两任抚台错爱，放手让山人做了一些事情，但如今回头看去，终不过是空空如也。形同雾里观花，水中望月。山人既已离开巡抚衙门，就不会再踏进衙门半步了。山人平生所愿，是真刀真枪地在沙场上打上几仗，一展所学，也不枉此生。但山人盼来盼去，盼白了头发，也未实现这个愿望！山人和你见过这面之后，就决定到宿松去找涤生，在湘军谋一营官。若涤生不肯答应于我，山人就打道回南尽焚兵书，重回白水洞去住，任终老山林，再不闻世事！”

胡林翼急忙安慰道：“季翁，你不要说气话，我和曾涤生都在为您想办法。凡事需慢慢商量，急不得。”

左宗棠在英山逗留月余，五月十四日辞别胡林翼、长女孝瑜和女婿陶桄，乘轿赶赴宿松去见曾国藩。

他到达宿松的当天，曾国藩接到圣谕。

谕曰：“兵部侍郎曾国藩自办理团练以来，刻苦耐劳，尤其督师出省作战，更是调度有方。赏曾国藩一品顶戴兵部尚书衔署理两江总督。钦此。”

消息传开，湘军在宿松的各将领，纷纷到大营来为统帅贺升迁之喜。曾国藩一概不见，独把左宗棠请进签押房喝茶谈话。

左宗棠开门见山说道：“涤生，长毛在北面网罗密布，会试的路被堵死了。我在英山盘桓了月余，与润芝已谈过了。我这次来见你，别无所求，只求你能赏我一个营官，让我带着这一营人马，按你的吩咐到沙场去和长毛交战。涤生啊，你能答应我吗？”左宗棠说这话时，眼里忽然滚出豆大的泪珠来。

曾国藩知道左宗棠动了真情，不由叹气道：“季高啊，你怎么忽然生出这么糊涂的想法呢？”

左宗棠被曾国藩说得一愣，随口大声反问一句：“涤生，难道左季高都不配当一名营官吗？”

曾国藩哈哈大笑道：“季高啊，朝廷让我署理两江总督，我的身边可还缺着一名文案呢！”

左宗棠兀地瞪大了双眼道：“怎么，你曾涤生还让我做师爷？我左老三已经在湖南做过两任巡抚的师爷了！你快杀了我吧！”

曾国藩不急不恼，笑着给左宗棠斟了杯新茶，道：“季高，你先别急，先喝口水消消心火。”

左宗棠气愤地说道："我不喝！"

曾国藩重新坐下，忽然叹口气说道："季高啊，你这牛脾气，要改改呀。设若将来有一天让你做督抚，你这样的脾气怎么行呢？"

左宗棠瞪曾国藩一眼，说道："涤生，你是成心想把左季高气死不成？我想当个营官你都不给，还说有一天让我做督抚！左季高都这样了，你这个做总督的，就别再嘲笑了！"

曾国藩没有言语，却从案上拿过几张纸来，说道："季高，我们不讲玩笑话了，你先看看这个。我接到署理两江总督的圣旨后，拜发谢恩折子的同时附了这个片子，奏请你襄办军务并请旨着你回籍募勇。你意如何？"

左宗棠接过附片，匆匆浏览了一遍。看完后他把奏片放到案上，站起身来，伸出双手，猛地抓住曾国藩的一只手，满怀深情地说了一句："涤生，左季高的好哥哥！"说着眼里再次滚出泪水。

曾国藩平静地说道："季高啊，你不要这样。你是我大清国难得的大才，我曾涤生身为大清臣子，不能不为国家惜才呀！圣旨到后，你就回籍募勇，可先募十营五千人，营官由你挑选。你这回满意了吧？"

左宗棠哽咽着说道："我的好大帅，您奏请我襄办军务，上头能答应吗？左季高头上的四品卿衔可还没还回来呢！"

曾国藩推开左宗棠的手，嗔怪地说道："季高，你这声大帅叫得我不舒服，你还是叫我涤生吧。"

左宗棠坐下道："涤生，我也是一时高兴，不知道说什么才好。你是知道的，我做梦都想亲自带兵赶往沙场啊！我原以为，像我这个老举人，你最大也只能赏我个营官，哪知道，你现在竟然把十个营交到我手里！我就是怕上头不答应啊！"

曾国藩喝了口茶，缓缓说道："季高啊，你是让官文给参怕了。你别忘了，今日的曾涤生已非昔时的曾侍郎，而是兵部尚书衔的江督！本部堂是为国家举贤，又不是出于私谊，上头不会不答应的，你就在宿松坐等圣旨吧。"

左宗棠喜不自禁，这是离开长沙以来，他脸上第一次露出笑容。

第二天一早，左宗棠刚陪曾国藩用过早饭，由长沙府邸快马送来的一封家信送到了左宗棠手上。

左宗棠展读之下，不由大惊，他快步来见曾国藩，说道："涤生，我刚刚收到诒端写来的快信，不孝子孝威突发急症，危在旦夕，诒端让我快些回去想办法。涤生，看样子我是不能在这里等圣旨了，我现在就动身回长沙，把孝威安顿好，我再回来见你。如何？"

曾国藩想了一下道："救人如救火，孝威贤侄的病不能耽搁。这样吧，我现在就让案上给你出一张募勇的札委。你安顿好孝威贤侄，就直接募勇吧。圣旨到后，我打发人给你送去。官文、胡润芝还有骆秉章，我知会他们。"

曾国藩当即传文案过来，很快给左宗棠开了在原籍募勇的札文，札文上加盖了两江总督的紫花大印。左宗棠眼含热泪，哆嗦着双手接过札文，像是接过一件国宝，看了又看，才分外小心地收起来。

左宗棠快速地赶回长沙，不期孝威之病，已无大碍。左宗棠自是大喜，在他抵府的当晚，两江总督衙门的传信快马将圣谕送到。

谕曰："据曾国藩所奏，举人左宗棠刚明耐苦，晓畅兵机，若破格起用，定能独当一面……着赏左宗棠四品京堂候补。钦此。"

第二天，早饭过后，左宗棠将府里的家人打发出去，分头去请王开化、刘典、杨昌浚三人，着手规划募勇的事。

王开化是长沙人，字梅村，拔贡出身，曾入湖南巡抚衙门幕，又随王鑫办团练，后辞归到城南书院去讲学。

左宗棠在幕府期间，与王开化交往颇多，王亦对左宗棠赞服，曾向人言："若左季高统军，吾必从之。"

刘典字克庵，宁乡人，秀才出身，与罗泽南、刘蓉、左宗棠过从甚密，常在一起探讨兵学，是左宗棠城南书院的同窗。

杨昌浚先在湖南巡抚衙门作书办，后跟罗泽南随曾国藩办团练，罗泽南率勇于咸丰六年在收复武昌战役中身亡后，他亦离营回籍。

王开化、刘典、杨昌浚三人，都是左宗棠眼中可负重任的人物。尽管小亮刘蓉与左宗棠最投脾气，可惜他此时正在曾国藩身边办事。郭嵩焘是左宗棠认为比较有见识的一个人，他又在京师任职。左宗棠此次回乡募勇，只能依赖王开化、刘典、杨昌浚三人。

三人很快来到左宗棠的书房。左宗棠让人摆茶出来，也顾不得客套，开言便道："涤生付我于大任，命我回乡募勇以救江西，你们三个可不能袖手旁观。”

王开化当先道：“本人随王璞山征战多年，早已厌倦军旅，季高当知我心。”

左宗棠一巴掌打过去，骂道：“你能帮璞山，反倒不能帮我？你以为三湘无人耶？你给我听好，你此次不仅躲不掉，还要帮我总理营务。左季高回乡募勇你想图清闲，门儿都没有！”

刘典笑着说道：“梅村啊，你就别扒拉你自己的算盘啦。季高在巡抚衙门时，对我们的事从不袖手旁观，如今他有了事，我们岂能后退？你就应了吧。”

王开化被刘典说得脸色一红，只得道：“季高，此次募勇，你是怎么算计的呢？你不定下来，我们怎么办呢？”

杨昌浚这时道：“梅村言之成理，不愧是老团练。季高，你先说说你是怎么想的？”

左宗棠笑了一下，道：“涤生此次命我募勇十营，人数可是不少。各位知道，涤生自创办团练以来，因限于饷源，每次募勇是一两千之数。一次招募十营，这还是第一次。涤生视我，真比视他自己还重。我昨晚盘算了一夜，王璞山殁后，所遗旧部现有一千余众，已被骆抚遣散。我想把璞山的弟弟开琳请出，将璞山旧部召回，重新组军，由开琳统带。此一千余众久经战阵，不可小觑之。另有湘乡罗近秋、湘潭崔大光、长沙戴国泰、湘阴黄有功等四人，原在绿营当过差，现均在籍。我意欲请出他四人各募一营，四营营官亦由四人分任之，待军成，再优胜劣汰，余部则由我四人赴各县招募，军可成矣。另外，我还想把朱孙诒请回来为我军募饷筹粮。朱孙诒久在湖南，颇有声望，当能胜任之。”

杨昌浚道：“朱孙诒已调任浙江按察使，他怕不肯回来吧？”

刘典道：“浙江已全省糜烂，他那按察使巴不得能找个差事做呢！”这时，张升手托着一封信匆忙走进来道：“老爷，宿松大营的急件！”左宗棠忙将信接过拆开，原来是曾国藩转过来的一道圣谕。

谕曰：“前已有旨赏左宗棠四品顶戴，京堂候补。现当军务紧急之时，再次破格加恩，左宗棠以四品京堂候补襄办曾国藩军务。钦此。”

左宗棠把圣谕递给三人看过。三人不敢怠慢，一起施行大礼，口称：“给大人请安。”

左宗棠没料到三人会有此一招，直把他惊得慌忙离案来扶，口里则道："这是怎么说的？左某虽有襄办之名，却还不是四品候补京堂吗？都快起来，我们继续议事！"

锦囊妙计

左宗棠自有了襄办军务之名，办起事来便极其顺手，加上湖南巡抚骆秉章的鼎力相助，用不了几日，五千团勇便招募齐备。

计有：王鑫旧部一千四百人，又新添一百人，共一千五百人成三营，由王鑫族弟王开琳统带；另有六营、四总哨（共三百二十人）和亲兵八队（共二百人），总计五千零二十人，简有名望者分统之。全军竖大旗一面，上绣一个斗大的"楚"字，对外自称楚军。

左宗棠命王开化总全军营务，刘典、杨昌浚副之，枪械由骆秉章从省内各绿营中抽调，不足部分由曾国藩补给。

这年的八月十日，左宗棠募勇成军不过十几天，清廷下达圣旨："实授曾国藩为两江总督，并命为钦差大臣，督办江南军务，所有江南、江北水、陆各军皆归节制。"

曾国藩接到圣谕的当日，即飞书左宗棠，催令其率勇快快起程赶往江西景德镇。左宗棠见信，知道事情紧急，稍作布置，即率军开拔，经醴陵进入江西；经过一个月又十天的行程，于十一月二日抵达景德镇。

左宗棠把营务对王开化、刘典、杨昌浚三人逐一交代之后，便率亲兵大队离开景德镇，赶往两江总督临时驻节地祁门，向曾国藩禀到。

左宗棠一见到曾国藩，也顾不得施礼，当先便说道："涤生，我没经你同意，便把募成之军取号楚军。你不会怪我吧？"

曾国藩微微笑了笑道："你取号楚军的事，润芝和官中堂已函告我了。润芝是怕我介意，替你说情，官文则劝我取消你这番号，仍以湘军名之。这个官文哪，他没参动你，生气呀！其实，我心里最清楚不过，湘军也好，楚军也好，还不都是一家吗？"

左宗棠大叫道："涤生此言差矣。楚军创于江忠源，湘军则创于你曾涤生，怎么能是一家呢？"

曾国藩三角眼一瞪道："季高啊，你又开始胡说了。我来问你，湘军在为谁打仗？楚军又是在为谁东征西讨？"

左宗棠脸色一红，嗫嚅着说道："你曾大帅是两榜出身，我这个乡间举子，说不过你。不过，我不从湘军之名，而另起炉灶，却是有深意在里面的，不知你能否体察出我的良苦用心？"

曾国藩长叹了一口气，缓缓说道："季高啊，我得知你另打旗号，的确很生气，但我很快就明白你为什么这么做了。大清立国百年，削藩以后，便不准我汉人掌兵权。现在是长毛作乱，旗营、绿营在不顶用之后方始我汉人领军。湘军现在遍布大江南北，几乎与旗、绿等营平起平坐。这势必引起朝廷的不安。我如果没有料错的话，你是想用你的楚军分走湘军的几分势力，起到保护湘军的作用。季高，难为你了！我曾涤生一生一世，都记着你的好处！"

左宗棠大惊道："涤生，你是天人不成？你适才所说怎么和我肚里所想一模一样？我左季高一生不服人，却是真的服了你！"

曾国藩抚须说道："好了，我们别说闲话了，来商量正事吧。季高啊，现在德兴、婺源、浮梁三地均在长毛之手。这三地既是江西的前门，又是祁门的后户，能否夺取三地，是楚军能否立足的关键。我身边已无兵可调，只能靠你现有的人马。季高，你以为先取哪一地为好？"

左宗棠想了想答道："婺源屯兵过万，我不能硬取。浮梁离景德镇太远，不宜攻取，况且贸然轻取，易被长毛围困。我思之再三，先取德兴为上。涤生，你以为呢？"

曾国藩抚须说道："你来前，我已得到密报，石逆新近又向德兴加派了三千兵力，加上原有的八千，德兴兵力已超过婺源。德兴也是块硬骨头啊！可如果不先取德兴，又不能稳固江西的门户，更无法接近婺源、浮梁二地。季高啊，弹药和粮饷，我已委了专人为你办理。楚军新成，你要勤加操练他们，万不可辜负皇上对你的期望！你先去用饭吧，饭后，我们再议。不过，我可有言在先，谈完了公事，你可要陪我围上几局。"

左宗棠边起身边笑道："涤生，你现在总督两江，公务如此繁忙，棋瘾怎么还这么大？"

曾国藩自嘲地说道："我也不过是忙里偷闲罢了！"

左宗棠在祁门小住了几日，于十五日返回景德镇。回到景德镇的当日，左宗棠便带上王开化、刘典、杨昌浚三人，穿常服骑马到德兴一带看了一回。

回到大营后，左宗棠便把王开化、刘典、杨昌浚三人传到大帐，开始布置收复德兴的事。

左宗棠铺开自绘的一张草图，指给三人看，他说道："自古用兵，取城先劫粮。收复德兴的关键，是如何把德兴变成一座孤城。贼虽人众，亦不难下也。浮梁长毛与我背靠背，时刻监视我军的动静。婺源与德兴又遥相呼应，我攻一城，另一城必发兵来救。除乐平外，我军实处在长毛的包围之中。景德镇原有湘军四营把守，就算倾军出动，浮梁长毛也不敢轻来攻城。我适才思虑了一下，准备分两步收复德兴。第一步，由克庵带一营，多备干柴与火油，先到婺源与德兴之间去屯扎，掐断两城之间的往来。当然，克庵要把营盘扎大些，营内多张旗号，干柴屯于大营四角，使长毛探不明我之虚实。"

刘典未及左宗棠把话讲完便大叫道："季高，我与你往日无仇，近日无冤，你如何从祁门刚一回来，就把我送给长毛？你只给我一营人马，便让我到婺源、德兴之间去扎营，你是让我放腿逃跑，还是束手就擒？你熟读兵书，怎么放着好计谋不用，倒拿我取笑！"

左宗棠笑着道："我话还没讲完，你却已吓成这样！人都道刘克庵最会算计，敢则都是谣言不成？我让你这么做，用的是个计谋，就是要把德兴的长毛引一些出来，我自有办法。"

左宗棠从袖里摸出一个锦囊，交给刘典道："设若探明长毛出城扑你大营，你再打开来看，保你有一件大功劳可得。你速去布置，晚饭就开拔。"刘典接过锦囊，迟疑着退出去。

左宗棠随后又压低声音，将心中的计谋一一说出。王、杨二人大喜，亦去营中布置。

刘典率军傍晚时分动身，于夜半穿插到德兴与婺源之间的一处宽阔地带。这里无水可依，无山可靠，只有一条大路连接两城。刘典看了地形，在心里大概估算了一下，这里离德兴二十里左右，距婺源不会少于三十里。

刘典派出几路人马勘探地形，得知距德兴三十里处有一座小山，但却远离婺源，不在两城之间，起不到掐断两城的效果。刘典踌躇再三，决定就地扎营。

营盘很快扎下，刘典传令下去，人不许解衣，马不准卸鞍，全营上下枕戈待旦，随时拔营。

早有暗探把刘典的一举一动密报给了德兴与婺源两地太平军守军。婺源太平军守军头目是石达开的一个亲戚，论辈分是石达开的一个族叔。此人征战多年，积累了丰富的实战经验。他料到清军孤军深入两城之间安营扎寨，用的必是诱敌之计，遂未敢轻举妄动。

德兴的太平军主将经过反复侦看，确认清军人数不多后，就仗着守城人多，便想分出三千人，趁清军立足未稳之时把他吃掉。

三千太平军将士很快出城，乘着夜色飞速扑向清军营盘；太平军出城不到两刻钟，便有十几名太平军来到城下报信，说出城人马在半路遭到清军截杀，人数并不很多，城内援兵一到定能全部歼灭。并说，伏击太平军的清军将领正是左宗棠。报信的太平军话毕，便打马离去，显得很匆忙。

守城主将闻报不敢大意，便亲自登上城头观看，见城外远处果然有一片火光冲天而起，烧得半个天空通红。

太平军守将不敢耽搁，下得城来，便拨了一千人守城，他带着大队人马杀出城去，定要给清军狠吃一个苦头。这队太平军行至半路，却猛地一声炮响，半地里冒出一队官兵拦腰杀来。太平军仗着人多势众，并不慌张，但一看官军旗号，却未免又心吃一吓。你道这是为何？原来杀过来的这队清军，打的是面龙旗，旗上绣着一个斗大的“霆”字！这可不就是让人闻之胆寒的湘军霆字营吗？太平军做梦都不会想到，正在江西腹地作战的霆军，竟然在这里出现！

太平军被霆军一冲，登时大乱起来，加之夜色浓浓，看不清人数，耳边所能听到的，尽是喊杀声。太平军担心被霆军吃掉，慌忙后撤，想退进城去天明再战，哪知到了城下，城头却一声锣响，竖起无数支火把，火光里看得分明，一名清军大将稳坐城头，黑盔黑甲黑脸膛，身后站着无数清军。

那名清军大将望着城下，哈哈大笑，用手指着说道：“大清国湘军统领，一品顶戴提督衔鲍超鲍春霆，受命收复此城多时，尔等还不拿命来！”

话音刚落，城门随之大开，清军潮水般杀出来。太平军前后受敌，军心大乱，只好夺路奔逃。清军奋力追杀，直杀得太平军尸横遍野，呼爹喊娘，一路狼狈。

官军见太平军去远，于是不再追赶，又回过头去赶最先出城的那队太平军。这队太平军恰巧也正往回返，与官军遇个正着。清军乘胜发威，迎头便扑过去，太平军一见官军的“霆”字旗号先就一愣，及见官军勇猛，便无心恋战，只好且战且退。刘典率一营人马恰巧这时赶了过来。官军三路合一，又是一阵厮杀。

三千太平军未到天明，便都成了作古之人。此役，官军仅缴获战马就达三千余匹，粮草器械更是无数。德兴四门大开，三路人马齐聚城中，大摆庆功酒席。

席间有左宗棠，有刘典、王开化、杨昌浚等人，独不见湘军大将鲍超。鲍超呢？鲍超的霆字营不是也参战了吗？鲍超此时正在远离德兴千余里的一处地方与太平军交战，鲍超辖下的霆字营也未赶来参战，这其实正是左宗棠使用的一个计谋。

当时，德兴与婺源两城的太平军合起来数量竟是楚军的四倍以上，左宗棠无论攻取哪座城郭，都不可能得胜，只能智取。

左宗棠深知霆字营的威力，亦知太平军惧怕霆字营的心理；不管霆字营的黑旗出现在哪里，太平军见之无不心怯。鲍超之猛，霆字营之勇，在大清国是出了名的。左宗棠经过周密思虑，决定冒用霆字营的旗号来打这一仗。

左宗棠熟读兵书，深知开山第一仗的重要。楚军能否立足，关键要看第一仗的胜负。左宗棠得手了。

趁势出击

左宗棠在德兴整军一日，楚军便分三路直扑婺源。婺源此时已成孤城，左宗棠认定，无论是围、困、强攻，婺源都能打下来。

但太平军并未与楚军激战，楚军发起攻城不到一刻，太平军便主动撤出城郭，向浮梁方向而去，意在与浮梁太平军会合。

左宗棠不敢大意，率军奋力追击，终在半路将太平军冲散。这时，全军上下疲惫已极，左宗棠偏偏发下号令：速赴浮梁，不准歇息，有胆敢违令者斩无赦！

杨昌浚闻命之下，策马来到左宗棠身边，谏道："季高，你是疯了不成？各营连日追杀，伤亡越来越多，若浮梁守城贼匪探知我军虚实，突然出城战我，我军如何迎敌？我们募勇不易，不能白白去送死啊！你快传令下去，就地扎营，不能再往浮梁赶了！"

刘典这时也骑马赶到，说道："季高，要取浮梁，我军太单，非制军大人拨几营湘勇助我不能成功。攻取德兴，我们已经用了一次险，这次，不能再用险了！"

左宗棠擦了把汗水，抚须笑道："二位此言差矣。我们相继收复德兴、婺源，军心大振。长毛连失两城，士气低落。我料定，浮梁的长毛守军，此时正在向城外撤退。我们若不及时赶过去，这功劳就落到别人的头上了！二位万不要耽搁行程，快快率各营往浮梁赶吧，晚了，就来不及了！"

左宗棠所料不差，疲惫的楚军经过几夜快速行军，赶到浮梁城下时，守城的太平军怕被围受困，已于一个时辰前悄然遁去。

左宗棠传令将大营扎在城外，自己只带亲兵营一部及刘典、王开化、杨昌浚等主要将领进城，张榜安民，处理善后。

至此，江西省的前门，祁门的后户，尽在左宗棠的掌握之中。

稍事歇息，左宗棠含毫命简，向曾国藩通报收复德兴、婺源、浮梁三城的详细经过并开列了有功将士的名单。

曾国藩接到左宗棠的信后，不由对一班幕僚感叹道："季高用兵，神出鬼没。今亮已胜古亮一筹矣！天降今亮于当世，贼匪不难平也。”

曾国藩连夜上折，为左宗棠和一班出力员弁请功邀赏。

咸丰十年（公元1860年）十一月，趁着大清国上下筹备过年的时机，太平军两万人，由间道绕过几营湘军直扑景德镇，欲围歼楚军，以雪前耻。暗探将消息报与左宗棠时，太平军前锋已距离景德镇只有五十几里的路程。

左宗棠闻报之下大惊失色，登时惊出一身冷汗，连呼：“吾命休矣！吾命休矣！”原来，景德镇此时最是空虚不过，大部楚军已在王开化、杨昌浚的统率之下赴乐平一带随湘军作战，左宗棠身边只有亲兵营一部二百人，及刘典的亲兵五十人，另有文案、随身幕僚十几人。

此时不要说来两万太平军，就算来了两千太平军，左宗棠也是逃无可逃，躲无可躲。左宗棠带着刘典登上城楼观看，见远处浓烟滚滚，影影绰绰旌旗密布，知是太平军的队伍。

刘典小声说道：“季高，长毛来到这里还有一段时间，我们从后门走吧，说不定能逃过此劫。”

左宗棠自言自语道：“我们逃是逃不掉的。此是定数，非常人所能料。”刘典急道：“那就快闭城门吧，还等什么？”

左宗棠眼珠转了三转，忽然一摆手道：“不！我左季高不能就这么死掉！我们马上回衙门。你速派人，把城中乡绅请过来喝庆功酒，我要演一出好戏给长毛看！”

刘典大声道：“季高，眼看大祸临头，你是摆庆功酒还是断头酒啊？你疯了？”

左宗棠一边下城楼一边道：“克庵，你胡说什么？快去布置！不得耽搁！”刘典疑疑惑惑地离去。

办事衙门很快便屠猪杀羊，大办酒席，三十几名乡绅也都相继被人请到。衙门内外一时人来人往，好一派热闹景象。衙门的方厅里，一溜五张桌子，上面摆满了酒菜。

左宗棠穿着簇新的官服，同着刘典，把乡绅与衙门里的文案等人都请到桌边坐定，有亲兵按着左宗棠事先的吩咐，为桌前的各位筛酒。各位乡绅面面相觑，不知这左大人要做什么。

左宗棠端起酒碗，满面春风说道：“本官把各位前辈请来这里，是有一事相求。各位可能还不知道，我湘楚各营官兵，已经收复乐平失地。两江总督曾大人，已调湘、绿各军约三万人，预伏在城外的东山密林中，只等长毛一到，聚而歼之，大功就在眼前。各位可能更不知道，此次来景德镇伏歼长毛之军，大多为能征惯战的绿营。曾制军再三嘱咐本官，歼灭长毛之后，一定要好好犒劳得胜之师。本官把各位前辈请来，就是要商量这件事情，望前辈们能劝捐些银粮，以做犒军之用。”

一名白胡子的老乡绅这时迟疑着说道：“大人莫非是在讲玩笑话吧？老朽风闻，长毛就要抵临景镇，但却没有听人说起有大队官兵在东山设伏之事。几万官兵来我景镇设伏，那是多大的动静，如何能瞒得了人啊？”

左宗棠哈哈笑道：“前辈所言，正是曾制军的高明之处。为聚歼这股来犯的长毛，制军大人可谓煞费苦心。但长毛亦非庸辈，任曾制军如何设计，他只是不肯上钩，无奈之下，曾制军只好将景镇守军全部调走，有意给长毛留个大破绽。本官没有想到，长毛果然上钩了！各位前辈请先饮酒，酒后一定要替本官把犒军的事办一办。”

又一位乡绅这时说道：“左大人，您老不去城外督军吗？”

左宗棠压低声音，神秘地说道：“预伏在东山的官军，有一位钦差，五位提督，八位总镇，哪用得着本官去督军！本官只在这里陪各位前辈饮酒，静等捷报。”

乡绅们见左宗棠说得活灵活现，便不再怀疑，只管畅饮起来。

太平军设在城里的暗探，早把探来的消息飞报给已距离城垣不足十里的太平军。其实，早在暗探来前，探马已将景镇的情形探得一清二楚，太平军主帅也正对景德镇四门大开疑惑不解；听了暗探的话后，这位主帅方知上了曾妖头的大当，当下也不及细想，飞传撤字令，心里还在庆幸多亏暗探来得及时，否则后果实难料想。

偏偏无巧不成书，撤退的太平军未及走出十里，正和多隆阿率领的黑龙江马队相撞。多隆阿一见太平军，也不管三七二十一，抽出腰刀便杀了过来。太平军不揣虚实，不敢恋战，绕道而行。多隆阿凭空捡了个大功劳。

同年十二月初十，照恭亲王奕䜣、大学士桂良、户部左侍郎文祥等人奏请，大清国成立专为办理洋务及外交事务的衙门——总理各国事务衙门。该衙门一切均仿照军机处办理，规定由亲王一人总领，设大臣、章京两级。诏恭亲王奕䜣为总理衙门领班大臣，大学士桂良、户部左侍郎文祥为大臣，另有章京四人、帮办章京二人，综理日常事物。

越七日，圣旨递进两江总督衙门和景德镇楚军统帅办事衙门："赏四品京堂左宗棠三品顶戴，京卿衔。"

左宗棠的顶戴由蓝色涅玻璃上升为蓝色明玻璃，蟒袍也由八蟒五爪图案变成九蟒五爪，补服由雪雀换成了孔雀。左宗棠已是四十九岁，离知天命只差一年。

乐平却久攻不下。曾国藩连连向乐平增兵派将，苦不得手。曾国藩无奈，只好飞札景德镇，调左宗棠赶赴乐平督战。

接札的当日，左宗棠为防太平军二次来袭，先调两营楚军到景德镇南北二门扎营，这才乘轿赶往乐平。

咸丰十一年（公元1861年）三月，乐平被官军收复，太平军守城主将李世贤率残部弃城败逃。曾国藩闻报，当即上折为左宗棠及出力员弁请功。圣旨下，实授左宗棠太常寺卿帮办两江总督曾国藩军务。

左宗棠接旨在手，忽然老泪纵横：正所谓苍天有眼，他在五十岁之前，总算熬成了三品大员。

接旨不久，经杨昌浚做媒，左宗棠纳十七岁的吴氏为妾。吴氏名香，貌美若仙，左宗棠习惯称她为香儿，下人们则呼之为香姨娘。

湖北巡抚胡林翼来到两江总督衙门，与曾国藩、左宗棠会商收复安庆的事。两江总督衙门此时由祁门迁至东流驻节，原东流县衙此时便是现在的总督衙门。

几年光景，年仅五十岁的胡林翼已老态毕现，须发半白，看上去活脱脱一个耄耋老人。胡林翼的身子原本就弱，打小时候就是出了名的药罐子，到湖北后，又一直没有好好地歇过一天，精气神就愈发委顿。尤其近两年，不仅气喘加重，还添了咯血一症。

安庆是通往江宁的门户，安庆不复，便无法合围江宁。安庆对太平天国与大清国来说，都很重要。胡林翼不得不抱病来见曾国藩，何况他也知道自己去日无多，亦想把自己的心里话对曾国藩、左宗棠说一说。

曾国藩与左宗棠带着一应僚属，出县城三十里去迎接胡林翼。胡林翼已于一年前因功被赏加太子少保衔，是一品顶戴的巡抚。

胡林翼被人扶出绿呢大轿，左宗棠一看胡林翼，当先打了个冷战。他也顾不上施礼，劈头便问道："润芝，你的脸色如何这么白？莫非病又加重了？你要好好调理才是！我给你的药方子，用了没有？你不能大意呀！"

胡林翼苦笑了一下，刚要对着曾国藩施行大礼，曾国藩已跨前一步扶住他道："润芝，这里风大，你就不要客套了。我与季高昨儿还说起你的病。润芝，最近好些了吧？我认识一个洋大夫，让他给你瞧瞧？"

胡林翼未及讲话，左宗棠却道："润芝，你先上轿，有什么话回衙门再说。"

到了总督衙门，胡林翼稍稍歇息了一下，便开始用饭。饭后，曾、胡、左三人坐进签押房里，一边喝茶，一边商量事情。

胡林翼一坐下，便笑着对左宗棠说道："季翁，您的开山第一仗，打得好啊！用六千人对抗三万人，一月光景一连收复三座城池，这就是四两拨千斤哪！试问天下统兵大员，哪个敢不对您竖大拇指！我胡润芝打了这么多年的仗，还从不敢这么用奇、用险！"

曾国藩忙道："润芝，你快打住。季高的脾气你又不是不知道，他是不经夸的！你再夸他几句，他非把尾巴翘到天上去！他那根大尾巴当真翘起来，小小的东流如何装得下！季高，我说得不错吧？"

左宗棠笑着说道："涤生，你先不要揶揄我。我来问你，你今天当着润芝的面说句真话，我左季高配不配称'今亮'这两个字吧？"

曾国藩抚须说道："季高，你又来了。你左季高的大才，不仅我知、润芝知，天下亦知啊！现在恐怕连上头都已经看出来了，自打你左季高募勇之后，这里的局面已是好多了！否则，朝廷不会在襄办之后又加了帮办。我大清国，像你左季高这样懂兵事的人，实在太少了！"

胡林翼这时说道："涤生，我有时就想，如果朝廷早几年启用季翁，局面恐怕会更好些。"

曾国藩沉吟着说道："这人哪，有的大器早成，有的呢，就是大器晚成。早成也好晚成也罢，只要能成就好啊！季高啊，依我看哪，你就属于那种大器晚成的人。"

左宗棠红着脸说道："你们两个快不要讲了！再讲下去，左季高就得钻地缝了！我呀，没被官文个老犊子参死，已是万幸了，还哪有时间想什么早成、晚成啊！我们快说正事吧。润芝来一趟不容易，别把工夫都耽误在闲话上。”

胡林翼认真地说道：“季翁啊，我可要说您一句，您老现在是太常寺卿，是我大清国堂堂的三品京堂，您老这个急性子不改可不行啊！”

曾国藩接口道：“改山易，要让季高改了这个脾气，可就难了！好，我们现在就谈一谈收复安庆的事。来人，地图伺候！”

胡林翼在东流与曾国藩、左宗棠二人会商了三天，最后确定了收复安庆的用兵方案：调曾国藩九弟曾国荃统带的吉字营九千人去攻安庆，多隆阿部六千人围桐城，檄李续宜部屯青草塥为后援，胡林翼分兵四营两千配合曾国荃助攻安庆，左宗棠率楚军屯婺源，走德兴，堵截浙江境内太平军援安庆之师。

新机遇

咸丰十一年（公元1861年）七月十七日，年仅三十一岁的咸丰皇帝染疾在热河行宫驾崩，遗命怡亲王载垣、郑亲王端华、端华之弟协办大学士户部尚书肃顺、御前大臣景寿及军机大臣穆荫、匡源、杜翰、焦佑瀛等八人总摄朝政；年仅六岁的咸丰帝之子载淳继承大统，定国号“祺祥”，定明年为祺祥元年。

消息传来，举国震惊，大清国各级衙门无不成礼持服。太平天国抓住这一有利时机，开始在湖广及安徽、江西、浙江等地大举用兵，克城夺地，连连得手，把战火烧向高潮。

清廷紧急从黑龙江、吉林等地调集旗营奔赴各地应付局面。两江总督曾国藩和他的湘军也陷入太平军的包围之中。偏偏这时，曾国藩军事上最得力的搭档和支持者胡林翼又在武昌病卒。

曾国藩真是雪上加霜，几欲不能支持，于是他就当前的局势函商左宗棠。

左宗棠回信认为，官军欲打开破困局面，非先扫除浙江境内的太平军不可。左宗棠进一步指出，欲进军浙江，必先派重兵屯驻广信，广信乃赣、皖进浙江的必经之地，得广信便可得浙江；浙境一日不靖，则江西一日不安，而大局亦终不能扭转。

曾国藩深服左宗棠所论，于是飞札婺源，命左宗棠率所部楚军急速赶往广信屯扎。曾国藩同时饬令在徽州驻防之臬司张运兰、驻广信之道员屈蟠、驻玉山之道员王德榜及参将顾云彩、驻防广丰之道员段起各军，一俟左宗棠到后，悉归节制。

左宗棠率军离开婺源的第二日，安庆被曾国荃的吉字营收复，湘军的局面顿时好转。

九月三十日，载淳生母慈禧太后联合在京师主政的恭亲王奕䜣发动政变，将顾命大臣载垣、肃顺、端华先行革职逮问治罪，旋处死，又将其他五位顾命大臣一一投进大狱，或革职，或遣戍；年号旋由祺祥改为同治，实行两宫同治，定明年为同治元年，并为此专下两道诏书。

第一道诏书先罗列了肃顺等八大顾命大臣的一些不法之事，然后理直气壮地写道："虽我朝向无皇太后垂帘之仪，朕受皇考大行皇帝付托之重，唯以国计民生为念，岂能拘守常例？此所谓事贵从权。"

第二道诏书比第一道更是简单扼要："加恭亲王奕䜣议政王封号赞襄政务。"

十月十八日，圣旨再次飞递进两江总督衙门。

旨曰："两江总督曾国藩赏加钦差大臣衔，着统辖江苏、安徽、江西三省及浙江全省军务，所有四省巡抚、提镇以下各官，悉归节制。"

曾国藩接旨在手，脑海反倒一片空白，他不知朝廷此时授予他这么重的权柄，是福还是祸。一督统辖四省，削藩以后还未有过，朝廷等于把东南半壁交给了汉人。

已到广信的左宗棠得到消息，马上致函相贺。当天晚上，左宗棠高兴地对杨昌浚说道："朝廷放曾涤生节制四省，实乃英明之举也。知我者涤生，重我者，也是涤生！天降曾涤生于当世，是国家之幸，亦乃左季高之幸也！"

左宗棠所言不错，一篇奏请左宗棠援浙并节制浙省诸军的折子，正由两江总督衙门拜往京师。

曾国藩这篇折子的题目是"左宗棠定议援浙节制诸军折"。折子一共向朝廷汇报了四件事：一、左宗棠驻广信，离浙江最近；二、我与左宗棠通过信函交流得知，左宗棠把增援浙江当成自己的任务；三、闽浙总督庆端与浙江巡抚王有龄也请求过，想让左宗棠统军入浙；四、恳请皇上能破格，左宗棠入浙后，允许他自行奏报军情。

众所周知，清廷祖制，除都察御史外，京官非三品以上不能直接上折，外臣则只有总督、将军、都统、巡抚有单独奏事的资格。布政使虽是从二品、按察使虽是正三品、提督虽是武职一品，亦无此资格。曾国藩显然是想让朝廷把左宗棠当成一省巡抚看待。

曾国藩折子的原话是："左宗棠现驻广信，距臣国藩安庆行营相隔千余里。若一入浙境，相去弥远，声息难通。遇有转奏请旨之件，诚恐耽延贻误。以后该处一切军情，应由左宗棠自行奏报，以昭迅速。是否妥当，伏候谕旨遵行。"

折子拜发的同时，考虑到左宗棠援浙兵力太单，曾国藩又飞檄老湘军刘松山部六千人十二营，又加派八营骑队，速赴广信与左宗棠会合并归其节制。

鲍超、刘松山二将都是湘军出了名的虎将，为使左宗棠能大显身手，曾国藩不得不忍痛把刘松山这只猛虎赠给他。如果曾、胡相交是披肝沥胆，那么曾、左相交便可称肝胆相照了。

十几日后，朝旨飞递安庆和广信两地，朝廷对曾国藩所请无一例外全部答应了下来。接到圣旨的当日，曾国藩抚须对座中的一班幕僚说道："把浙江军务交给左季高，本部堂大可放心了！"

左宗棠接旨后泪流满面，唏嘘不止。他一则感于曾国藩的全力推荐和信任，一则感于朝廷对自己的浩荡隆恩和无限重托。

当晚，他含毫命简，草折一篇，一是向朝廷表明心迹，一是向朝廷汇报浙江的局势。

左宗棠出山以来，为张亮基办过文案，又为骆秉章拟过奏稿，却从不曾为自己拟过折子。如今，他终于可以为自己拟一篇奏稿了，心情之激动可想而知。

他在奏折中这样写道："伏念臣一介寒儒，未谙戎务，仰蒙先皇帝特达之知，由举人迭次拔擢，补授太常寺卿、帮办军务。每思殚诚尽瘁，以图一报。兹复蒙皇上恩命督办浙江军务，虽自恨才力庸下，未能匡时济变，仰副恩知，然当全浙鼎沸之时，又何敢稍事诿延，自干咎戾？”折子随后又对局势作了分析：“唯浙江全省自金华、严州、处州失守之后，绍兴、宁波、台州相继沦陷，局势全非。由江西入浙之道，遍地贼氛……以江、浙现在局势言之，皖南守徽、池以攻宁郡、广德，浙江守衢州以规严州，闽军严遏其由浙窜闽以绕犯江西之路，然后饷道疏通，米粮军火接济无误，诸路互相知照，一意进剿，得尺则尺，虽程功迂缓，实效可期，此固一定之局也。”左宗棠接着谈了浙江局面变坏的原因：“查浙江军务之坏，由于历任督抚全不知兵，始则竭本省之饷以济江宁大营、皖南各军，图借其力以为藩蔽，而于练兵选将之事漫不经心；自江宁、皖南大局败坏之后，又复广收溃卒，糜以重饷，冀其复振，卒之兵日增而饷日绌，军令有所不能行，以守则逃，以战则败，恩不知感，威不知惧，局势愈益涣散，遂决裂而不可复支矣！”

折子拜发的当日，浙江省城杭州被太平天国李秀成部攻破。浙江巡抚王有龄等所有守城官兵俱被斩杀，无一幸免。

杭州城破后，太平天国忠王李秀成会合太平天国侍王李世贤部，分取江山、衢州等地。

驻扎在江山的浙江按察使、安越军统领李元度，驻守在衢州西北沐尘之杭州将军瑞昌，分别派快马驰赴安庆、广信两地，在请曾国藩速调援兵的同时，又催请左宗棠尽快入浙，以挽狂澜。

快马来到广信时，正是大年的初一，左宗棠办事衙门上下正筹办着要为统帅左宗棠过一个热热闹闹的五十大寿。

为了使左宗棠的五十大寿不至太过寂寞，长子孝威也跋山涉水，来到广信大营，代表一家大小给父亲祝寿。

一见到长子孝威，左宗棠的心里不由生出无数的暖意和惬意，他嘴上虽不说什么，但神情已经透出了无限满足。

孤军前进

左孝威向父亲左宗棠请过安后，便开始介绍家中的情况，最后又道："爹，儿子不孝，这次乡试，儿子又名落孙山了。"

孝威话未说完，已羞愧地低下头去。

左宗棠当着杨昌浚的面对孝威说道："威儿，你的事情爹已经知道了。这次落榜，三年后再考，你不要羞得跟什么似的。你能替爹照顾好你的母亲、姨娘及几个弟弟妹妹，就已是大孝，爹知足啊！爹上次去东流见你涤生伯父，你涤生伯父说，这人哪，分大器晚成和大器早成两种。你涤生伯父呢，是大器早成，爹呢，就是大器晚成。"

杨昌浚见左宗棠说得认认真真，毫不扭捏，不由笑着打趣道："我说季翁啊，这话别人说可以，您怎么自己说呀？您老不怕传出去，别人说您老是王婆卖瓜？"

左宗棠哈哈大笑道："我是威儿的爹，只有爹说的话儿子听了才信，你们说顶什么用啊！威儿，爹说得不错吧？"孝威笑着没敢言语。

杨昌浚则把孝威拉到一旁，道："孝威，走，跟世叔到营去给克庵他们几个请安去。"

孝威对杨昌浚耳语道："老世叔，您忘了，我还没给姨娘请安呢。晚生行前，娘特别交代过，让晚生好好看一下爹身边的这位姨娘大人，看她能不能照顾好爹。爹一个人在外，娘和家里的姨娘都不放心呢！"

杨昌浚小声对孝威说道："孝威呀，你爹娶的这位香姨娘，可是个百里挑一的好姨娘啊！不仅长得俊秀，手也巧得很。你回去后对你娘和姨娘说，只要有香姨娘在你爹身边，她们就尽管放心吧。老世叔担保香姨娘对你爹一万个好。"

左宗棠这时用手指着杨昌浚说道："石泉，你又在教唆威儿什么歪主意？你现在是七品的知县又加同知衔，可不能跟孩子没大没小！对了石泉，这几日光忙活催饷的事了，倒冷落了梅村。梅村的病怎么样了？能不能随军赴浙？"

杨昌浚一见左宗棠谈起了公事，忙撇下孝威，紧走两步来到左宗棠的身边，说道："季高，我正想跟你说这事。梅村这几日可不大好，恐怕熬不了几天。克庵急得到处延医求药，却不见一点起色。"

左宗棠心下一沉，不由反问一句："你和克庵是怎么个主意？梅村随我出征以来，大大小小经历了十几次战阵，可到现在头上还没混上个顶子，不能就这么走啊！"

杨昌浚道："这也怪不得别人，总归是他自己不争气。"

杨昌浚忽然把话止住不说，回头对孝威道："贤侄，你现在让人领着到上房去给你香姨娘请安去吧，世叔这里要和你爹说几句要紧话。"

孝威巴不得有这一句话，杨昌浚话音刚落，他便忙冲着左宗棠、杨昌浚二人施了个礼，然后退出房去。

杨昌浚接着说道："季高，我今儿跟你说句实话吧，梅村这病，全怪他自己。"

左宗棠一愣，忙小声问："石泉，你把话讲清楚些，梅村到底背着我干了什么？"

杨昌浚道："季高啊，这梅村和他哥哥一样，百样都好，就是太好女色。我们打这一路，梅村玩了一路。就是上个月，他带着老湘营去偷袭长毛的女营得手，俘获了一百多个女长毛。他把年老些的送去了阴间，年轻的全部留了下来。你几次发文催他回营缴令，他迟迟不动，是因为他与这些女长毛在床上战得正酣，没有尽兴啊！他被人抬着回营缴令，还说中了枪伤。他做的这些事情，全军上下人人知道，只瞒着你一个。季高你说，凭他那小体格，能经得住七八十个女人轮番折腾吗？老湘营现在军心涣散，全无斗志，全是因他而起呀！"

左宗棠未及杨昌浚把话讲完，已是气得连连跺脚道："这个王梅村，他可是误了我的大事！大军马上就要向浙江进发，他的老湘营是主力呀！老湘营变成这样，还主什么力呀！石泉啊，梅村胡闹，你怎么不早跟我说呀？你和克庵瞒住不说，不仅害了他，也害了我们辛辛苦苦建起来的楚军哪！这可怎么好！这可怎么好啊！"

正在这时，一名亲兵慌慌张张闯进来禀道："左大人、杨大人，老湘营王管带恐怕要不行了！刘大人速请二位大人过去一趟。"

左宗棠一愣，与杨昌浚对视一下，快步走了出去。等他赶到老湘营时，王开化已经驾鹤西归。左宗棠一面连夜向曾国藩通报王开化的死讯，一面为王开化准备棺柩，并派出五十名老湘勇护送王开化回籍。

当晚，左宗棠把杨昌浚叫到签押房，说道："石泉，我思虑再三，决定把老湘营交给你统带。你知道，老湘营原本是能战能守的一支队伍，立过无数战功，如今成了今天这个样子，全是梅村统带无方所致。我知道，请梅村出山管带老湘营，是我一大过错。石泉，你意如何？"

杨昌浚沉吟了一下道："刘寿卿统所部正向广信进发，老湘营原系刘寿卿所部。我以为，寿卿到后，不妨把梅村所遗之老湘营重新划归其节制。你意下如何？"

左宗棠想了想，道："寿卿现在是总兵衔，老湘营重归其节制自然在情在理，可总得有个管带呀。涤生已把寿卿所统的老湘营划归我节制，但梅村管带的老湘营成了这个样子，就算交给寿卿，也得恢复到从前的样子才不至于让寿卿耻笑啊！石泉啊，就这么定了，你先接统老湘营，抓紧操练，等寿卿到后再说吧。"

左宗棠口里的刘寿卿，即是湘军名将刘松山，寿卿是刘松山的字。刘松山是湖南湘乡人，最早参加王鑫团练为勇丁，因功晋哨长。曾国藩率湘军出省作战后，王鑫则脱离湘军，另立"楚"字大旗，被骆秉章留下助守湖南，刘松山则随曾国藩出省作战，因作战勇猛，很得曾国藩赏识，先后保举其为武职从九品额外外委、正八品外委千总并赏戴蓝翎、正五品守备等，又将两营湘勇交其统带，归道员张运兰节制。刘松山累官正四品都司、从三品游击并赏换花翎，到咸丰十年，终于成了湘军独当一面的二品总兵衔统兵大员，与鲍超等一班名将并驾齐驱了。

刘松山与鲍超、已故提督塔齐布一样，以能打硬仗著称。

就在左宗棠五十大寿到来的头两天，安越军统领李元度的军情快报飞递进行辕。左宗棠览读之下，大惊失色。他也顾不得多想，连夜把杨昌浚、刘典以及各营营官传进行辕，说道："李次青被围，瑞昌已丢了沐尘退向衢州，我若还在这里等饷粮，浙江全境就将不保。本官计议已定，事不宜迟，明日各营三更做饭，四更拔营。杨大人率老湘营三营为第一起，刘大人率五营为第二起。两起人马进止，由杨大人相机酌度办理。本官为后队，俟刘总镇大队人马到后起程。"

刘典一听急道："大人，还有两天就是您的生日，您总得让弟兄们吃碗您老的长寿面哪！”

杨昌浚也道：“军情再急，也不差两天啊！”

左宗棠抚须说道：“什么狗娘养的长寿面，本官就权当不到五十岁。杨大人，你一会儿托人去城里给香儿买个丫环。我们走后，香儿一个人在这里总要有个人照料。刘大人，烦你挑出两名可靠的军兵，连夜把孝威送回湘阴。各位将官，请听本官一句话。如今不比从前，我等入浙后，便是孤军作战。饷要自筹，粮也要自筹。从明日起，凡我楚军出征将士，均不准带女人随行。大家跟着我，做他几年和尚如何？浙江一日匪患不靖，我们就做他一日和尚！”

刘典这时笑道：“大人还是不要这样说吧。弟兄们做几日和尚倒是没什么打紧，倒是大人却不能做太久的和尚。大人是堂堂的三品京堂，身边没个女人侍候哪行呢？杨大人，我说得不错吧？”

左宗棠一瞪眼道：“你胡说什么？军中岂能有戏言？”

杨昌浚忙起身打圆场道：“大人息怒，下官以为刘大人适才所言合情合理。刘大人的意思，三军进浙后，若局面越来越坏，全军上下自然要做和尚。若局面很快好转，若想迎娶家室的，自然要许他迎娶。从军打仗，也不能误了儿女不是？圣人云：‘不孝有三，无后为大。’”

左宗棠知道自己的话适才说得太满了，于是摆摆手道：“好好好，就以杨大人适才所言为准。浙江局面一日不好转，我们就做他一日和尚。”这时，一名营官起身说道：“左大人，如果我们被长毛打出浙江怎么办呢？”

左宗棠想也没想随口答道：“本官就把楚军改成楚庙！”他这一句气话，说得满堂大笑。

在安庆坐镇的两江总督曾国藩，接到李元度和瑞昌的求救军报后，一面檄催左宗棠提前入浙，一面密疏朝廷，举荐左宗棠暂署浙江巡抚。

左宗棠俟刘松山二十营到广信后，当日即拔营由汪口逾大庸岭进入浙江境内；先驻浙江开化张村，又抵马金街。不久，左宗棠接到圣旨：“赏左宗棠二品顶戴，暂署浙江巡抚”。

同日，朝廷又向各地督抚下达谕旨，准“借师助剿”，准上海成立中外会防局。朝廷在太平军的强大攻势下，不得不求助于其他国家。

上海中外会防局，就是当时官军与驻扎在当地的英国军队联合后成立的、意在共同抵抗太平军的军事防御机构。

太平天国成立伊始，在中国境内的各国军队，最先抱着的是一种中立态度，他们当时还看不清鹿死谁手，不敢轻易表态。

太平天国强大后，清军开始节节败退，外国人于是达成一致，开始暗中支持太平天国进攻清军。他们向太平天国贩卖最先进的火炮火枪，还帮着杨秀清、石达开等人购订铁甲战船。他们这时甚至已经认定了太平天国一定会赢。

但是，随着太平天国“杨韦事变”的爆发，以及接二连三的内讧，太平军的势力便很快弱了下去，风光渐渐不再。各国权衡利弊，很快又达成一致，转眼又开始帮助起清军来，不仅帮着买枪买炮，还向总理衙门许诺可以提供军队。

尽管清廷知道“借师助剿”将后患无穷，但为了能在最短的时间内消灭太平军，也只得孤注一掷了。这既是大清国的悲哀，也是太平天国的悲哀。

第六章
左宗棠让胡雪岩去搞钱

真正的对手

太平天国占据江宁后，不久就将江宁改成天京，定为自己的国都。

有了国都，又有一大批天将带着上百万的天兵南征北讨，洪秀全认为功德圆满，该好好享乐一下了。于是大兴土木，今儿盖天王府，明儿建造东王府，后儿个又遍选美女，直把个江宁城闹得鸡飞狗跳，乌烟瘴气。他本人也不再过问前方战事，整天除了在美女怀里打滚，就是制定各种礼仪，神化自己，把自己打扮成独一无二的东方教主。

在他的心目中，教主是高于皇帝的。皇帝权威再大，终不过是人。而教主则不同，他想是人时就是人，不想是人时就不是人。可以说他是魔，也可以说他是鬼，说是怪物也可以。但洪秀全却说耶稣是天父皇上帝的大儿子，他自己是天父皇上帝的二儿子。至于天父皇上帝住在哪儿，耶稣又住在哪儿，他就说不清楚了。就算他不能自圆其说，也无人敢问。因为天国的刑罚极其残酷，通常是斩首，还有点天灯、五马分尸、沉江、桩沙、剥皮、挖眼、剁手、砍脚、削鼻子、削耳朵等等。像杖责、打耳光等，根本不算什么刑罚。

见洪秀全如此，杨秀清甚是高兴，因为他正可利用这个机会树立自己的威望，独揽大权。论装神弄鬼的把戏，杨秀清是高于洪秀全的。

在起义之前，他在紫荆山烧炭的时候，就经常利用业余时间跳大神挣外快。有妇女难产了，就有人把他请过去，好酒好肉招待他一顿。他喝到半疯，便脱光膀子，只穿着个裤头，手里拿着个铃铛，又是跳又是唱，还伸手在女人的肚皮上乱抓乱拧。女人一害怕，再一紧张，孩子生了。当然多数的时候不好使，那也怨不得他。

因为有这本领，所以在起义之初，他便抢先一步把“代天父传言”的特权抓在手里，说自己是天父皇上帝的第四子，天父皇上帝有什么话要交代，需要借他的口来说，于是成了太平天国响当当的二把手。

咸丰六年（公元1856年），太平军攻破清军的江南、江北两个大营，暂时解除了天京外围的威胁。该年七月十七日晨，杨秀清认为取代洪秀全的时机成熟，于是先把刀斧手埋伏在银銮殿的外围，然后便以“天父皇上帝有话要对尔传达”的理由，把洪秀全召到东王府。

洪秀全毫无防备，带上自己的仪仗大队便赶了过来。哪知与杨秀清刚一见面，杨秀清便一跤跌倒，爬起来后就已经不再是杨秀清了，成了天父皇上帝的化身。

杨秀清两眼瞪着洪秀全厉声问道：“尔可是吾那不孝子秀全吗？”

洪秀全一听这话，急忙双膝跪倒口称：“朕正是秀全。”

杨秀清冷笑一声道：“你这个混蛋，在为父面前还敢称朕！先自己掌嘴五十，再听为父的天谕！”

洪秀全不敢戳破谎言，赶忙自己抽自己的嘴巴。

杨秀清道：“为父问你，你四弟秀清的功劳大不大？”

洪秀全忙答道：“东王功劳大过天，天国无人能比。”

杨秀清连连冷笑，许久才道：“你既然知道你四弟秀清功劳大过天，为父问你，你称万岁，还自称什么朕，而你四弟秀清怎么就是九千岁呢？”

一听杨秀清口里讲出这话，洪秀全一时发蒙，嗫嚅了半晌不知该如何回答。

杨秀清大喝道：“你为什么不说话？说！秀清该不该称万岁？”

洪秀全急忙四处偷觑，无意中发现大殿外面有刀光闪动。

洪秀全登时吓得小便失禁，想也没想便回答道：“吾将在东王万寿那天加封四弟万岁。”

所谓东王万寿，也就是杨秀清的生日，时间是八月十九日。

杨秀清一听这话马上大叫一声："为父还有要事办理。你若食言，为父定然取尔性命。为父去也。"话毕，那秀清又是一跤跌倒。

杨秀清爬起来后，先愣了愣，马上便跪倒，口称："不知天王驾到，死罪死罪！天王如何到了东王府？"

洪秀全冷着脸子道："天父皇上帝适才降口谕一道，命朕加封你为万岁。"

杨秀清诚惶诚恐道："小弟有何德何能敢与天王并驾齐驱？"

洪秀全起身道："天父神谕不可违。朕决定在四弟万寿那天加封你为万岁。你准备一下吧。"话毕气哼哼地走出了东王府。

杨秀清以为大功告成，当天就派人准备受封万岁的所有事宜。

洪秀全回到天王府后，连夜给正在江西作战的北王韦昌辉、在湖北作战的翼王石达开和镇江的秦日纲发密诏一道，命三人接诏后从速带精兵返京勤王。

七月二十五日，韦昌辉带精兵三千最先赶回天京，在先已回京的秦日纲配合下，包围东王府，将杨秀清及其家属全部杀光，又血洗东王府，鸡犬不留。

三天后，韦昌辉又设宴诱杀在天京的东王部下各级文武及其家属五千人。驻守在天京城外的东王部属听到消息后，连夜杀进城里，欲替东王报仇。

韦昌辉指挥部众与其展开血战，历时两个月，把天京城生生给变成了一座魔鬼城，城里城外到处都是尸体。吓得洪秀全整日躲在天王府里做噩梦。因为洪秀全自己心里异常清楚，韦昌辉把杨秀清的人马干掉，下一个目标就是自己。

十几日后，翼王石达开只带少许人马自武昌赶回天京。这时，韦昌辉已经把杨秀清的所有部众斩尽杀绝，正想对洪秀全下手，不料想，石达开偏偏回来了。石达开先来见洪秀全。

洪秀全一见石达开，第一句话便是："可不得了啦，狗娘养的韦昌辉杀红眼了！你再晚回来一天，朕就得去见天父皇上帝了！"到了这时，洪秀全还在满嘴说胡话。

石达开未及讲话，韦昌辉大步走了进来。石达开一见韦昌辉，马上埋怨道："六哥，您怎么杀了这么多人？"

韦昌辉望一眼洪秀全道："天王有令，为兄不敢不从。"

洪秀全大喝道："你胡说八道！朕让你回来是勤王，不是让你来杀人的？"

韦昌辉一阵冷笑，阴阳怪气说道："我杀的是魔鬼、妖孽，何曾杀过人？"话毕，迈步走了出去。

当晚，韦昌辉召集人马决定干掉石达开。不料风声走漏，石达开连夜逃出天京。

韦昌辉并不罢休，亲自带人将翼王府包围，将石达开留京家室全部杀死，又派秦日纲率兵追杀石达开本人。

石达开东躲西藏辗转赶到安庆，很快召集本部人马四万，决定杀进天京城讨伐韦昌辉。

为师出有名，行前，石达开上书洪秀全，指名道姓向洪秀全索要韦昌辉的秃脑壳，如其不然，便班师回京。

洪秀全一见形势有变，急忙派人四处散发传单，很快便组织了万余人的武装，驻守在天王府的周围。

韦昌辉得知石达开要统带重兵回京，索性一不做二不休，带着自己的人马便杀向了天王府，想先干掉洪秀全，再对付石达开。

洪秀全的人马迎将上去，双方展开激战。韦昌辉战败，脑壳被自己的护卫砍掉。

洪秀全一面派人把韦昌辉的脑壳送往石达开大营，一面派兵去追秦日纲。追上之后，先宣布天王的诏书，然后便将秦日纲一根绳子捆了，押回天京处斩。

石达开率部回到天京后，因为洪秀全已经吓破了胆，不再相信任何人。石达开怕遭暗算，再次率部出走。这就是太平天国"杨韦事变"的全过程。

太平天国已经变成了这样，洋人还怎么可能去帮忙呢？

左宗棠率军继续向衢州进发，于同治元年（公元1862年）三月十五日抵达常山璞石。

四品顶戴署理浙江金衢严道江永康，带少许随从匆匆来到大营，面见左宗棠。

一见左宗棠的面，江永康一边行大礼一边道："赏四品顶戴署金衢严道江永康，前来给抚台大人请安。"

左宗棠拉起江永康，问他："江道，你是从哪里来的？衢州怎么样？瑞将军能否支撑得住？本部院是急性子，你捡要紧的来说！"

江永康忙道："大人容禀。职道从衢州间道赶来迎大人，是因有要事相告。四眼狗匪酋李世贤进占沐尘后，已与瑞将军的军标交了三次手。就是昨天，瑞将军得到确切密报，说前天夜里，不知何故，忽然有一半长毛从沐尘开往别处，余下的五千余众也像在打点行装，说不定这一两日也要拔营。据瑞将军讲，沐尘屯有一批粮草，因长毛进军太快，这批粮草未及随军带出，已经被他全部埋在地下。"

左宗棠听到"粮草"二字，双眼马上一睁道："江道，瑞将军说的这批粮草现在哪里？是否已被长毛取用？"

江永康道："禀大人，瑞将军眼下就是拿不准这批粮草是否已被长毛取用，所以才让职道赶来这里。瑞将军说，不管粮草是否被长毛取出，趁长毛全数撤走，正可围歼。沐尘地下的这批粮草有十数万石，就算被长毛发现，一时也不能用尽。"

左宗棠听清了江永康的来意，他传人进来，吩咐领江永康先去用饭，自己则铺开地图，两眼盯着沐尘、衢州几处地方，冥思苦想起来。

左宗棠对占据沐尘的太平军是否全数撤走并不关心，他关心的是被瑞昌埋在地下的那批粮草。

楚军成军以来，一直缺粮乏饷，朝廷虽已明令各省为楚军济饷筹粮，但总不能满足需要。左宗棠为了能使全军饷粮有继，已打发了二十几人分赴各省去劝捐筹粮，以供军需。不管沐尘埋在地下的这批粮草是否被太平军取用，左宗棠都不想放过这次机会。

他把刘松山传来，说道："寿卿啊，本部院适才得到消息，四眼狗李世贤的部众已被李秀成调走过半，目前沐尘只有五千余长毛把守，你敢不敢去碰这块硬骨头？你若能单军收复沐尘，不仅是大功一件，还可获得十万石的粮草！"

刘松山想了想说道："大人容禀。想那四眼狗攻占沐尘多日，如今突然将大批兵力撤走，如果卑职预料不错的话，离开沐尘的这些长毛，一定是被李秀成调走去江山围攻次青大人的安越军了。照如此想来，安越军的处境当比衢州坏得多，大人此时应该兵发江山才对呀！”

左宗棠赞许地点了一下头，笑道：“人家都说湘军大将刘寿卿是个猛张飞，岂不知寿卿还是半个赵子龙呢！”

刘松山笑道：“大人万莫夸奖于我。不夸，卑职还会打仗，一夸，可就分不出轻重了。”

左宗棠忽然问道：“寿卿啊，本部院早有所闻，说你老弟每到阵前，愈饮酒愈能杀敌。若不饮酒，便浑身打不起精神，见了长毛便怕。这可是真的？”

刘松山脸一红，嗫嚅道：“大人和涤制帅是至交，卑职干什么，有哪些短处，自然瞒不过大人。说句实话，卑职阵前饮酒，不过是为了给全军壮个胆子罢了，哪知道时间一长，竟成了习惯！大人也是豪爽的人，还望能体谅卑职的苦处。”

左宗棠笑着说道：“寿卿，你误会我了。你老弟是涤制帅帐前的勇将，也是他最爱惜的大将。说句实话，湘军若少了你和鲍军门两个，那还叫湘军吗？如今制帅把你老弟拨过来助我，我不仅更加敬重老弟，也会百倍于涤制帅爱惜老弟。本部院行前，已再三交代粮台，各营的粮饷可拖欠，刘寿卿总镇的粮饷却一天都不准拖欠！尤其是寿卿总镇的个人饮酒，更不能拖欠！”

刘松山原本一介武夫，肠子直，也见不得人抬举，如今听了左宗棠的一番百般奉承话，早把他的眼泪感动出来了。

他只觉腿一软，不由自主地便跪倒在地，哽咽着说道：“卑职早就风闻，左季翁待人最讲义气，如今听季翁讲话，方知季翁待人不仅义气，而且体恤。季翁身为一省封疆，如此高看卑职，卑职就算被长毛戳得浑身是洞，又有何憾！卑职今天发个大誓，只要季翁指到哪儿，卑职便打到哪儿，决不打半点折扣！只要季翁肯把卑职当成个人就行！”

左宗棠双手扶起刘松山，动情地说道：“寿卿言重了！快快起来，我们还要谈正事！”

按着左宗棠的吩咐，大军当晚分成两路开拔：一路由刘松山率所部二十营直扑沐尘，一路则由左宗棠亲自率领驰赴江山去解李元度之围。

左宗棠一路在奔赴江山的途中极其顺利，很快便与前两起楚军人马会合；刘松山一路却遇到了极大的阻击。

探知刘松山扑向沐尘，李世贤先从左近的几个城郭急调五千人补充兵员，又飞马送信给李秀成。

李秀成不敢怠慢，立即把汪海洋所部一万人调往沐尘。李秀成决定把沐尘变成三河镇第二，立誓把刘松山所部老湘营全歼于此。

李秀成此时是浙江境内各路太平军的统帅。李秀成或作寿成，原名以文，广西藤县人，是太平天国内讧后崛起的第二代天国将领。李秀成原隶太平天国东王杨秀清，因智勇双全受杨识拔，举为右四军帅，旋升后四监军，随翼王石达开作战。咸丰四年（公元1854年）擢殿右二十指挥，旋升二十二检点，地官副丞相。咸丰六年（公元1856年）二月，李秀成随燕王秦日纲赴江苏镇江解围，意图摧毁清廷苦心经营的江北、江南两个大营。“杨韦事变”后，秀成奉天王洪秀全命移军镇守安徽桐城，因功升地官正丞相、合天候。咸丰八年（公元1858年）封忠王，侍王李世贤归其节制。其实，早在左宗棠受命援浙之初，李秀成就开始苦苦思考对付左宗棠的办法。

他从沐尘逐步撤军，实际上用的只是一个诱兵之计而已。他想把左宗棠全军吸引到这里聚而歼之，使清军不敢正视浙江。他此时正在杭州大兴土木建造忠王府，他要把浙江变成他李姓天下。

惯于用兵的左宗棠求粮心切，他尽管已经猜测出李秀成累累从沐尘撤兵，很可能是在使计，但为了能得到那批埋在地下的粮食，他决定冒一次险。

就在刘松山开拔的当夜，左宗棠遣人飞马给安庆送信，请调湘军第一虎将鲍超和他的霆字营由间道支援沐尘，反歼李世贤部。

左宗棠推测，只要刘松山能坚持一天，霆字营再及时赶到，反歼李世贤就大有希望。

左宗棠命全军在离李秀成大营十里处扎寨，又派人入江山城里告诉李元度。李元度知援军赶到自是大喜，守城将士士气也陡然高涨。

按常理推算，李秀成见到左宗棠赶到，该趁其立足未稳或安营之时出击才对，但李秀成既未出击，也未组织攻城，只是相持。

杨昌浚对左宗棠说道：“李秀成这个小毛贼，他在耍什么花招？”

左宗棠小声道：“石泉，你可不要小看这个小毛贼，我江北、江南两个大营，可就丧在他的手里。李秀成是个人物啊！他不与我战，是在等着好消息呢！你站到高处好好看看他的营盘，有一大半空着。何也？兵力早被他暗中调走了！他要让我援浙之军有来无回呀！此人年纪虽轻，却是咱们真正的对手！”

杨昌浚大惊道：“季高，你是说他在沐尘设有重兵？如此一来，刘寿卿可不是险了？”

左宗棠抚须说道：“寿卿险固然险，但我料定，凭寿卿的神勇，坚持一天应该不成问题。只要寿卿能坚持一天，局面便会好转。石泉，沐尘一役很关键，它关系到是我主浙江，还是小毛贼李酋来主浙江。”

杨昌浚见左宗棠满怀胜算的样子，没有及时接话，而是话锋一转，问道：“季高，你现在是署抚，你打算把巡抚衙门先设何地？巡抚总得有个地儿办公事不是？”

左宗棠苦笑一声道：“浙江都成了这个样子，还谈什么巡抚衙门哪！打到哪儿，就在哪儿办公事吧。我已暗立誓言，不收复杭州，我这署理巡抚就流动办公事！”

杨昌浚不由问道：“季高，你这么做，上头能答应吗？我大清立国百年，可还从没有过流动办公事的巡抚呢！”

左宗棠道：“上头不肯答应，就给我这署抚指定一个巡抚衙门好了。浙江的局面坏得这么快，还不是用人不当所致吗？把王有龄放在浙江当巡抚，不是等于拱手把浙江送给了李秀成吗？天下人谁不知道，他王有龄一不会用兵二不懂遣将，他除了敛财吃花酒，哪会干别的！浙江就是坏在他的手里！他要是不死，我第一个就上折参他！”

不祥之兆

沐尘的战事究竟如何呢？先是刘松山所部沿途遇到太平军拦截，虽俱被杀退，将士的体力却是被大大消耗了。

到沐尘后，刘松山一面派人奔赴衢州，请瑞昌率军接应，一面立即传命埋锅造饭，准备饱餐后再向城郭发起攻击。

但李世贤根本不给他吃饭的时间，就在刘松山埋锅造饭的军令出口不久，四周围便响起震天的炮声，随后便涌现出大队的太平军来。

刘松山站在马背上一望，见从四面八方扑过来的太平军足有三万余众，漫山遍野都是旗号，便知中了诱兵之计。他并不惊慌，先站在马背上看了一下地形，见沐尘西北有一处高山，足可凭借，便发下令去，命各营一面抗击敌人，一面向沐尘西北的高山上靠拢。

混战至一个时辰，老湘军各营已全部突破太平军的防线会合在高山坡上，并很快在山头架起杀伤力最强的开花大炮。困守孤山虽是兵家大忌，但刘松山此时已无路可走。

杭州将军瑞昌一接到刘松山的军情快报，很快便率所部离开衢州赶往沐尘；但他尚未望见沐尘城楼，就陷入重兵包围之中。汪海洋率一万精兵，整整等了瑞昌两个时辰。

瑞昌一闻四面炮响，登时吓得脸色煞白，一头便从马上栽下来，把头上跌起老大一个包。这一跌，倒把他跌清醒了许多。他再次爬上马背，传命稳住阵脚，拼死突围，向沐尘刘松山大军靠拢。

瑞昌所部人马太少，厮杀半日光景，便只剩了一千余人。瑞昌本人此时身中三枪，已不能骑马，只能坐在一个草料包上指挥。

汪海洋眼见大功即将告成，于是分出一半兵力去支援李世贤部。李世贤部此时对刘松山的攻杀却并不顺利。刘松山占据山头后，便开始架起开花大炮对围在前面的太平军进行轰击。

李世贤因为不懂兵事，他只知用重兵便能打击敌人，却忘了人数过密也是兵家的大忌，致使湘军的大炮把威力发挥到极致。两军已对峙半日有余，湘军仅伤几百兵勇，李世贤已有两千余人成了炮灰。

李世贤低估了刘松山，惯会用兵的李秀成也低估了刘松山。刘松山久经沙场，打过无数恶仗，他能博得湘军虎将的美称，并非浪得虚名。

正午时分，太平军攻势稍缓，处于围而不攻的状态。刘松山估计太平军正在吃饭，便也赶紧让人埋锅起灶，并传命火炮营停止轰击，留些炮药迎接午后的恶战。

午饭过后，李世贤悄悄把汪海洋调过来的五千余众派到山的后面进行攻击。

显然，李世贤开始打湘军火炮营的主意，可惜没有成功，因为刘松山早已在山后布置了两千精兵，根本不容太平军靠拢。

李世贤是李秀成的堂弟，咸丰元年（公元1851年）加入太平军，咸丰七年（公元1857年）因功封侍天福，转年晋左军主将，主持皖南军务。咸丰十年（公元1860年）三月，李世贤参与摧毁清军江南大营之役，以功封侍王。李世贤作战勇猛，只是谋略不如堂兄。

两军又激战半日，刘松山火炮营的火药与炮弹已所剩无几，形势开始对湘军不利。偏偏这时，太平军汪海洋部已将瑞昌所部悉数歼灭，统军赶了过来。刘松山四周整整围了近四万太平军。

刘松山登上山顶，并将帅字大旗立在身旁。他让人送上一坛酒，边饮边不解地想："都说左季高惯会用兵，他怎么走了这么一招棋呢？"

在对左宗棠不解的同时，刘松山也在反复思考着退路。他站在山上仔细地寻找着太平军的破绽，决定突围出去。

刘松山派人把各营营官召集到山顶上，吩咐道："长毛此次可是下了狠手！本镇刚才估算了一下，围在我周围的长毛不下四万人。此时，就算抚台大人亲自来援，恐怕也无济于事，只能突围出去向江山靠拢，力争与左抚台的楚军会合，方保不被吃掉。"

刘松山的话音刚落，一名守备衔的营官忽然指着沐尘城西说道："总镇大人请看，长毛又向这里增兵了！"

刘松山心头一跳，抬眼顺着营官的手指望过去，但见半天烟雾弥漫，烟雾里面分明有无数旗号招展。

刘松山举起酒坛子向后一扔，骂道："狗日的长毛，派了四万步兵不够，眼见又调过来大股的马兵，爷今儿和他拼了！"

刘松山瞪起血红的双眼，拔出鬼头大刀，说道："各位弟兄快速回营布置，一起向山后靠拢，我们今日就是要从山后杀出一条血路来！”

一名营官大声道：“总镇大人，长毛在山后的兵力虽薄，但山后十里处，便是大江啊！”

刘松山正要讲话，适才讲话的那名守备衔营官这时又叫道：“总镇大人快看，来的人马原来是湘军霆字营啊！”

刘松山全身一震，细细向山下望去，但见来军正向沐尘疾驰，头起是马队，顶头一杆大黑旗，上面明晃晃绣个“霆”字。马蹄翻飞，卷起无数的尘土，恰似平地起了云雾。

刘松山大叫道：“天遣鲍春霆赶来救我了！”话毕翻身上马，大刀一挥道：“弟兄们快快回营，我等立大功的时机到了！”

霆字营马队赶到沐尘，立即在太平军中搅起波澜。这起马队虽只两千余众，但却冲乱了太平军的阵脚，扰乱了太平军的军心。

刘松山抓住时机率大队人马冲下山去，与数倍于己的太平军展开了白刃战。正激战间，鲍超率八千步军赶到。鲍超骑着一头乌骓马，身上披着黑盔甲，加之他本人又生得青须黑脸膛，活脱脱一个黑煞星转世。

鲍超冲进太平军阵营放声高呼：“寿卿莫慌！看鲍某今日如何取四眼狗首级！”鲍超话毕，率亲兵营杀进重围，直向太平军中的大黄伞扑去，分明是猛将张飞在世。

鲍超估计，大黄伞下不是李世贤便是汪海洋，断不会错。鲍超作战一贯以在百万军中取上将首级为快，这其实也正是霆字营胜多败少的法宝。大黄伞下的李世贤被鲍超如此一冲，不免有些心慌，正在这时，不知从何处飞来一弹，正好擦着他的头皮，更让他心生不祥之感。他先命人撤去大黄伞，想避开鲍超的锋芒。哪知道，大黄伞一撤，几万太平军登时不战自乱，开始自相践踏。这正中鲍超的下怀。

湘军愈战愈勇，很快由被动转为主动，太平军将士尸体眼见多起来。战至夜半，汪海洋左臂被砍伤，李世贤的右腿又中一枪，太平军只剩了一万余人。

李世贤知道败局已定，不敢再战下去，亦不敢回城，只好率军撤到山后的江边，由太平军的兵舰接应走了。

鲍超让火炮营就在江边架起火炮，对着太平军战舰一顿猛轰，这才下马来见刘松山。刘松山紧紧抱住鲍超，许久不肯放开。

刘松山流着眼泪说道："春霆，你我可是在梦中相会吗？你若晚到一个时辰，我就支持不住了！你说季翁，如何走了这么一招臭棋呀！"

鲍超用手拍着刘松山的肩膀道："寿卿啊，这是左帅用的一计呀，若不然，我老鲍怎么会赶来这里呢？"刘松山这才恍然大悟。

当夜，刘松山、鲍超二人把大营扎在城外，两个人进城安歇；随军前来的金衢严道江永康则在进城的当晚，便带人开始寻找瑞昌埋在地下的那批粮食。

整整寻找了半夜，却一粒粮食也未找到，反倒发现了太平军因仓促撤军，未来得及带走而埋入地下的一批新式西洋火炮和部分弹药，另在侍王府后花园的一处假山下面，掘出十几坛金银器物，约合大清户部官银五十余万两。

江永康大喜，慌忙报与刘松山。刘松山不敢怠慢，连夜将枪械弹药并金银等物派人送到城外的大营看管。

第二天早起，鲍超率军离开沐尘，向江西方向杀去。

刘松山则同着江永康，一边修理破损的城墙，一边出榜安民，又紧急派快马给统帅左宗棠送信，通报军情及将军瑞昌战殁的情况后，又据实通报了江永康在沐尘发现西洋枪械弹药、金银器物等事，并向左宗棠请示下一步的进止事宜。信后，刘松山依例又详开了长长的一串出力员弁的名单。

左宗棠收到刘松山快信的时候，李秀成已开始暗中向江山增调兵力。李秀成决定把决战的战场摆在江山，与左宗棠一分高下。此时双方的兵力极其悬殊。

江山城里李元度的安越军有十二营六千人，城外五十里处有安越军一部三营一千五百人，李元度拥军为七千五百之数。城外五里方圆，便是太平军的大队人马，有两万余众，若李世贤、汪海洋到后，太平军围攻江山的兵力将达四万人。李秀成又紧急加增一万人来援，太平军兵力总数将突破五万人。李秀成的外围，则是左宗棠的楚军全部人马，人数为六千。

清军在江山的总兵力是一万三千余人，接近一万五。五万对一万五，李秀成不怕左宗棠逃到天上去。

就在左宗棠接到刘松山快信的当晚半夜时分，李元度按着左宗棠的命令率队出城突围，得成，两军合在一处。面对强大的太平军，左宗棠情急之下决定放弃江山，寻找新的突破口。

与李元度会合不到一个时辰，左宗棠即率楚、安两军快速离开江山，回返衢州。

死里逃生

到衢州后，左宗棠一面令李元度驻开化休整、刘松山在沐尘休整，调杨昌浚驻常山、刘典守龙游，一面又紧急上奏朝廷，请广西巡抚刘长佑、贵州巡抚江忠义、湖北巡抚李续宜、署四川布政使刘蓉等故旧同乡，酌派兵勇援浙。

左宗棠在奏折中这样写道："浙江全省决裂，时局攸关，不得不先其所急。应请旨敕下各臣，令其精选一营两营前来。"

左宗棠为给沐尘之役出力员弁请赏，又上《官军入浙沐尘大捷衢属开化肃清》一折，折后附了保举单和为阵亡将弁请恤单。在保举单中，刘松山列第一位，霆字营提督衔统帅鲍超列第二位；在请恤单中提到瑞昌时，因瑞昌尚未见到尸身，不知是战死还是逃逸，左宗棠只好写了这样一句："杭州将军瑞昌下落不明，一俟查清，容臣据实续奏。"

左宗棠同时让文案向浙江内的各路官军发札、行文，通报巡抚衙门暂驻衢州一事，以免贻误军情，荒废政务。

这天晚上，左宗棠身着常服正坐在临时的衙门里喝茶、看书，一名亲兵匆匆走进来禀告说道："大人，有一个老头子，穿着件血迹斑斑的武官服，头上既没官帽，也没有顶子，手里拄着根棍子，自称是杭州将军瑞昌，说要见您老。请大人示下，是见还是不见？"

左宗棠急忙放下茶杯，起身道："快带本部院去看他，瑞将军若当真活着，那十万石粮食可不就有着落了！"左宗棠大步跨出辕门，借着星光看站着的那人。

只见来人官服破旧，上面滚了无数的灰尘与血迹，补服上还烧了两个极明显的黑洞；六十上下年纪，一蓬白胡子挂在胸前，满脸的憔悴和疲惫；浓眉大眼，两耳如轮，身材高大，略微有些发胖和驼背，双手拄着根木棍，看上去像叫花子，却比叫花子威武，分明是军人无疑。

左宗棠奇道："本部院就是太常寺卿署理浙江巡抚左宗棠，你是哪个？如何这般模样？"

来人往前挪动一步，嘶哑着嗓子问道："您当真是署抚左大人？"

亲兵这时道："还愣什么愣？这不就是抚台大人吗？"

来人一听这话，两手猛地松开棍子，旋即扑通趴到地上，一边磕头一边说道："赏一品顶戴杭州将军瑞昌给抚台大人请安！"

左宗棠料定眼前的人必是瑞昌无异，但鉴于当时的局面混乱，左宗棠不敢贸然去扶，却追问一句："本部院与瑞将军素未谋面，如今长毛遍地，无孔不入，本部院怎敢贸然相信你就是瑞将军呢？"

来人大声说道："本军随同江观察镇守衢州月余，大人可传江大人来指认。"

左宗棠没有言语，急派一名站哨的亲兵去传江永康。江永康很快随亲兵来到辕门外。他先依礼见过左宗棠，这才跨前一步来到那人面前，弯腰只看一眼，便大叫道："大人，真是奇迹啊？果然是瑞将军哪！"

左宗棠这才弯腰将瑞昌扶起来，命身边的亲兵把瑞昌扶进衙门里坐定，又吩咐人给瑞昌净了面，换了套干净的常服。

瑞昌收拾齐整，又与左宗棠、江永康重新礼过，方坐下，一边喝茶一边讲述自己死里逃生的经过。

沐尘一战，瑞昌被汪海洋重兵包围，身中五枪后便昏死过去，醒来时东方已露鱼肚白。瑞昌强忍着疼痛站起身，但见周围方圆一里左右，躺着的尽是官军尸体和少许太平军将士的尸体，瑞昌便知所率三千人马已被歼灭。

瑞昌不知前方战况如何，推测也好不到哪里去，便不敢再在这里停留，咬牙爬进了一处烂洼地里。在烂洼地里歇息片刻，又喝了几口透着血腥味儿的脏水，便再次鼓起气力向一处密林里爬。在接近密林边缘的时候，瑞昌因失血过多，支持不住，再次昏死过去。

瑞昌再次睁开双眼的时候，已是躺在一户庄户人的床上。不用说，是这庄户人救了瑞昌的一条性命。

瑞昌最后说："得知抚台驻节衢州，本军不敢耽搁，连日赶来。"

左宗棠叹口气说道："瑞将军，您受苦了。您所部各营已全部为国捐躯，可歌可泣！本部院要连夜上奏朝廷，为您和受难的全军将士请功、请恤！您先暂到后房歇息，慢慢养病，等圣旨到后，我们再计议进剿事宜。瑞将军，本部院还有一事要请教。据江道讲，您撤离沐尘时，有一批粮草未及带走，被埋在了地下。但刘总镇进城后，并未寻找到这批粮草。瑞将军，这批粮草您究竟埋在了何处？"

瑞昌答道："回抚台问话，这批粮草并未在城内掩埋，而是被本军运到城外北门五里处，那里原是县衙门训练团丁的办事房，本军就着人把这批粮草埋在了办事房的地下。为不被长毛发觉后取用，本军临行又特意放了一把大火，将办事房烧毁！"

左宗棠高兴地用手击桌道："好个精细的瑞将军，真是天佑您平安来见本部院吗？若非您亲口所言，这批粮草焉能再见天日？好，本部院即刻行文沐尘刘总镇，粮草掘出后，本部院要狠狠保举您！"

刘松山接到咨文后，立刻带人赶到城北的一处废墟，一掘果然掘出了十万石粮草。刘松山将粮草全部运进城去，当日即函告衢州。

左宗棠马上派江永康带一营人马赶到沐尘，运回八万石粮草，另二万石留刘松山取用。

以后的几天里，左宗棠一面酌调刘松山、刘典、杨昌浚、李元度等人，统军分期分批地收复衢州周围被太平军占领的州县，一面咨文两江总督衙门，与曾国藩商讨在衢州建立水师营的事。

曾国藩此时已晋协办大学士领两江总督，他对左宗棠所议创办楚军水师营一事除赞许外，又推荐现在湖南募勇的浙江处州镇总兵刘培元为其训练、管带水师营。

左宗棠接到曾国藩的来函自是满心欢喜，当日就草折一篇，奏请准在衢州创设水师营。忙完了这些，时令已临近新年。

这一天，左宗棠刚视察军务回到衙门，正想坐下喝一杯茶，一道圣旨却飞递进来。左宗棠未及传旨差官把圣旨宣完，已是气得脸色煞白，胡子根根抖动。

原来，这道圣谕竟然是根据曾国藩奏参李元度而下发的。曾国藩一共列举了李元度大罪两款：一、革职期间不等审讯擅自回籍，不经允许自行募勇去了浙江；二、杭州危机，却节节逗留，并不赴援。

圣旨最后写道："李元度于失陷徽四郡获咎后，不候曾国藩审讯，径自募勇赴浙，捏报克复义宁等城；迨由江西援浙，复节节逗留，以致杭城失陷，厥咎甚重。可恨可恼！李元度着即革职，交左宗棠差委，以观后效。该革员治军，一味宽纵，所部勇丁，多用亲族子弟。即着左宗棠会商曾国藩，严加甄汰，分别去留。钦此。"

送走传旨差官，左宗棠大骂道："这个曾涤生，他也真下得了手！想那李次青，从你出山办团练便跟着你东征西讨，没有功劳，还没有苦劳啊！你何至于抓着他投靠王有龄这件事不放手，穷追猛打呢？是人孰能无过？你这叫铁面无私吗？你这叫娶了媳妇忘了娘啊！"

左宗棠坐在房里骂了半天，这才想起李元度尚统带所部，随同刘典在松阳作战，于是传江永康进来，让江永康派快马速赴松阳传李元度回衢州议事。

江永康走后，左宗棠又拿起圣旨反复看了起来。

李元度字次青，湖南平江人，一榜出身。咸丰三年（公元1853年）入曾国藩幕办理文案。咸丰五年（公元1855年），曾国藩移军江西，札令李元度回籍募勇成六营三千数，屯湖口。累官知县、知府加道员记名，后又赏加三品顶戴按察使衔，赐号色尔固楞巴图鲁。咸丰八年(公元1858年)，李元度奉命率所部平江勇援浙江宁池太道守徽州，兵败，遭曾国藩参劾革职，愤而离营。经候补道邓辅纶牵线搭桥，投靠王有龄。王有龄随札令李元度回籍募勇，成十六营八千人，取号"安越军"，入浙作战。后来义宁收复，官文和王有龄都上疏替李元度辩护，朝廷复开除其处分，并实授浙江盐运使兼浙江按察使。后来曾国藩经过调查，发现李元度并未参战。

李元度很快来到衢州，看过圣旨后，他先是沉默不语，继而双眼垂泪，终于掩面痛哭起来。

左宗棠被李元度的举动弄得莫名其妙，不由劝道："次青，你的苦处我知道，我会上折替你说话的，你快把眼泪收回肚子里吧。你是统兵大员，这个样子，成何体统呢？"

李元度哽咽着说道："季高有所不知，涤生参我，本是我意料之中的事。我兵败徽州，被革职后擅自离营已是不该。离营之后若回籍也就罢了，我偏又听了候补道邓辅纶的话入浙投靠了王有龄，这更是错上加错。王有龄命我回籍募勇，我因为对涤生怀有私愤，当时就答应了下来。依当时的想法，是想重新开始做给涤生看。可我千不该万不该，又听了王有龄的蛊惑，把新募的八千勇丁取号‘安越军’，这简直就是错上加错了！我一错再错，就算涤生容我，湘军的其他将领又岂能容我！我李次青走到今天这一步，全是我自己造成的啊！”

左宗棠沉吟着说道：“次青啊，你这么做也不尽是错处。你随曾涤生办团练，又为王有龄募勇，还不都是为了大清国吗？你现在虽被革职，也只是暂时的。你先在我身边办些文案上的事，安越军呢？我先按旨裁汰几营；留下的呢，先让瑞将军统带，归军标建制。你意如何？”

李元度止住哭声说道：“季高，安越军的去留全凭你一人处置。你是奉旨行事，无人敢有他言，你怎样处理都好。而我，却是已打定主意回籍了。涤生说得对，我李次青这个人，文理尚优，带兵这不是我的长项，我还是回去好好写些东西吧。这也算是我向涤生及所有湘军将领赎罪之举吧。”

左宗棠一愣，不得不百般苦劝，李元度却决意辞归。左宗棠无奈，只好派亲兵十几人护送李元度回籍。李元度回籍后，当真埋首著书，不再过问兵事，终写成《先正事略》与《天岳山馆文集》二书传世，名重一时。

李元度之事，虽使左宗棠对曾国藩心生老大的不满，却也无可奈何。这件事，毕竟是李元度有错在先，曾国藩是依法办事。但曾国藩并未因此而与李元度绝交，曾国藩不仅应邀为《先正事略》作序，两个人后来还结了儿女亲家。

左宗棠后来叹息：“曾涤生就是有别于常人，公是公，私是私，毫不混淆。”

重用胡雪岩

李元度前脚离开衢州，左宗棠后脚又接到圣旨："照曾国藩所奏，浙江巡抚着左宗棠补授；浙江按察使，着刘典补授；浙江衢州府知府员缺，着杨昌浚补授。"

圣旨接着写道："现在江、浙贼氛恣肆，亟应设法进兵，早图恢复，拯生民于水火。曾国藩、左宗棠、李续宜等如何布置筹划万全之处，均着随时分别迅速驰奏，不得稽延，实深殷盼。将此由六百里加紧谕令知之。钦此。"

圣旨到后不久，驻在衢州的一班文武官员都到行辕为左宗棠贺喜。左宗棠自然也是满心欢喜，哈哈笑着，把来贺喜的一应官员请到官厅喝茶，又特备了几盘花生、大枣供官员们取用。

左宗棠是个爱讲排场的人，接旨的当晚，他就令亲兵把临时巡抚衙门内外打扫了一遍，又特意扎了几盏大红灯笼，高高地挂在辕门之上。

接下来，左宗棠于当晚又在灯下连书三封信函：一函致夫人诒端，通报自己得授浙抚的事并顺询孝威是科乡试结果如何；一函致广西臬司蒋益澧，询问其带兵援浙的进止情况；一函致署四川藩司刘蓉，催问四川济饷到达的时间。

第二天，刘典、杨昌浚、刘松山等人也赶了回来，衙门里又是一番热闹。浙江新授的一班官员很快更换了翎顶、补服，刘典以浙江按察使继续带楚军老营。杨昌浚则离开老湘营，全心致力于衢州知府本任；杨昌浚管带之老湘营正式划归刘松山统领。

一班官员正饮酒间，一封家信又飞到左宗棠手上，却原来是长子孝威写来的。左宗棠当着一班官员的面将信拆启，首先映入眼帘的却是一纸湖南乡试《题名录》。

左宗棠双眼一亮，急忙屏住呼吸细细看去，终于在第三十二名，看到了"左孝威"三个字。左宗棠的双眼登时有些湿润了，握信的手也明显有些颤抖。

杨昌浚见左宗棠看《题名录》的神色有些变化，不由小声问了一句："抚台大人，您如此激动，莫非孝威大少爷高中了是科乡试？"

左宗棠的眼里忽然闪出大颗的泪珠来，一滴泪珠挂到胡子上，边笑边道："这个龟儿子，他才十六岁，竟然中了三十二名！"

刘典一听这话，马上接口道："这么说，您岂不是双喜临门吗？"

左宗棠哈哈笑道："同喜同喜！本部院今天可让各位老弟见笑了。本部院是二十岁中举，曾涤生二十四岁中举；曾涤生的得意门生合肥李少荃，是我大清国近世最负盛名的少年才俊，中举人那年也已经二十一岁。可孝威这个龟儿子才十六岁，竟然也成了举人！你们几位老弟回去都帮我查一查，看看我大清立国以来，十六岁中举人的究竟有几个？"

江永康这时起身答道："抚台大人，这还需要查吗？如今职道手里，就存有我大清立国以来，各省乡试同门《年齿录》，职道闲时总要翻看。如果职道记得不错的话，十六岁中举人的，各省统统算起来，这百余年来不过十几人而已。如说少年才俊，依职道看来，大少爷才是真正的少年才俊啊！各位大人以为如何？"

江永康的一番奉承话，直把个左宗棠说得眉开眼笑。冷静下来，左宗棠又颇为孝威担心，因为少年得志有所作为的实在不多。

于是回信给孝威，一则是鼓励他，二则是警示这只是个开始。

同治元年（公元1862年）十二月初三，衢州、沐尘及周边州县已全部掌握在清军的手里。

为防太平军袭占婺源断湘、楚各军粮道，同时也为尽快收复严州，左宗棠决定移节婺源。

这时，各省奉旨援浙之官军已陆续抵达浙境。计有广西臬司蒋益澧率所部广勇五千，总兵衔刘培元率所募之三千水勇，广西巡抚刘长佑在蒋兴澧开拔后又加拨三营抚标随后赶来。贵州巡抚江忠义、署四川布政使刘蓉等左宗棠的一班故旧，也酌派数额不等的兵勇援浙。为名正言顺，左宗棠奏请广西按察使蒋益澧转署浙江布政使，浙江处州镇总兵刘培元改授衢州镇总兵，以期使其能在衢州安心操练水师营。上一一照准。

左宗棠离开衢州前，为使水师营能早日作战，又专委两名候补道驻衢州督造战船事宜。

婺源在安徽境内，离衢州颇为遥远，为能与杨昌浚经常商讨军务，左宗棠与曾国藩函商后不得不上奏朝廷，请开缺杨昌浚衢州府知府员缺以道员用，并随军帮办军务。随后，左宗棠又设立总粮台转运一处，粮台转运六处，委候补道王加敏出任委员。

看看诸事皆安排妥当，左宗棠忽然又想起江永康乃前浙抚王有龄保举上来的人，尤其在左宗棠驻节衢州后，江永康虽然事事躬亲，但办事并不是很明白，阿谀奉承的手腕倒是第一；左宗棠离开衢州后，江永康便是衢州最最关键的官员。但凭江永康的做派，很难担起这一重任。衢州若有闪失，必将影响规浙全局。还有杭州将军兼署浙江提督瑞昌，身体每况愈下，眼见已不能担负起将军应有的职责。

左宗棠思虑再三，不得不以“性喜浮伪，办理地方诸事未洽舆情”为由再上一折，奏请将江永康开缺本任，随军调用。折后，又附《将军病伤难愈请以秦如虎署理浙江提督片》。

秦如虎是湘军提督衔统兵大员，现在率所部奉曾国藩之命在宁波一带与太平军作战。

左宗棠奏请秦如虎署理浙江提督还有另外一个原因，秦如虎可就近替他监管一下洋枪队常捷一军。

常捷军又称“花头勇”或“花勇”、“黄勇”，一称“信义军”，外国则习惯称之为“中法混合军”。是大清国下达“借师助剿”的圣谕后，继上海常胜军（亦称中英混合军，是一支水陆综合的西式部队，由洋枪步队、英国战舰组成）之后组建的又一支洋枪队，是大清国依靠外国力量组成的西式武装队伍。

同治元年（公元1862年）七月，为防太平军对宁波等海口进行攻击，驻宁波法国舰队司令勒伯勒东（Le Brethon de Caligny）经与宁波海关税务司法国人日意格（Prosper Marie Giquel）反复筹划，函商于刚刚实授浙江巡抚的左宗棠，提出拟在宁波一带募集中国士兵约千人，派法国军官教练，用洋枪洋炮装备，组成一支军队；由勒伯勒东任统领，日意格为帮统，伙同当地清军对太平军作战。

左宗棠迫于形势，他本人也确实想尽早将浙江全境收复，便同意了法国人的请求，并指定宁波善后局供给该军粮饷。但可惜宁波距婺源太过遥远，左宗棠无法对该军实行监控，只好借用秦如虎达到目的。

当时，左宗棠与勒伯勒东和日意格二人均未谋过面，亦不知二人的底细如何，左宗棠同意成立常捷军，完全是因为形势的需要。后来，经向总理衙门函询，左宗棠才算对这两位法国人有了些了解。

勒伯勒东生于清道光十三年（公元1833年），法国海军军官。咸丰十一年（公元1861年）受命率舰进入浙江宁波口岸驻扎，于同治元年（公元1862年）五月参与对攻占宁波口岸的太平军的作战，并收复宁波，因功由舰长升任法国驻宁波海军司令。

日意格比勒伯勒东小两岁，也是法国军官，曾参与波罗的海、克里米亚之海战。咸丰七年（公元1857年）奉命来华，参加英法联军侵占广州。咸丰十一年（公元1861年），转赴宁波出任宁波海关税务司。太平军攻占宁波后，他奉国内指令拒向太平军交付关税。同治元年（公元1862年）初，乘舰赴上海，与英、法两国领事及清苏松太道吴煦会商上海防务。五月，会同清军及上海常胜军参加收复宁波之战，因功受到国内表彰。

此时年关将近，左宗棠却连续收到刘松山、刘典等各路人马的催粮公文，急得他坐卧不安，心烦意乱。偏偏这时，住在广信的侍妾香姑娘又飞书婺源，通报突患急病一节，等于凭空又添了一个大乱。

左宗棠眼见这个大年是过不安稳了。一名侍卫推门而入，把一个帖子放到左宗棠面前道：“禀大人，门外来了一人，说是浙江候补道台，特赶来向大人禀告公事。”

左宗棠不很情愿地放下笔，拿起帖子凑近灯前一看，见上面写道：“恩赏四品顶戴分发浙江以道员候补胡光墉”。

左宗棠忙道一声：“杭州失守多时，他却才来见本部院！传他进来，本部院倒想听听他如何为自己洗脱罪名！”侍卫答应一声走出去。

这胡光墉是谁？他就是当时在江、浙一带赫赫有名的胡雪岩。

左宗棠气得咬牙切齿道：“可恨王有龄，就养了这么一批人！没事时整天呼朋唤友，事急时便作鸟兽散！一个个跑得比兔子还快！”

左宗棠授浙江巡抚后，已请旨革除了原在王有龄身边带兵的五名官员的缺分，砍了四个候补道的脑袋。左宗棠决定把这个胡雪岩列入第五个需要砍头的道员行列。无论是有缺的现职官员还是无缺的候补道，不及时来巡抚衙门禀到，是左宗棠最不能容忍的事情。

中等身材、胖头胖脑的胡雪岩匆匆走了进来。胡雪岩身穿一件挂满灰尘的常服，足蹬一双千层底的布鞋，一头灰尘，满脸汗水，好似离家出走的流浪汉，又好似饥饿多日的讨饭花子。

左宗棠厌恶地用鼻子哼了一声。胡雪岩一步跨进门来，对着左宗棠便行了个大礼，口称："恩赏四品顶戴、浙江候补道受前抚台宪委办理筹粮委员胡光墉，伺候来迟，特来衙门向大人领罪！"

左宗棠坐着没动，冷着脸子用鼻子哼了一声，道："本部院早就听说浙江有个财大气粗的胡雪岩，还没听说过胡光墉这个名字！想来你就是胡雪岩了。"

胡雪岩忙答道："回抚台问话，职道正是胡雪岩。特来向抚台大人领罪。"

左宗棠突然把腰一挺，瞪大眼睛说道："亏你身为大清国官员，还知道来这里向本部院领罪！本部院倒要先问你一句，省城失守多时，逃出省城的所有官员要么差人来见本部院，要么亲自来见本部院，你如何直到此时才想起来向本部院领罪？你是投了长毛，还是躲在什么地方开你的钱庄？你且细细讲来。若敢隐瞒半句，休怪本部院对你不客气！"

胡雪岩没敢起身，只好低头答道："抚台大人容禀。职道知道不该直到此时才来见大人，但职道也有苦处。若大人肯听职道申诉，职道就细细讲与大人听；若大人不肯听职道聒噪，职道也无话好说，随便大人给职道治什么罪，职道都甘愿领受。"

左宗棠冷笑一声，用手摸着花白胡子说道："本部院初入浙江时，便听人传说，浙江巡抚衙门有一个道员叫胡雪岩，他自己不仅会做生意，还很会为抚台筹饷筹粮。本部院那时还以为这胡道台肯定是位能员，如今看来，不仅与能员二字差着十万八千里，与庸员俗吏倒是近得很！胡雪岩，本部院先来问你，前抚王中丞受难时你在哪里？"

胡雪岩忙答道："回大人问话，长毛兵发省城之初，职道便受王中丞差委赴外省为守城官军购买粮草，故此，王中丞受难时，职道并未在城内。请大人明察。"

左宗棠马上反问一句："据本部院所知，长毛围困杭州半年有余，你既受差委出城采购粮盐，如何直到城破也未回城缴令？你莫非与长毛早有勾结，使了个金蝉脱壳，保全性命？”

胡雪岩吓得浑身一抖，急忙答道：“大人息怒，大人容禀。职道出城两个月，便为巡抚衙门购齐了十万石军粮与一万斤用盐。但职道押着一应物品赶回省城时，长毛已将省城团团围住，职道无法进入。后来职道又两次想将粮盐送进城去，均因长毛势大而以失败告终。职道怕在城外时间拖久被长毛侦知了实情，将粮盐打劫，只好转运他处。职道当时一心想等省城解围方好向中丞缴令，哪知省城就被打破了！职道适才所言句句属实，请大人明察。”

胡雪岩话毕，顺怀里摸出一个油纸包，用手举着说道：“这是职道离开省城时，王中丞开给职道的购粮札委，及职道置办粮盐的票据，请大人过目。”

左宗棠叹了口气，道：“你呈上来吧，本部院看过再与你讲话。”胡雪岩起身近前一步，把纸包放在桌上，又赶忙退后一步跪下。

左宗棠把纸包打开，把一应票据、札委全部浏览一遍，不由问道：“胡雪岩，你适才对本部院讲，王中丞委你出城去购十万石粮食及一万斤用盐。但本部院适才看了你呈上来的票据，怎么是一百万石粮食、五万斤用盐？这是怎么回事？王中丞究竟委你去采购多少粮盐？你从实讲来，不得隐瞒。”

胡雪岩答道：“回大人问话，王中丞最初的确是让职道拿了十五万两白银去购十万石粮食，但因职道三次未得进城，职道只好将粮食运进山东境内等候消息。杭州城破之后，职道知道大人即将督兵援浙，后来又得知大人钦授浙抚，职道于是就押着粮食赶到广信。到广信后，职道从守军的口里得知，大人麾下各路大军均乏粮饷。职道久在王中丞身边当差，深知统兵当以筹粮筹饷为最难。职道便将十万石粮食暂时交由广信守军看管，职道又马上赶到江西、湖广一带，又紧急添购了九十万石粮食，这才回浙来见大人。哪知职道赶到衢州时，大人又拔营来到了婺源！职道于是又来到婺源，这才得见大人。职道虽一路紧赶慢追，但还是晚了一步，请大人治罪！”

左宗棠未及胡雪岩把话讲完便兀地瞪大了双眼。他拿起票据在灯下看了又看，不由问道：“胡雪岩，你说你为本部院又添购了九十万石粮食？这一百万石粮食现如今你存放在哪里？”

胡雪岩忙答道："回大人问话，这一百万石粮食和五万斤用盐，职道均委专人押运到了广信。如果旅途不出什么意外的话，再有三五天，这一百万石粮食便都能运到广信军中。"

左宗棠一听这话，兴奋地站起身来，一边踱步一边自言自语道："一百万石粮食！一百万石粮食！"

左宗棠一低头，这才发现胡雪岩还跪在地下，便忙走前一步，双手一扶道："胡大人，你老弟快快请起！是本部院冤枉你了！来人，快给胡大人放座！再给胡大人沏杯好茶摆上来！"左宗棠的口气与刚见胡雪岩时大相径庭。

胡雪岩很快落座。待侍卫献茶毕，左宗棠说道："胡道，本部院还有一事不明，要向胡道请教。听胡道适才所言，王中丞只给了老弟十五万两白银。本部院适才在肚里算了算，十五万两白银采购十万石粮食，已是用去差不多了，胡道却如何又添购了九十万石粮食和四万斤用盐？这笔银子又是从哪里出的？"

胡雪岩答道："回大人问话，大人知道，军兴以来，米价一路上扬，十五万两白银能采购到十万石粮食已是紧紧巴巴，根本没有剩余。但职道考虑到大人入浙以来，朝廷又从各省征调了几路人马进浙，哪一路人马短了粮食能打仗？情急之下，职道就和各省的粮商通融，用职道在各省的钱庄作抵押，许他们待省城收复后，以高于市面粮价一成的数目兑现银。这些粮商起始不允，怕官军收复省城无期。职道无奈之下，就又找了几个洋商作担保，这才把粮食购到手。"

左宗棠边听边点头道："难得胡道如此用心！真是辛苦你了！等粮食运到广信后，本部院一定为你向上头请功！你先下去用饭，饭后到粮台那里领身新官服、补服，朝靴、顶戴也让他们一发为你换新的。你在这里歇一天，然后就持札去广信督粮。粮食全部到后，广信守军自会派兵为你押运这批粮食到婺源的。胡道，本部院的话你可曾听清？"

胡雪岩忙起身道："职道谢大人抬举。职道照大人吩咐，现在就去用饭，饭后，职道再来伺候大人。职道告退。"

胡雪岩下去后，左宗棠边踱步边自言自语道："真是天不灭我大清，若非胡雪岩这批军粮采购得及时，这几万大军就要饿肚皮了？幸哉！幸哉！"

在婺源歇息了一天，胡雪岩身着簇新的顶戴官服来见左宗棠。左宗棠对其自然又是一番鼓励，然后便让文案为其开具了督粮的札子，委其带十名随员赴广信督粮，胡雪岩带上随员高高兴兴地赶往广信。

官员如何与商人打交道？

胡雪岩可不是个寻常的候补道，他是江南、江北家喻户晓的官商，人称胡大官人。

胡雪岩原名胡光墉，字雪岩，是安徽绩溪人。幼时家贫，以帮人放牛为生，只读过两年私塾。稍长，由人荐往杭州城的一家字号信和的钱庄当学徒。后因用钱庄里的一笔倒账，救助了王有龄而得罪了东家，被开除出钱庄，在街头靠打短工糊口。

王有龄发迹后，胡雪岩时来运转，靠王有龄的照顾，很快开起了一家钱庄。王有龄实授浙江巡抚后，胡雪岩的生意已做到省外，江西、江苏都有他的药材行和钱庄，官也捐到了候补道。

胡雪岩非常会处理和官方的关系，除打理自己生意外，还替巡抚衙门采购各种军需，明里暗里没少捞银子。胡雪岩做事善于放长线钓大鱼，又最会拉拢人，使得浙江官场、商界都对他佩服。后又结识了许多外国人，更让人对他刮目相看。

杭州被围伊始，胡雪岩已看出杭州必将不保，于是便在前几个月风声不甚紧的时候，背着王有龄将他杭州城里的各种商号全部迁到了外省，他正巧也受王有龄差委出城去采购粮盐，这才幸免于难。

胡雪岩离开婺源的第二天，左宗棠突然接到圣旨。圣旨一共向左宗棠交代了三件事：一、仍按原定章程供应常捷军饷粮；二、由巡抚衙门给常捷军统领勒伯勒东颁发一道任命书；三、着左宗棠转饬宁波道史致谔，千万要与外国人和衷共济，不要闹意气。

送走传旨差官，左宗棠马上行文上海专办洋务大臣薛焕、江苏巡抚李鸿章，咨商给常捷军统领勒伯勒东发札凭的事，又紧急给两江总督曾国藩写了一封快信通报此事。

常捷军建成后，一直独立作战，既不听命于宁波道史致谔，也不奉行巡抚左宗棠的行文，只以法国驻华公使柏尔德密的指令为准。如果将委任札凭发给该员，该员是否就能接受巡抚衙门或宁波道的差遣，仍是未知数。

一百万石粮食和五万斤用盐在军兵的押送下，陆陆续续抵达婺源，红光满面的胡雪岩一身轻松地到巡抚衙门来向左宗棠交差。左宗棠单把胡雪岩请进签押房喝茶，他要和胡雪岩商量一件大事情。

施礼毕，左宗棠笑着说道："胡道啊，前抚台王中丞眼力果然不差，你老弟确是我浙江一等一的能员啊！"

胡雪岩急忙起身答道："大人谬夸，职道愧不敢当。"

左宗棠摆摆手道："胡道，你且坐下说话。你为官军添购军粮这件事，的确办得好！是大手笔！你为本部院解了大围，也立了大功。本部院已奏明圣上奖赏于你。胡道，本部院还有一事想同你商量，不知可否行得通？"

胡雪岩忙答道："大人有话，只管吩咐，职道尽力去办就是了。"

左宗棠笑着点了一下头，道："胡道，本部院听人说，你老弟常与洋人打交道，这话可是真的？"

胡雪岩答道："禀大人，职道因为自家有生意在手，免不了要与洋人应酬，这也是迫不得已的事。还望大人明察。"

左宗棠笑道："本部院明察什么？你老弟能与洋人说上话，这是好事情，本部院也正是因为要与洋人打交道才向老弟请教。老弟知道，自常捷军组成以后，仗打得比较顺手。宁波收复后，长毛也再未敢觊觎此郡。何也？因为长毛被常捷军打怕了，不敢再与之交锋。本部院一直在想，常捷军如此神勇，靠的是什么？是法国人会操练吗？非也。常捷军如此能战，靠的无非是洋枪洋炮和铁甲战船，此三项才是常捷军克敌的根本。本部院接任浙抚以来，楚军已陆续添募至一万五千余人，成三十营之数，人数不可谓不众。只因器械陈旧，无法与大股贼匪交锋。本部院经过几日思虑，想让老弟出面去与洋行做一个商量，看能否从他们那里借出一笔款子，用这笔款子再到外国去购买一些枪炮，以此达到提高我楚军克敌的能力。胡道，你同本部院讲一句实话，向洋人借款这件事能否行得通？本部院虽混迹官场多年，但并未与洋人打过交道。本部院吃不准他们的脾气，所以请老弟来商量这件事情。”

胡雪岩低头想了想，忽然问道：“大人，您老想借多少洋款？”

左宗棠沉吟着说道：“本部院这几日反复核算了一下，恐怕总需五百万两之数。如果洋人嫌数目太大不肯借，不妨就少借些，或一百万两，或三百万两。总归一句话，借出多少银子我们就办多大的事情。”

胡雪岩眼珠转了三转，答道：“职道还有一事不明，想向大人请教一句。大人此次商借洋款，是短局还是长局？大人究竟是怎样想的？”

左宗棠答道：“胡道且请讲来，短局如何？长局又如何？本部院不甚懂洋行的规矩，胡道不妨讲细些。”

胡雪岩答道：“回大人话，大人此次借款，如果是短局，事情相对好办些。如果是长局，办起来虽有些棘手，但只要认真去办，也能成功。短局只要有担保就可，若长局，恐怕没有抵押洋行是不肯通融的。这就是短局与长局的区别。”

左宗棠点头笑道：“本部院已经知道洋行的规矩了。胡道，本部院既委你来办此事，有些话就不能瞒你。本部院此次找洋行借款，只想救一下急。胡道知道，为使浙省尽快克复，朝廷已令各省济饷于我。如果各省济饷均能如期拨付，本部院要办之事均能办成。现在，光江西一省，就欠我济饷四十万两白银，湖广、福建以及两广等省份，也都或多或少地欠着济饷。本部院想先从洋行把银子借出来，然后再用各省拨付的济饷一步步偿还，只是不知商行是否肯通融。胡道啊，这件事你以为应该怎么办才好呢？”

胡雪岩认真地想了想，答道：“禀大人，职道以为，这件事，须职道先去宁波与税务司日意格商量一下，然后由职道与日意格共同去上海找法国洋行商量。请大人给职道几天时间，不管成与不成，职道都会尽快禀告于大人的。大人以为如何？”

左宗棠问道：“胡道，你与宁波税务司日意格熟不熟啊？日意格如今是常捷军的帮统，朝廷即将赏他三品顶戴参将衔，设若他不肯出面怎么办呢？”

胡雪岩答道：“禀大人，职道与那日意格是熟悉的，前抚台王大人还委职道与他商量过购买洋枪的事。职道大胆以为，洋人都是势利的，只要大人肯许洋行高利，再暗给他个人一些好处，日意格是会出面帮着职道办理此事的。您以为如何？”

左宗棠捻须沉吟片刻，缓缓答道：“向人借款，利钱是一定要给的，但给多少算是高，多少算是低，本部院还须咨文薛大人和曾中堂那里商量一下。至于给日意格什么好处，你酌量着办理就是了。洋人的势利，本部院也早有耳闻，他只要肯出面促成此事，给他些好处也是应该的。胡道啊，你明儿就动身去宁波，先办办看如何？”

胡雪岩下去后，左宗棠又处理了几件公事，这才回房歇息。推开卧房的木门先是一愣，因为他看见侍妾香姑娘正倚着床头在灯下看书。

左宗棠以为是自己眼花了，就急忙用手揉了揉眼睛，这才又向床头望了一眼，却发现香姑娘依然坐在床头。

左宗棠迈步进门，大声道：“香儿，是你吗？”

香姑娘急忙放下书，一见左宗棠走进来，便慌忙起身施礼，道：“妾身给老爷请安。”

话毕，香姑娘就轻移金莲笑着把左宗棠扶到椅子上坐下。

左宗棠奇怪地问：“香儿，你不在广信养病，怎么来这里了？”

香姑娘一愣，道：“老爷何出此言？难道不是老爷让胡大人接妾身来这里伺候老爷的吗？”

左宗棠未及讲话，又有两名小丫头一前一后走了进来，先对着香姑娘施了一礼，又对着左宗棠双双跪下去，口称：“奴婢给老爷请安。”

左宗棠见两个丫头的面目生疏，心下又是一惊，不由问香姑娘道：“香儿，她们两个是从哪里来的？莫非是你在广信又买的不成？”

香姑娘愈发吃惊道：“老爷你今儿莫不是发烧吧？她们两个不也是老爷买来伺候妾身的吗？老爷怎么连这也不知道了？”

左宗棠冲着两名丫头挥了挥手道：“你们两个先下去吧，老爷我和香姨娘要单独讲几句话。”

两名丫头忙道一句：“奴婢告退。”双双起身退将出去。

香姑娘随口说出一句：“你们两个把老爷的烫脚水端进来吧。”

两名丫头急忙答应一声走出去，很快，一名丫头端了一盆热水进来，另一名丫头手里拿着布巾等物。热水放到左宗棠的脚前，香姑娘则接过布巾。两名丫头再次施礼后又退了出去。

香姑娘这时小声说道："老爷，妾身给您老烫脚吧？"说着话，香姑娘已起身来到左宗棠的脚前蹲下身去，开始为左宗棠脱靴。

左宗棠叹一口气，伸出左手一边抚摸香姑娘的秀发，一边说道："这个胡雪岩，终究改不脱他那生意人的本性。若不是看在他还能做一些事情的分上，本部院一定要把他参回家去！"

香姑娘闻听此言，双手猛地一抖，不由双眼含着泪水，抬头望着满脸憔悴的左宗棠，轻轻地说道："老爷，您老不喜欢妾身在身边早晚伺候吗？老爷知道妾身在广信为什么一病不起吗？妾身是惦记老爷的身子骨啊！老爷既然如此嫌弃妾身，妾身明儿一早就回湘阴去伺候老夫人好了。如果老爷以为妾身伺候老夫人也不够资格，妾身就一刀削断头发，甘愿到广信的尼姑庵里去出家为尼！"香姑娘越说越伤心，眼泪也越流越急，分明是动了真气。

左宗棠叹一口气，小声说道："香儿啊，男人家的事情，你个女孩家怎么能知道啊！好了，你久病初愈，不要再哭，犯了病。其实啊，我左季高到了这把年纪，何曾不希望有个知冷知热的可心人在身边伺候呢？可我是浙江巡抚，是朝廷实授的封疆大员！浙省的局面坏成这样，我是不敢让儿女私情这念头冒出来呀！两江总督曾中堂，我在广信时经常向你提起他，他统带湘勇转战南北，历时十几年，就一个人生生挺过来的！不要说诰命常住湘乡，就是普通丫头，这十几年来也未带过一个！曾涤生也是个男人，不是个太监哪，他难道当真就不想身边有个女人伺候吗？非也！如果老爷我料得不错的话，他曾涤生是怕儿女私情延误了国家大事啊！香儿，我说了这么多，你难道还不明白吗？"香姑娘只管抽泣，并未言语。

左宗棠无可奈何地笑了笑，说道："好了，老爷我毕竟是左季高，不是曾涤生。你呀，只要不嫌弃我，就在这里住下吧，省得你一个人在广信又闹毛病，搅得我也跟着着急上火。"

濯足毕，香姑娘唤丫头把水端出去，又亲自为左宗棠宽衣、捶背、捶腿，左宗棠连日的疲劳渐渐融化在香姑娘的拳头里。

第七章
最笨升迁之道

借钱

胡雪岩带着一应随员，风风火火地乘船赶到宁波的当日，天色虽已看晚，他也顾不得歇息，乘了轿子便赶到税务司衙门来见日意格。日意格偏偏没在，说是在军营里。胡雪岩就又马不停蹄地赶到城外的常捷军大营，果然见到了日意格。

日意格时年二十九岁，长得高高大大，面皮白净，鼻梁子高高的，上面架着一副玻璃洋镜；发黄的头发，脑后拖着根粗粗的假辫子；足蹬法国战靴，头戴一顶钢盔，身上却穿了件大清国三品武官的绣豹补服，补服的里面则是一身簇新的法国军服，显得不伦不类。

日意格一见胡雪岩，先用生硬的华语大叫道："观察胡，鄙人的财神爷，你怎么来了？"

胡雪岩拉过日意格的手说道："怎么，日参将不欢迎本官吗？"

日意格忙道："哪里话！你观察胡大人是我法国的朋友，也是鄙人的朋友。鄙人现在就去找勒伯勒东将军，让他鸣放礼炮欢迎你。"

胡雪岩用手亲热地拍了拍日意格的肩头，压低声音道："老弟，你现在就随本官回城去，老哥要慰劳慰劳你。"

日意格高兴地大叫道："观察胡，你是说请鄙人到城里去吃花酒？

太好了！要不要请勒伯勒东将军一起去？我猜他也许多日没有和女人睡觉了！”

胡雪岩摇摇头道：“本官此次到宁波就想请老弟一个人，同时也想送给老弟一条发财的好路子。怎么样？我们现在就走吧？”

日意格满口答应，急忙先到里面换了身常服，又带了两名亲兵，便乘上轿子跟着胡雪岩进城来。胡雪岩把日意格领进一家自己常光顾的，字号是满园菊的妓院里，找了个单间落座。鸨娘先让人把茶水、点心摆进来，又拿了单子让胡雪岩点花名。

胡雪岩摆摆手道：“你先不要张罗这些，我们谈完事情不仅要点花，还要叫酒，有你银子赚就是了。如果伺候得好，我们今儿就住在这里。你先去招呼我们带来的人，不叫不要进来。”鸨娘慌忙退出去，又回手把门掩上。

日意格被弄得一愣一愣的，不由小声问道：“你这个观察胡，你说要请鄙人吃花酒，如今却又不叫局，你把鄙人骗到这里干什么？”

胡雪岩喝口茶水道：“老弟，你不要心急，这里的好酒多的是，可心的局子有一大排。该吃酒的时候我们自然要吃酒，该叫局的时候就是不叫她们也会来伺候的，她们干的就是这个。来，我们先谈正事。老弟，你大概已经听说了，新到任的抚台大人，正在通过总理衙门商借洋款的事。”

日意格再次一愣，问道：“抚台大人要借洋款吗？鄙人怎么没有听说呀？”

胡雪岩摆摆手道：“你先不要急，听老哥慢慢说给你听。你可能还不知道，抚台大人此次借款是极其隐秘的，不仅法国不知道，连英国也不知道。为什么呢？因为抚台大人借款的目的是想采购一批洋枪洋炮，如果张扬出去，各国势必都要争相去找抚台大人晤谈，抚台大人怎么忙得过来呢？所以呢，抚台大人想把事情做得隐秘些，只要款子到手，他老再找个信得过的洋朋友，悄悄地把洋枪洋炮运回来也就是了。”

日意格急道：“观察胡，你快去告诉抚台大人，我日意格不就是最可靠的朋友吗？我帮他练成了常捷军，常捷军的一应枪械炮舰，又是我一手采购的。这些枪炮，都是各国当中最好的，价格也最公允。”

胡雪岩见日意格动了真情，于是不慌不忙地说道：“本官也才几个月未曾与老弟谋面，老弟的性子怎么还这般急？哪次有好处，本官不是把老弟列为首选？但这件事，却又有番大周折，不是谁想办抚台就能给谁的。这里有个缘故，因为抚台要借的这批款子是个短局，数目也要在一千万两大清户部官银的样子，利钱呢，还要适中。”

日意格急道：“观察胡，你不要绕弯子，你就明说，抚台要借的这笔款子究竟想向哪个国家办理？我们法国还有没有希望？抚台准备拿什么来还款？利钱能给到几分？”

胡雪岩有意沉吟了一下，说道：“本官与老弟打了多年的交道，已经是老朋友了。我同老弟说句实话，抚台最初想向俄国来办理这件事情，但因为听了老哥的一番劝，才改变了主意。老哥行前，抚台再三交代，这次借款，由巡抚衙门出具保单，用各省解给浙省的济饷偿还，大概半年就能偿还，最多也不会超过一年。老弟以为，这件事法国商行可不可做呢？”

日意格忙问一句：“观察胡，你还没有告诉鄙人，这件事做成之后，鄙人能有什么好处呢？”

胡雪岩有意偷觑了一下木门，这才凑近日意格，神秘地说道：“你老弟是真糊涂还是装糊涂？这笔款子到手后，本官保举你老弟出面去采购枪械舰船，这好处还小吗？一千万两白银的生意，得了吗？”

日意格笑着追问一句：“你家抚台肯听你的话吗？”随即摇了摇头，接着道：“除非见到巡抚衙门的咨文，否则鄙人不会上当的。”

胡雪岩哈哈一笑，轻松地说道：“老弟说得不错，本官就算保举老弟去采购这批枪炮，抚台那里也不会答应的。何也？因为抚台以为你老弟只配小打小闹，干不了太大的事情。好了，我们两个的正事谈完了。老哥现在就让她们把菜单子呈上来，我们点菜吃酒。酒后，老哥让这个楼里最好的姑娘陪你，如何？”

日意格一把拉住胡雪岩的衣袖道：“观察胡，你不能这样！我们朋友一场，有了好处，你不能把鄙人丢开。你快说，究竟抚台想委派谁去采购这批枪炮？是勒伯勒东吗？还是其他国家的什么人？莫非又是英国人赫德？这个狗杂种赫德太走运了，他从你们这里捞的好处太多了！”

胡雪岩把日意格的手推开，说道：“老弟，这件事情已经与你无关了，我们还是吃酒吧。总归，本官奉抚台之命走这一趟宁波，算是知道了老弟的意图，贵国不想同抚台做这笔生意。本官明儿搭船就可以去向抚台复命了！”

日意格一听这话，急得又是跺脚又是摇头，口里连连道：“观察胡，你误会了。鄙人不是不想做这笔生意，鄙人是怕抚台那里不准鄙人做这笔生意！”

胡雪岩用手拍着胸脯道：“老弟此言差矣！老弟信不过抚台大人，难道还信不过胡某吗？不是本官在抚台那里拍了胸脯，抚台肯委派本官走这一趟宁波吗？从官讲，胡某是大清国堂堂的四品道，从商讲，胡某又是我浙省一等一的商人。阜康钱庄出的票子到京城都能兑现，我庆余堂批出的药材，从来都是上等的货、低等的价！老弟，还用老哥继续说下去吗？”

日意格被胡雪岩的一番话说得昏头昏脑，连连点头，口里道：“鄙人明日就给上海的刺萼尼勋爵写信，和他商量借款的事。”

胡雪岩见日意格做出了承诺，这才安排鸨娘上菜摆酒。酒后，又各叫了一名姑娘服侍住下。

日意格口里的刺萼尼做过一任驻华公使，卸任后投资银行业，现在是法国在上海银行的大股东。该银行为了方便本国商人在中国做投机生意，特在上海设了一家临时办事机构，刺萼尼经常往来于上海、巴黎两地。刺萼尼此时正在上海，伙同英国沙逊洋行做鸦片生意。

刺萼尼很快回信，日意格拆阅之下不由大惊：刺萼尼不同意向浙江巡抚衙门借款，言称风险太大。

刺萼尼当时正因贩运鸦片占用了一定的资金，言称风险太大，实际上却是他所在的银行，眼下不能一下子拿出折合大清户银一千万两的法币。

日意格却急了，他接信的当日就把胡雪岩约到税务司衙门，并不说刺萼尼不同意借款的话，反说刺萼尼声称事关重大，约他在上海面谈。胡雪岩不敢怠慢，当晚就带了随员同着日意格登船赶往上海。

见到刺萼尼后，日意格对刺萼尼说道：“我尊敬的勋爵阁下，本人急着从宁波赶来见您，是想告诉您，这次机会是千载难逢的。只要我们现在把钱借给他们，他们的济饷一解到就会还给我们，我们毫不费力就能赚到一笔可观的利息。您为什么不同意呢？您难道怕钱多了烫手吗？”

刺萼尼用手拍着日意格的肩头说道：“年轻人，你的好意本爵心领了。但本爵并不想同他们做这笔交易，因为本爵正同英国人做着大宗的鸦片生意，利润已经很可观了。国内的银行，实在抽不出这么一大笔法币借给他们了！”

日意格急道：“勋爵阁下，您是我国金融界的元老，您难道不会同其他银行商借一下吗？几年来，大清国的总理衙门只同英国人打交道，我们法国根本无机可乘。如今，左宗棠给了我们这次机会，我们却要眼睁睁错过，您不觉得可惜吗？”

刺萼尼沉吟了一下，说道：“年轻人，你说得很对，左宗棠给我们的这次机会，如果我们错过的确是可惜的，本爵也不想这样。但本爵却只能遗憾地对你说，我们国内的银行实在拿不出这么一大笔钱来。”

日意格反问道：“勋爵阁下，我们银行究竟能拿出多少钱来？”

刺萼尼答道：“年轻人，本爵同你讲句实话，国内的银行，眼下最多能拿出约合大清国官银二百万两的法币。本爵想问一句，左宗棠借这么多钱要干什么？您在给本爵的信中只说要买军火，是什么军火？是枪？是炮？还是战船？他们的总理衙门同意吗？”

日意格答道：“勋爵阁下有所不知，新到任的这个左宗棠胃口老大，他不仅要买枪、炮，还要买战船。他现在肯向我国借款，是因为各省应给他的济饷一时还不能到手。”

刺萼尼沉吟不语，许久才道：“年轻人，你是否已经打探清楚，这个左宗棠借到款后，想委派谁去采购这批军火？”

日意格拍着胸脯道：“勋爵阁下，您难道还不明白，他从我国借到钱，自然要委托我国的人来办理这件事，这还用问吗？”

刺萼尼终于咬了一下嘴唇说道：“年轻人，只能这样来办理此事了。你去同那个观察胡讲，我们可以借给他们一笔钱，这笔钱约合他们户部官银三百万两。但钱却不能给他，本爵可以用这笔钱，直接购买成他们需要的枪、炮以及舰船，然后运过来。本爵可以保证，本爵为他们采购的这批军火，要比英国人为他们采购的军火价钱低得多。”

日意格一听这话蹦起老高，他大叫道：“尊敬的勋爵阁下，您把法币借了出去，已经吃到了利息，您不该再插手以后的事了。我们来到这里为的什么？不都是为了发财吗？”

刺萼尼不急不恼，微笑着说道：“年轻人，本爵不会接受你的建议，因为钱是我们出的，以后的事情自然要本爵说了算。这是天经地义的事情，没有丝毫的疑问。你现在就把本爵的话，到外面说给观察胡听。你让观察胡转告他们的左宗棠，我们法国，是真心真意为他办理各种事情的，只要他肯出银子。”

日意格瞪着血红的双眼，小声嘟囔了一句什么，然后愤愤地走出内室。他见了胡雪岩后，马上又换了一副面目，说道：“鄙人与勋爵大人谈得很好，鄙人相信我们很快就能达成协议的。但鄙人却又不能不很遗憾地告诉你，我们尊敬的勋爵老了，有些事情他已不能做主，需要向国内请示。观察胡，怎么样？我们是不是到客栈去等候消息？”

久历商场又惯与洋人打交道的胡雪岩，很快便从日意格的面部表情上，看出了刺萼尼与日意格之间的分歧。他笑着站起身，礼节性地到内室去同刺萼尼打了声招呼，便带上随员同着日意格走出大厅。

上海有庆余堂的分号，胡雪岩先把日意格安顿到分号的客栈里，又打发人去外面，叫了一个操皮肉生意的半掩门[①]伺候他，这才把几天来办理的结果，让文案写成一个呈文快速给左宗棠送去。

①旧社会对暗娼的称呼。

放权

其实，就在胡雪岩到上海的当日，左宗棠便收到了总理衙门和曾国藩分别派快马送过来的急函。总理衙门对左宗棠所提之暂借洋款应急分期用济饷还款的建议全盘驳复，声明此事不准行。

曾国藩却认为，一省一次借洋钱达五百万两之数从未有过，总理衙门肯定要驳复。曾国藩又说，一旦朝廷将各省应解浙江济饷挪做他用，将如何了局？曾国藩向左宗棠建议，可否向外国银行借一百万两应急。曾国藩最后说，如果左宗棠同意此议，他可直接奏请朝廷。

左宗棠读信良久，感叹了一句："老成谋国，吾不如涤生也！"

左宗棠当下给曾国藩草就快函一封，同意曾国藩提的"暂借一百万两"之说，又紧急给胡雪岩送信，通报此事。胡雪岩接到左宗棠的信时，正乘轿行进在通往东亚银公司的路上。

告别刺萼尼，住进庆余堂的分号里，胡雪岩一连几天通过上海商界的朋友寻找商借洋款的门路。

后来还是盛宣怀出面，找了英国驻上海领事麦华陀，与东亚银公司接上了头。东亚银公司的董事们聚在一起商量了两天，最后形成一致意见，同意与胡雪岩面谈。他们此时还不知道左宗棠此次商借洋款的数目是多少，但他们认定这是一次发财的机会。

胡雪岩接到他们的邀请自是满心欢喜，他向日意格推说要去看一位朋友，便乘轿带了两名随员赶往东亚银。走在路上，他又接到左宗棠的急函，得知借款数目限制在一百万两白银之内，就更是欢喜，认为此次借款有了九成的把握。

东亚银公司原名丽如银行或东方银行，是英国政府特准的殖民地银行，前身是设于孟买的西印度银行。道光二十五年（公元1845年）始改名号，总行迁伦敦。同年，该行在香港和广州设分行，并在香港发行纸币。道光二十七年（公元1847年）起，该号扩大资本，亦在上海、福州、厦门和汉口等地设分行，获利颇多，于咸丰元年（公元1851年）获英国皇家特许证，次年再度改名号为东亚银公司。该公司主要经营英国、印度、中国之间的贸易汇兑业务，是外国资本在中国设立的第一家金融机构。外商银行的纸币在中国境内的发行和流通也自该公司开始，该公司也是对大清国最早提供借款的公司。

胡雪岩到了东亚银，早有通事守在门旁迎候。胡雪岩与通事拉过手，便由通事领到楼上，来会见公司的代办。代办也是一名中国人，梳着油光的洋头，穿着笔挺的西装，鼻子上还架着眼镜。该代办中文名字叫李恒。

胡雪岩把来意说明，李恒只是听，并不言语，待胡雪岩说完了，他才起身到里面去，依样把胡雪岩的话说给英国人听。英国人听说左宗棠此次借款只是一百万两大清库平银的数目，当即便指示李恒，让李恒同胡雪岩办手续，利息是八厘。

李恒出来后又把英国人同意的话对胡雪岩学说了一遍，然后又说："利息一分二，是英国人砍死的价，不能下压了。此次借款，须浙江巡抚衙门出具担保才可，还要由江苏巡抚衙门出具中人凭信。"

胡雪岩吃不准李恒究竟含了多少水分的利息在里面，便眼珠转了三转，笑道："巡抚衙门此次出面向洋行借款，办是一定要办的。但有关担保以及江苏巡抚衙门做中人这件事，却需要几天的时间。本官回去呢，就立马给抚台那里写快信，力争在这几日，把一应手续都置办齐备。老哥我在馆子里订了一桌酒席，是午后的局儿，不知老弟肯不肯赏个脸？老哥生来爱交朋友，像老弟这种人物，老哥很想交上几个。"

李恒其实是早就听说过胡雪岩这个人的，知道此人头面大，有来路，此时又见胡雪岩说得恳切，便满口应承道："能吃上胡大财神的酒，那是极光彩的事。不过呢，公司这里也是有规矩的，英国人办事从来都与我们不一样。大人如果真想请老弟一顿，不如就找个隐秘一些的所在，吃不吃的无所谓，只要玩得开心就行。"这是明着想吃花酒了。

胡雪岩于此路却是极其老到，当即毫不犹豫地说："老弟的意思老哥明白了。老哥正巧知道有这样一个好地方，在城东，独门独院，有几个姑娘，不仅菜做得好、曲儿唱得好，生得更是个个赛过天仙。老弟一到那里，保准不想出去！那就说定，本官申初（下午三点）就派车来这里接老弟，如何？”

李恒大喜道：“大财神爷就是大财神爷，果然一言九鼎！就在申初，我在门旁恭候，不见不散。”

胡雪岩当日回到庆余堂，先打发了一名随员连日动身回婺源，去巡抚衙门开具一应手续，然后便把日意格请过来，先讲了一通辛苦的话，然后才道：“款子已有着落，就不麻烦刺萼尼勋爵了。请老弟好好回复勋爵大人，以后再有机会，一定同他来做。”

日意格愣了一下，问道：“款子是从哪家借的？怎么这么快？大人不是在跟鄙人说谎吧？”

胡雪岩笑道：“说起来也是抚台大人运气，不知怎么的，巡抚衙门想借洋款的事，就被东亚银公司知道了。老弟知道，英国的这个东亚银公司，专做借款这种生意的，既然知道了消息，他们自然就不肯放过。刚刚，他们把本官请去就是谈这件事的，还找了江苏巡抚衙门里与本官相与的两位观察作陪。老弟你说，这不是该着这笔洋款能借到手吗？本官午后还要去他们那里谈细节，就不陪老弟了。老弟只管在这里住着，缺什么就管底下的人要，没人敢说个不字。等本官办完了这事，再好好陪老弟玩。”

日意格沉吟了一下，又起身走了两步，忽然说道：“常捷军和税务司还有些事情，鄙人离开久了不好，鄙人准备吃过午饭就回宁波去。”

一听这话，胡雪岩自然是喜从天降，但他却有意瞪大眼睛道：“这怎么行？说好了，本官办完公事就陪老弟玩的，这不是不给面子吗？本官是决不肯放老弟走的。”

日意格有日意格的心思，他自然不肯听胡雪岩的，午饭一过，他便带上亲兵登船而去。

送走日意格，胡雪岩乘轿来到城东的一家半掩门里。先留了一块订银，让这里抓紧收拾出一桌酒席来，又叫过两个姑娘，暗中如此这般吩咐了一回。然后又单送了每人十两银子的使费，这才坐进一间干净的房里，单叫了一名清秀的姑娘陪着，一边喝茶，一边坐下等着李恒。

李恒被请到后，酒菜也已收拾妥当。胡雪岩单为李恒叫了一个姑娘，自己也叫了一个，另有三位陪席的随员，却只叫了一位姑娘。这里有个缘故，当时的半掩门规模都比较小，最多也就是三四个姑娘撑门面，属于半公开的那种。但半掩门又与野鸡不一样，半俺门都有堂子，野鸡却大多独来独往，随便领个地方就行。

胡雪岩知道这家半掩门只有三个姑娘，如果多叫一个，便只能到外面去叫，花时间不说，开销还高。胡雪岩现在没有玩的心思，只是一心巴望能把左宗棠交办的事情办理妥帖。

席间，胡雪岩自然把李恒好一顿奉承，说李恒年轻有为，以后一定能发大财。李恒当然是满心欢喜。

伺候李恒的姑娘起始还放不开手脚，后见李恒摸摸索索地，是此中老手，于是也就放下心来，很快热得像一家人，不仅把脸在李恒的胸前乱拱，还把李恒鼻梁上的玻璃镜子摘下来自已戴上，惹得一桌的人大笑不止。

酒后，又喝了稀饭，胡雪岩便让姑娘扶着李恒到房里去歇息，他则又打发车去把盛宣怀接来，单安排了一桌酒席，又从外面新叫了两名姑娘，一直吃到子夜才散。

送走盛宣怀后，胡雪岩自然也在这里歇下。第二天早起，夜里伺候李恒的姑娘当先走出房间面见胡雪岩。两个人耳语了几句，胡雪岩就从袖里摸出块银子塞给她，然后便让人请李恒出来一同吃早点。

李恒却只简单洗漱了一下便要走，口称："公司禀到时间是卡死的，迟到了要罚薪。"

胡雪岩却说道："老弟还没有同本官说清楚，这次抚台从贵行借款，利息究竟是多少？"

李恒边梳头边道："大人真是好忘性！昨儿不是说好的一分二吗？怎么只隔一夜就忘了？"

胡雪岩乜斜着眼睛望着李恒说道："是一分二吗？昨儿老弟明明跟本官说是八厘的，怎么只隔一夜，就长了四厘？老弟下手狠了些吧？盛杏荪观察与麦华陀领事可是最好不过的。盛观察把这话说给麦领事，麦领事再把这话讲给东亚银的英国人听，老弟还想在东亚银做下去吗？"

李恒一听这话，先是打个愣怔，口里一边说道："大人何出此言？一分二就是一分二，怎么凭空出了个八厘？"李恒口里这么说，脑海却在飞快地寻找着自已的破绽。

这时，正巧昨夜陪他的那位姑娘进来上粥，他便登时明白了一切。

一定是昨晚自己玩得高兴，不小心把一些不该说的话对婊子说了，由婊子的口再传给了胡雪岩。

但他知道胡雪岩也是靠这个起家的，所以并不心慌，只是从容地坐下来，耐心地同胡雪岩讨价还价。但胡雪岩此次却是铁了心要把厘金压到最低点，只肯出到九厘，再不肯相让。

李恒急得又是磕头又是作揖，但最终还是按九厘之数办理。李恒至此才知道胡雪岩的手段是何等了得。

胡雪岩原本是此中老手，此次借款他得了多少好处呢？说出来恐怕没人相信，他此次商借洋款竟是一丝一毫的好处也未得到，还凭空自家掏了几百两的腰包。

这正是胡雪岩的精明之处。胡雪岩行前就已打定主意，他是首次出面为左宗棠办理借款，他不仅要把事情办得漂漂亮亮，还要让左宗棠完全对自己放下心来。

左宗棠是一省巡抚，胆子又大，以后要办的事情一定很多，时间长了，胡雪岩不愁赚不到银子。胡雪岩不会钓鱼，但他却深谙放长线钓大鱼的道理。

浙江巡抚衙门开具的担保凭证，很快由快马送到上海。江苏巡抚衙门也在盛宣怀的斡旋之下，开具了中人保单。胡雪岩于是再次赶到东亚银公司，与李恒办理具体的支付事宜。

经胡雪岩的一番周旋，东亚银公司同意将支付期由原定的一个月缩短为十日，并指定由江苏巡抚衙门代收。

胡雪岩风风光光地回到婺源，赶到巡抚衙门时，却见日意格也坐在官厅之上；日意格的旁边，还坐着另外一个外国人。

礼毕，左宗棠拉着胡雪岩的手道：“雪岩，你老弟办成这件事，不仅是楚军之幸，也是浙江全省之幸！你老弟辛苦了！来，本部院给你介绍一下。”

左宗棠用手指着日意格说道：“这位日参将，你们是老相识，本部院就不介绍了。这位呢，是日参将领来的新朋友，是专做枪械生意的，叫堵布益。你们拉一下手，算是见个礼。”

胡雪岩急忙伸出手去，堵布益也慌忙把手伸过来，两个人握了握手，便各自落座。又说了一会儿话，左宗棠便传人把日意格与堵布益送回官栈歇息，约好明天再见。

左宗棠单把胡雪岩请到签押房说话。胡雪岩详细地把这次借款经过向左宗棠逐一作了禀报，连代办李恒多要一厘利息的话也未隐瞒。

左宗棠听得高兴，连连道："这是应该的，代办吃的就是这碗饭。何况，我们以后还要依靠这些洋行办许多事情，代办这一关是不好得罪的。你老弟只准他吃一厘，已是省了老大一笔银子，这就是大功一件。雪岩哪，等这批借款划过来后，本部院打算就委托日意格带来的这个堵布益，去采购我们需要的枪炮。日意格是法国人，眼下正在为大清做事。堵布益呢，也是个法国人。法国人较英国人心性好些，也不如英国人狡诈。委托法国人办理事情，本部院总能放下些心来。雪岩，你以为呢？"

胡雪岩忙答道："抚台大人所言极是，法国人和英国人相比，相对忠厚些。何况，除了英国人，再不用法国人，我们要购买的这批枪炮，如何才能买到手呢？"胡雪岩的几句话，说得左宗棠越发高兴起来。

左宗棠抚须说道："本部院已计议妥当，这次购买枪炮的事，还由你出面与日意格和堵布益谈。想得周密些，不能出丝毫纰漏。这批枪炮如果购买顺利，收复省城当是很快的事。"

堵布益是法国军火商人，初在埃及旅居，于咸丰十年来中国汉口、宁波、上海各口推销军火，与大清国的许多督抚都熟悉，很是做成几笔大生意，成了暴发户。在当时的大清国地面，英国商人靠贩销鸦片发财，法国商人则靠推销军火致富。堵布益除与大清国的官员有交往外，还与太平天国的许多将领也有来往，也向太平军推销军火。这正应了"商人无国界，到处都发财"的那句老话。后来中法因为越南而发生的那场战争，始作俑者就是这个堵布益。

明争暗斗

新年过去不久，刘松山、刘典、蒋益澧所部各路大军收复严州得手，两万余守城的太平军将士死伤大半，余部突围出城，撤往汤溪。

消息传到婺源，左宗棠一面同曾国藩上奏朝廷，为出力员弁请功邀赏，一面着令各路人马分别屯扎于严州城外东、西、南三面，就地休整，一面又遣杨昌浚连夜赶往严州，配合蒋益澧料理修缮城墙，重整府衙、学馆，安置失散百姓回迁等诸多善后。

左宗棠在上奏朝廷时认为，收复严州，等于砍掉了金华的右臂。此时只要收复兰溪，则水陆便能畅通，离收复龙岩、汤溪两城也就不远了。但他接着又向朝廷报忧：瘟疫流行，缺粮断饷，全军勉力支持。

左宗棠为什么累次向朝廷述苦呢？这里有个不为外人所知的情由。当时在浙各军缺饷过甚，济饷又不能按期拨付，左宗棠无奈之下，只好奏请朝廷想开一米捐解困。朝廷鉴于当时捐输过滥未予准许。左宗棠迭次向朝廷述苦，并非为了表功，实是想让朝廷知道，他想开米捐，也是不得已而为之，并非跟风。所谓米捐，其实也是号召百姓拿银子买官、买监生，只是换个说法而已。

湘军几次面临断饷断粮危机，都是靠开捐输渡过难关的。事实证明，倡开捐输虽非明智之举，但在军兴时期，却的确不失为一种筹饷的好办法。

左宗棠急于开米捐，还有另外一层，堵布益采购的洋枪洋炮已经从法国装船启行，不日即可抵浙。枪炮到后，就要大量地购进与之相配套的火药、炮弹等物。若只有枪炮而无火药、炮弹，采购这些洋枪洋炮又有什么功效呢？

其实，左宗棠最早奏请开米捐以解军需的折子到后，恭亲王是同意办理的，但面禀两宫太后说出自己的意见后，东太后慈安倒是无话可说，西太后慈禧却提出了不同的看法。

慈禧太后这样对恭亲王说道：“照说呢，饷需过大，靠开捐输解困倒是个好办法，咱们老祖宗也这样办过。不过，曾国藩在湖广已经开过三次捐输，胜保在安徽、江西也闹了几回。这么一来，各省都开始热衷于搞这个了。现在，曾国藩靠在江西、安徽、江苏等省设厘局筹饷，胜保奏请把厘局一项在各省推广，朝廷也答应了。我就想啊，这又是捐输又是厘局的，咱们大清国这是在干什么呀？老祖宗的话说得明明白白，不到万不得已，这捐输一项万不能开，一开就滥。要我说呀，左宗棠的这个折子，就留中不发吧，看看再说。”

恭亲王没有言语，默默地退了下去，但对慈禧太后已是蓄了老大的不满。恭亲王奕䜣自以为自己对慈禧太后是有恩的，对大清国是有功的。他虽面子上同意了两宫太后垂帘听政的做法，但心里却不希望帘内的人把手伸得太长。

奕䜣其实大错而特错了。

奕䜣时年不过三十二岁，正是风华正茂、才思敏捷的好时候。他是道光皇帝的第六子，是咸丰帝异母弟，因其聪颖过人，同族的人背地里都叫他“鬼子六”。道光皇帝生前，曾赐其白虹刀以示喜爱。道光皇帝晏驾时，遗疏皇四子奕詝（因前三子早夭，奕詝实为长子）继承大统，六子奕䜣封亲王辅政。按着道光皇帝遗命，奕詝登基即封奕䜣为恭亲王，但辅政一说却不再提起。

咸丰帝崩，遗命随行在侧的怡亲王载垣、郑亲王端华、协办大学士户部尚书肃顺、御前大臣景寿及军机大臣穆荫、匡源、杜翰、焦佑瀛等八人辅佐幼子总摄朝政，为赞襄政务大臣，仍将奕䜣排斥在辅政之外。年轻气盛的奕䜣不甘心受冷落，竟以奔丧为名直赴热河行宫叩谒梓宫，并与两宫太后密谋，决定在梓宫南返的时候在京师发动政变，清君侧，扭转局面。叔嫂二人终于成功，奕䜣于是得授议政王，掌管军机处及总理各国事务衙门，总揽了全部朝政。

殊不知，慈禧太后亦非等闲之辈，她虽为女人，但掌权的野心却比奕䜣还大。

慈禧太后原名兰儿，满洲正黄旗人，叶赫那拉氏，安徽徽宁池广太道惠征女。兰儿于咸丰二年（公元1852年）被选入宫，咸丰五年得咸丰帝幸临有喜，封兰贵人。咸丰六年，生子载淳，封懿妃。次年，进懿贵妃，开始受宠并时常替咸丰帝出谋划策，在枕边干政。

兰儿从小识字，满汉两种文字皆通，进宫后更是开始模仿咸丰帝笔迹，几至乱真。咸丰帝因之对其宠爱，时常也拿出无关紧要的奏件让其批览，她竟批得头头是道，就跟皇上批过的一般无二，咸丰帝本人也大加惊奇起来。咸丰帝崩，遗命八大王公大臣辅佐幼君赞襄政务，不准后宫参政。她却不动声色，暗中把身边的太监安德海遣进京去，唆使在京主政的奕䜣到热河叩谒梓宫。

奕䜣此时也正对皇兄把自己排斥到辅政之外大感不满，得了她这话，马上便向热河狂奔。尽管当时肃顺等人最怕他叔嫂二人串通发难，已提前作了防范，但慈禧还是在做了一番周密的安排后与奕䜣见了面，并定下了政变的大计。梓宫回京后，政变成功，慈禧靠着奕䜣的力量剪除了辅政的八大王公大臣，终于达到了垂帘听政的目的。

依着奕䜣的本意，两宫太后久居深宫，不太懂得朝政，对朝政只要听就可以了。哪知道慈禧的垂帘听政只是自己要的一个手段而已，她真正的目的，是要替幼君总揽朝政，亲自来治理这个国家。这自然让奕䜣大感意外，却又不能明着顶撞，只能对帘内交代的事拖着不办。慈禧对奕䜣的做法心知肚明，嘴上虽不说什么，仍是张口一个恭亲王，闭口一个小六子，但心里已是蓄了老大的不快。

对叔嫂之间的这种勾心斗角，作为外臣的左宗棠怎么能知道内情呢？但对节制四省的协办大学士两江总督曾国藩来说，对慈禧太后与恭亲王之间的这种明争暗斗，不仅知道得清清楚楚，而且了若指掌。

当他得知左宗棠请开米捐的折子被太后留中不发后，当即拜发一折，替左宗棠奏请在浙江倡开米捐以救急。曾国藩称在浙开米捐为不得已之举，并信誓旦旦地表示，一俟浙省局面缓解，即停止此捐，以防捐输过多、过滥。

曾国藩的折子依例先进军机处，恭亲王看了看没有言语，当日即递进宫中去。

慈禧太后翻了翻折子，照样先问了一下恭亲王奕䜣的主意。

恭亲王答道："禀两宫太后，臣以为，既然左宗棠的折子被留中不发了，曾国藩的折子自然也不能允准，也留中不发吧。"从公讲，奕䜣说的是实情，照理也该这样办理。

但慈禧太后又提出了自己的看法。她一边翻折子一边说道："王爷说的是这个理儿，不过呢，这曾国藩和左宗棠又不一样。左宗棠是浙江巡抚，但曾国藩可是替咱撑着东南半壁呢。他如今出面讲话了，可见左宗棠手里的确是短银子了，显然曾国藩也是没办法好想。曾国藩替咱们打了十几年的仗，他的话不能说驳就驳。”

慈禧太后话毕，也不管恭亲王是何态度，便把折子往帘外一递道：“着军机处给曾国藩和左宗棠拟旨，曾国藩的这个折子，准了吧。”

恭亲王接过折子，据理争辩道：“禀太后，左宗棠的折子留中不发，如今却准曾国藩的折子，朝廷这不是前后矛盾吗？”

慈禧太后大声道：“恭亲王啊，朝廷这怎么是前后矛盾呢？左宗棠是左宗棠，他左宗棠理应与曾国藩联衔会奏的，可他自己就把折子递上来了。他眼中可以没有曾国藩，但朝廷眼里可不能没有曾国藩哪！”

恭亲王被慈禧太后的一顿夹枪夹棒的话给说得好半天不敢言语。他下去后，免不了在背后发了顿牢骚，转日才着军机处把圣旨拟出；又敕饬吏部、户部及国子监，命将官员空凭、户部贡照及国子监空白贡照，迅速颁往浙江巡抚衙门，以备开捐后使用。

左宗棠很快接到圣旨并随旨颁到的吏部、户部、国子监三种空白贡照，才知朝廷恩准浙江倡开米捐，是曾国藩再次奏请的结果，心里就知自己奏请开米捐而未与曾国藩联衔这件事，做得是唐突了。

送走传旨差官，又将随旨颁发的上万张空白贡照着专人验收领取，这才一边喝茶，一边感叹道：“不是涤生大度，已经运到的洋枪洋炮，可不就成了水中月镜中花了吗？”

左宗棠连夜把按察使衔帮办军务之丁宝桢、候补道胡雪岩、即选员外郎原云贵总督林则徐之子林聪彝、即选员外郎吴大廷等四人传来，吩咐道：“本部院已接到圣旨，朝廷已准在浙省倡开米捐，并随旨颁了一万张空白贡照。你们几位明日就带上贡照，分头到各地去劝捐。本部院适才在肚里算了算，这一万张贡照，少说也有一百万两的进项。不仅能助饷需，洋枪洋炮所用之火药、弹子，也都有着落了。本部院要说的是，捐输虽是无奈之举，可也要甄别良莠，尤其是有些行为不端、称霸一方的劣绅，他就算出再多的银子，亦不能准他的所请。这是皇上家的法度，玩忽不得。各位可曾记住？”

四人一起答道：“抚台大人所言极是，我等遵照办理就是了。”

左宗棠于是就把师爷传来，先为每人发了五百张的贡照，这才又传唤别人。

第二天，丁宝桢四人刚刚离开婺源不久，左宗棠便接到圣旨："江苏布政使着曾国荃补授；浙江布政使着蒋益澧补授；山东按察使着丁宝桢补授；浙江按察使着刘典补授；赏按察使衔杨昌浚三品京卿帮办左宗棠军务。钦此。"

左宗棠急派快马将丁宝桢追回，另传杨昌浚接替丁宝桢办理劝捐事宜。

曾国荃字沅甫，号叔纯，贡生出身，是曾国藩的胞弟，因行九，人们习惯称其为九帅。曾国荃是湘军吉字营统领，累官七品知县、四品知府加道衔。咸丰十年（公元1860年）便已是三品的按察使衔，次年以按察使记名加布政使衔，旋授浙江按察使。曾国荃的吉字大营现是围困江宁的主力，已占据雨花台，逼近江宁城。朝廷此时把江苏布政使放给曾国荃，无非是希望曾老九再加一把劲，能早日打破城池，尽快收复这座被太平天国占据了十几年的石头老城。但曾国荃此时却极其艰难，每前进一步，都要付出巨大的代价。他已经三次回籍添募新勇，兵力已达四十余营，但对能否如愿打破城池，心里仍无十分的把握。

蒋益澧字乡泉，籍隶湖南湘乡。初入王鑫团练，因功赏九品顶戴。王鑫战死后，转入罗泽南大营，因作战勇猛擢七品知县衔，成营官。随曾国藩出省作战，仍隶罗泽南，因功赐赏戴花翎，升为四品知府衔。

左宗棠进攻浙江，奏请蒋益澧率军相助，蒋益澧到后不久，很快便被左宗棠保举成二品顶戴布政使衔。蒋益澧同李元度一样，都是中途改换门庭的；李元度投的是浙江巡抚王有龄，蒋益澧靠的是湖南巡抚骆秉章。因此，曾国藩对蒋益澧的看法极其坏，胡林翼生前也没少在人前人后讲蒋益澧的不是。从一而终，是当时有血性的男儿所奉行的一个死教条。其实，蒋益澧负气离营不久就开始后悔了，尽管他知道跟着李续宾干下去他很难有大作为，但湘军统帅毕竟不是李续宾而是曾国藩，这就让他抱定了一条就算中途改换门庭也决不易旗的宗旨。骆秉章请他重新出山募勇去援广西，他答应了，但却向骆秉章提出，募勇后，改换旗号不可，新军仍打湘军旗号，骆秉章同意了。

曾国藩得知这件事后，一次抚须对幕僚叹道："本部堂没有看错，乡泉能从一介兵勇做起，直做到四品知府衔，的确是个军中骁将！可惜，本部堂偏听偏信了迪庵的话，没有强留乡泉。乡泉离营，使我湘军失去一只猛虎，实乃本部堂之过也。这件事怨不得乡泉。”

曾国藩于是不再对蒋益澧另眼相看，反倒高看了他一眼，并累次向广西巡抚劳崇光疏荐蒋益澧，终使蒋益澧靠着军功进入司道大员行列。

其实，左宗棠与蒋益澧来往并不是很多，这一则因为蒋益澧出身卑微，又没有功名，一则也是因为蒋益澧自己身在行伍，与衙门中人来往不密。蒋益澧自己都知道，他和左宗棠不是一个层面上的人。

现在，头上有了顶浙江布政使的乌纱，蒋益澧好歹敢往人前站了。

机密

同治三年（公元1864年）正月初，婺源巡抚衙门的官厅里，汇集了左宗棠麾下的各路豪杰。他们奉命从各个战场来到婺源，是要会商一下在浙的湘、楚各路人马下一步的进止。

一封由衢州发来的军机快报飞速地递进来。左宗棠心头一跳，不动声色地将快报悄悄拆封，飞快地浏览一遍。各路将官都屏住呼吸，极其紧张地望着主帅。

左宗棠放下信，笑着道：“本部堂要向各位老弟通报一个好消息，我衢州水师营建成了！昨天，由刘总镇监造的我水师营全部战船，已经下水，由日意格、堵布益购进的洋大炮，也都分别安到了船上。刘总镇正在衢州江面加紧操练，随时可以出征！”

蒋兴澧高兴地说道：“这下可好了，克复杭州就不用愁水上这一条路了！”

刘典这时道：“抚台大人，严州收复，水勇练成，我们这不是双喜临门吗？司里想替各位老弟向抚台提个请求，不知抚台能否应允？”

左宗棠抚须笑道：“刘臬司有话只管讲来，不要遮遮掩掩的。”

刘典道：“抚台容禀。各营断饷已达八个月之久，如今又要围攻汤溪，能不能补发一两个月的饷啊？光有粮没有饷，下面闹意见哪！”

左宗棠端起茶杯喝了一口茶，忽然一笑道：“你刘臬台肯定在本部院的身边埋伏了眼线！江西的十万两济饷昨儿午后才送到，你老弟今儿就张口索饷！各位老弟呀，现在我大清国的各路官军，哪路不欠饷啊？欠几个月饷有什么打紧哪，你的就是你的，又不能拖黄，积攒到一块儿来领，多好啊！罢罢罢，本部院就给你个面子。寿卿军门所部各营先给两个月的饷额，其他各路暂发一个月的饷额。刘孟容藩司在四川又为我部人马筹募了八万两的助饷，估计下个月就能送到。刘孟容几次为我助饷，是本部院的恩人，也是各位老弟的恩人！”

左宗棠眼圈一红，说不下去了。

一名刚到浙江禀到的候补道员这时说道：“职道在京里就已听说，湖南‘三亮’虽未撮土为盟，插草立誓，但做起事来却配合默契，头上都顶着一个义字！无不感天动地！如今看来，传言当真不虚！职道这才知道，何以湖南‘三亮’，个个都能声震环宇的缘由！动问在座的各位大人一句，职道所言对也不对？”

刘典这时接话道：“老弟所言，本官以为也对也不对。”

候补道员马上反问道：“臬台大人此话怎讲？怎么叫对，怎么叫不对？职道可是听糊涂了。”

刘典笑道：“老弟呀，你适才所言湖南‘三亮’配合默契，头上都顶着一个义字，这话不错。但老弟却忘了，湖南‘三亮’能声震环宇，还因为个个都是腹有良谋、胸怀韬略的稀世之才啊！”

刘松山这时点头道：“刘臬台所言极是，本镇也有同感。若非小亮孟容方伯韬略过人，匪酋石达开岂能兵败请降？据本镇所知，石酋是长毛王爷当中最讲义气之人，又最会用兵。他若不服孟容方伯，他就算一刀斩断自己的脖子，也不会自缚双臂甘愿请降的。本镇适才在想，老亮罗山方伯若非克复武昌时战殁，功名前程说不定也是一省封疆呢！现在可好，湖南‘三亮’，倒成了今亮最亮了！”

左宗棠见一班文武官员越说越多，只好摆摆手道：“你们都不要说了，说一千道一万，若非涤生节相出山练勇，我湖南‘三亮’，一个都不会亮的！本部院已让人在饭厅摆了几桌好饭菜，各位夸奖湖南‘三亮’也都夸奖得有些累了，我们先吃饭，饭后才有力气接着夸不是？”

蒋益澧边起身边道：“司里可是真信了老祖宗的那句老话：‘夸人总没得亏吃。’这不是吗？夸着夸着，好酒好肉就上来了。饭后啊，司里也要好好地夸奖湖南‘三亮’几句，说不定把抚台夸得高兴，一糊涂，能多给本部各营发两个月的饷呢！”

左宗棠哈哈笑道：“你们这些人哪，成天算计着本部院手里的那点银子！本部院虽已上了些年纪，可就是不糊涂！本部院还是那句老话，这饷啊，拖几天没什么打紧，可有些事啊，就不能拖着办。本部院现在八方筹款，就是想干几件大事啊！”

刘典闻言一愣，不由止住脚步小声问道：“季高，你心里莫非又有了什么新计划？”

左宗棠神秘地一笑，小声道：“本部院还没有把事情想成熟，眼下不能同你讲。”

刘典低头沉吟了一下，不由自言自语道：“洋枪洋炮已经采购回来了，水师营也建成了，还想干什么呢？”

各路将官又在婺源计议了两天，方各自回营，奉命向汤溪方向开拔。此次收复汤溪，左宗棠特委蒋益澧阵前统筹，刘典为监军，刘松山行先锋事。

当晚，左宗棠给江苏巡抚李鸿章递快函一封，邀其同赴衢州去水师营看操；又给曾国藩发咨文一道，通禀水师营成师的消息，亦邀曾国藩莅临衢州检阅。

李鸿章接到左宗棠的信后非常高兴，当即由上海起程从水路赶往衢州。曾国藩因军务繁忙脱不开身，只委一名候补道来向左宗棠致贺。

得知李鸿章来衢，左宗棠特意穿了身簇新的官服，红顶戴也让香儿擦了又擦，这才挑了身边的五个顶子好的幕僚，带了二百名亲兵，由陆路乘轿向衢州徐徐而来。

因为提早下了滚单[①]，沿途都有地方官接送。左宗棠到衢州的第二日，江苏巡抚李鸿章的官船也到了。左宗棠闻报，带上衢州大小地方官齐聚码头迎接。

李鸿章被人扶下船来，先掸了掸衣服，又正了正顶戴，这才冲着左宗棠大声道出一句：“季翁！”

左宗棠哈哈笑着紧走一步，口里不由自主地说道：“少荃！”

①清康熙年间田赋催科用的一种单据。规定以每五户或十户为一单位，将每户田亩数、银米数、应完份数和限期开列其上，发给甲首挨次催缴，令自封投柜。

两个人用平行礼见过。左宗棠拉着李鸿章的手，边走边道：“少荃哪，左老三想你呀！你老弟刚接署通商大臣，就办了个广方言馆，老哥为你高兴啊！”

李鸿章谦逊地说道：“季翁谬奖！季翁有所不知，广方言馆能顺利办成，全赖我恩师之力呀。他老为了广方言馆能早日开课，不知给总理衙门说了多少好话，就差赶进京师，挨着个儿给一些大老磕头了！季翁啊，我大清想办成一件事情，难哪！”

一句话，说得左宗棠眼圈儿陡地一红，不由动情地接口道：“涤生是治国大才，他除了兵事上尚欠火候外，其他的，都胜过左老三哪！”

李鸿章一听这话脸色倏地一沉，但他很快便把不快掩藏起来，笑道：“季翁啊，您老这水师营建成，可正是时候，实乃国家之幸啊！”

左宗棠一愣，不由反问一句：“少荃，此话怎讲？”

李鸿章笑着说道：“季翁可是明知故问了。江宁已被我官军团团围住，九帅的吉字大营已扎营雨花台。但洪逆水师强悍，其中夹杂着几艘西洋造铁甲战船，极其了得！我湘军水师连连受挫，却奈何不了长毛半步。恩师此时就算连日赶造战船，亦不能应急呀！偏在这时，您在衢州却建成了水师大营，设若将这些船开到江宁水面，江宁的收复，不是只在旦夕吗？”

左宗棠听了这话猛然一拍李鸿章的肩头道：“少荃，多亏你提醒！朝廷连连下旨让本军抽调兵勇到江宁助剿，老哥正愁无兵可调！好，就依老弟所言，稍事休整，就让刘培元率兵船去帮着曾老九克复江宁，端掉洪逆的老巢！把他狗日的脑袋砍下来当夜壶！”

当晚，左宗棠筹办了几桌丰盛的宴席来款待李鸿章一行。李鸿章在衢州逗留了三天才乘船赶往安庆。

李鸿章离开衢州的当日，左宗棠便遣刘培元率舰赶往江宁助剿。

左宗棠在衢州又歇了一天，处理了几件地方上的事情，正准备起程赶回婺源，日意格却带着文案、通事及十几名亲兵，乘着常捷军的西洋造火轮快船，如飞般地赶了过来。

船靠码头，日意格也不用人扶，叉开大步，一弓身便跃到岸上，吓得亲兵直喊“神勇”。日意格火速进城，直奔巡抚行辕，正和刚步出辕门的左宗棠走个顶头碰。

日意格一见左宗棠，当下也顾不得施礼，咧开大嘴便叫道：“抚台大人这是要到何处去？”

左宗棠一愣，见日意格风风火火的样子，不由问道：“日参将，你不在宁波税务司办差，也不随常捷军去同长毛作战，跑来这里做甚？”

日意格喘着粗气说道：“多亏鄙人来得及时！”

左宗棠知道洋人都是目无尊长的，也不怪他，只好道：“日参将，你不要急，有事情请到里面说吧。勒伯勒东协台可好？”

日意格边走边道：“跟着抚台大人打仗，自然是好！抚台是大清国赫赫有名的亮诸葛，谁敢说个不字，鄙人先就去和他拼命！”日意格总是把中国人的名和姓颠倒着说，已成习惯。

到了官厅坐定之后，日意格也不及侍卫把茶摆上来，劈头便道：“抚台大人，水师营造的大战船速度怎么样？能与我国制造的铁甲战船相比吗？”

左宗棠据实答道：“日参将差矣。日参将久在我税务司办差，应该知道，我国眼下所造之战船与西洋各国所造之战船没有可比之处。西国战船均由汽轮牵引，行驶起来快而稳，而我国所造之战船均系人力牵引，不划动不扬帆，便无法行驶。日参将，你怎么平白问起了这个？”

日意格点一下头，笑着说道：“抚台大人容禀。鄙人在宁波听说朝廷已御准大人在浙省开办米捐，鄙人就是为了这个来的。抚台大人，鄙人怎么没有见到观察胡？他莫非已被您老差委出去劝捐了？”

左宗棠抚一把胡须，缓缓说道：“日参将，有什么话你就直接讲吧。你此次匆匆赶来，究竟是为何事？”

日意格说道：“禀抚台大人，鄙人这次赶来，就是想帮着您也制造出一批同我国一样的战船来。大人知道，贵国眼下造出的战船，多系木制，行速不仅缓慢，交起战来也不灵便，一击就沉。大人既然已经花费了银子，为何不制造一些与西方各国一样的战船呢？木制战船对付长毛尚可，如对付英、俄等国，可就不行了！”

左宗棠得知了日意格的来意，不由登时放下一颗心来，他笑着说道：“日参将所言极是，也极在情在理。但现在江宁未克，浙省大半还在长毛手里，此时就算本部院有心想行此事，也无此财力呀。不过，本部院从心里还是感激日参将的。”

日意格忙道："抚台大人，朝廷不是已经御准您老倡开米捐了吗？开了捐输就会有银子，有了银子，大人不仅能造铁甲战船，连火枪火炮都可以造啊！大人，您听鄙人一句话，鄙人深知造船的机密，大人从西国购进一只船所用的银子，可以造三只或者四只同样的船啊！还有，火枪火炮，当真制造起来也极省银子。鄙人可以把最好的造船器械为大人购回来，可以把我国造船厂最好的技师给大人挖过来！

"大人，鄙人已为贵国做了许多年的事，大人可以不相信别人，难道还不相信鄙人吗？就说上次，鄙人通过堵布益先生购进的火枪火炮，价钱是不是最低？质量是不是一流的？大人若不信，可以去问两江总督曾大人，也可以去问江苏李抚台呀！"

日意格说着说着便激动起来，竟忽然抡起拳头，"砰砰砰"砸起自家的胸脯来。

左宗棠挥手示意日意格住手，沉吟着说道："日参将啊，你说的这些道理呀，本部院都明白。其实，当真搞起一座船厂，哪像你说的那么容易呀。铁甲船和火枪火炮如果这么容易就能造出来，我国干什么还要去向别国购买呀？有些事情啊，你日参将只知其一，却不知其二。我国的事情啊，你就更不如本部院知道得清楚了。我家曾爵相在安庆办了个枪械修理所，也请了洋技师制造了一些枪械，可你知道每造出一条枪来，需要多少银子吗？整整要花掉购买两条枪的银子！"

日意格瞪大眼睛反问一句："抚台大人，这怎么可能呢？鄙人是了解制造枪炮机密的呀，造枪怎么可能比买枪还贵呢？抚台大人是在讲笑话，这不可能！"

左宗棠抚须笑道："日参将呀，本部院跟你一算账，你就知道其中缘由了。首先，制造枪炮的技师我国没有，需花高薪到西国去请，还有所用之钢铁、煤炭，我国出产的均不合格，也须雇轮船到外国去购。别的东西本部院就不去说了，就以上这几项，得需要多少银子啊！

"当然，本部院在这里并不是在诋毁安庆枪械所，安庆枪械所的意义并不在于是亏是赚，而在于，这是强国所必经的一条路子。不为御侮就算为自保，靠购船购枪也非长久之计。但我大清剿贼正酣，军饷都在拖欠，哪有此财力呀？日参将啊，你能赶来同本部院计议造船的事，本部院很是高兴，本部院寻机一定向朝廷重重地保举你。"

日意格眼珠转了三转，又说道："抚台大人，鄙人已替大人料理好了，贵国现在银子匮乏，鄙人深知内情，要想一下子建成一座船厂，确非易事。鄙人于是就和我国驻贵国的公使柏尔德密大人商量了一下。对了，鄙人没有把话讲清楚，柏尔德密公使是特意赶到宁波与鄙人商谈的。柏尔德密大人经过鄙人的劝说后表示，他可以说服国内出资，与大人合作在宁波建一座船厂，所有原材料以及技师，都可以由我国负责，价格肯定比其他国家的低。鄙人得了柏尔德密大人这话，当日就在宁波为大人看了一块地皮，离码头不太远，也不算近，非常适合建船厂。大人如无异议，鄙人现在就给柏尔德密大人写信，让他来这里或到宁波，与大人做进一步的商谈。大人，这可是千载难逢的好机会呀！"

日意格话毕，就示意身旁的文案打开护书（公文夹），他要亲自给柏尔德密写信。

左宗棠苦笑着说道："本部院看不出，日参将倒是个急性子的。日参将啊，你先不要忙着给公使写信，你说的这件事，是不可行的。船厂我国肯定要建，但不是现在，也不会与别的国家合伙。日参将，你和柏尔德密公使的好意，本部院心领了，你如果再见到柏尔德密公使，请代表本部院问候他。日参将啊，你久在宁波应该知道，宁波地域狭小，不适合建造船厂。就算有一天，我国当真想建船厂，厂地也不会选在宁波的。你呀，就不要在那里看地皮了。本部院婺源那里还有些事情要办，要急着赶往那里。有什么事，本部院会知会于你的。"

左宗棠话毕，伸手端起案上的茶碗。日意格在中国多年，知道大清官场的规矩，知道左宗棠这是在端茶送客，于是很不情愿地站起身，怏怏地说道："大人要急着赶路，鄙人也就不好再说什么了。鄙人想提醒大人一句，大人若想建船厂的时候，可一定要知会鄙人哪。鄙人和我国的几家造船厂都熟，随便什么人，只要大人相中了，鄙人发个信过去，他马上就会赶过来，绝不敢讨价还价！还有一件事鄙人要向大人禀报，观察史已欠了常捷军两个月的军饷。鄙人奉勒伯勒东将军之命找他去要，他不仅不给，还说正在筹办！观察史对常捷军太不友好了，勒伯勒东将军让鄙人转告大人，请大人将观察史革职吧，让观察胡到宁波去。观察胡是江浙首富，他与勒伯勒东将军和鄙人又都很熟。"

左宗棠端茶的手没有动，口里却答道："日参将，你所讲的事情史道已通禀了巡抚衙门。史道是我大清国比较能干的官员，本部院相信，用不几日，他便会把拖欠常捷军的饷银筹到的。贵国为我国训练了这支队伍，功劳很大，我们不会长久拖欠饷银的。日参将，你还有别的话要说吗？”

日意格终于长叹了一口气，很失望地施礼退出。

望着日意格的背影，左宗棠对身边的一位幕僚说道：“借师助剿，虽功效显著，但糜饷太重。两千人的常捷军，每月要支饷银几是我三千楚军的一倍！本部院这次与李少荃中丞谈得很好。少荃得涤生真传，脑子快，年轻有为，他正在着手整饬常胜军。关于常捷军，本部院也当寻机裁汰。将来一旦经费有出，当图仿制汽轮战船以及铁甲船，方为海疆长久之计，亦乃强国、固国之根本。”

左宗棠话毕起身，率一班僚属于当日离开衢州，从陆路赶回婺源。

最笨升迁之道

左宗棠与江苏巡抚李鸿章，是早在曾国藩屯兵建昌时就熟悉的。那时，李鸿章正为曾国藩办理文案。

李鸿章籍隶安徽合肥，字少荃，道光年间进士，改翰林院庶吉士，散馆授编修。咸丰三年（公元1853年）随侍郎吕贤基回籍办团练，不被重用，遂中途离开吕贤基而转投安徽巡抚福济，因功赏三品顶戴加按察使衔。咸丰八年（公元1858年）又受福济排斥，被逼无奈离开安徽官场，进入曾国藩幕府，襄办营务。因功得曾国藩保举，实授福建延建邵道，未赴任。咸丰十一年（公元1861年）奉曾国藩命编练淮军。次年率所部淮军援上海，旋被曾国藩保举署江苏巡抚，不久实授。

李鸿章会试前，曾拜礼部侍郎曾国藩为师。中试后，仍师事之。李鸿章比左宗棠整整小着十二岁，无论从年龄上看还是从曾国藩看，李鸿章都是晚辈。但左宗棠却不敢小看这个年轻人。李鸿章能在实授江苏巡抚不久即顶替薛焕出任南洋通商大臣，就足以说明，李鸿章确有人所不及之处。

何况，李鸿章向左宗棠提出调派刘培元水师营援攻江宁之议，也是左宗棠所没有想到的。

左宗棠以为，派刘培元去援攻江宁，既奉了朝廷的“酌派兵勇助剿”之旨，又为曾国荃解了攻城短缺大炮的燃眉之急。于公于私，皆为相宜。

走在回婺源路上，左宗棠还感叹：“涤生的这个年家子，脑袋瓜子倒真是蛮够用呢！”但刘培元的水师营刚一抵达雨花台，便遭到攻城主帅曾国荃的婉言谢绝。

刘培元依例赶到湘军中军大帐向曾国荃禀到时，曾国荃冷着脸子说道：“刘总镇，本官去函向左中丞说得明明白白，克复江宁在饷而不在兵之多寡、炮之有无。他一两银子不出，倒把老弟调派了过来，左中丞可曾说明，老弟所部之饷粮系由哪里所出？”

刘培元一听这话，不由顿足道：“卑职奉了中丞将令，还道这里十万火急，哪知道九帅急的是饷，并不是兵啊！如今船上只备了三日的口粮，饷银是一两也无。似此如之奈何？”

曾国荃见刘培元说得恳切，全无扭捏之态，脸色方有些好转。他沉吟了一下，说道：“饷粮无出，老弟自无法与长毛交战。让兵勇饿着肚皮攻城，本官心亦不忍。老弟，你此次奉命来援，随船带了多少西洋炮弹？本官适才听人来报，说老弟船头安放的大炮，与我火炮营的一般无二，可知也是从西国购进的了。”

刘培元用心算了算，答道：“水师营现有大小船只五十余，行前，中丞着令粮台给每船配了四十颗炮弹。如此算来，卑职的船上当有两千颗炮弹。”

曾国荃一听这话，登时堆出一脸的笑容，他一拉刘培元的手，说道：“老弟，你先坐下喝口茶水，本官有件事要和老弟商量。”

刘培元忙道：“九帅不必如此客气，卑职原本一介村夫，自加入湘勇后，得节相不弃，才有我今天的光景。九帅有话尽管吩咐，卑职照办就是。”

曾国荃先是感叹一句：“老弟离开老营多时，想不到还这般义气！我曾家兄弟没有看错你！”然后便传人给刘培元摆碗热茶上来，又把刘培元摁到一把方凳上坐下，这才说道：“我吉字大营，已与长毛对峙了一年有余，现虽扎营雨花台，却正在一步步逼近城垣。老弟知道，江宁乃虎踞龙盘之地，又是几朝古都，城墙之高厚，只在京师之上不在其下。没有足够的大炮轰击，决难动其一石一瓦。”

刘培元忙道：“九帅的火炮营可是我湘军最强的炮营啊！”

曾国荃叹口气道：“老弟所言极是。但老弟毕竟离开老营多时，对我吉字大营火炮营的实情，只知其一，却不知其二。我火炮营虽有西国造大炮二百尊，另有安庆枪械所新造之开花大炮八十尊，但炮弹接续不上，愁得本官只能让兵勇挖掘地道以期攻入城中。老弟适才所言，水师营现载有两千颗炮弹，本官想同老弟商量，能否把炮弹拨给火炮营一些？老弟所部粮饷无着，自然要回去向中丞缴令，但若留下一些炮弹，亦形同于助饷。江宁克复之日，自然也就有一份功劳在里头。老弟以为呢？”

刘培元小声问道：“九帅，您老想让卑职留多少炮弹呢？九帅总要说个数字，卑职才好办理。”

曾国荃伸出一个手指头，道：“老弟，你留一千颗，随船带走一千颗，如何？”

刘培元点点头道：“九帅有话，卑职照办就是，但卑职却不想留下一千颗。”

曾国荃一愣，瞪起眼睛反问一句：“怎么，你有难处？莫非左中丞提前有话？你打算留给本官多少？本官不会强求。”

刘培元起身答道：“九帅容禀。按说，吉字大营围城正艰，卑职该把带来的炮弹全部留下才合情理。但九帅知道，中丞正在着各路兵勇向省城推进，沿路都需要有水师营炮船配合。卑职回去后，中丞必令我随陆勇出征。而水师营作战，又必须使用大炮，才能发挥效力。这样一来，卑职又不得不让各船留下一些炮弹自用。”

脾气暴躁的曾国荃未及刘培元把话说完便劈头问道：“刘总镇，你不要跟本官绕弯弯，你快讲，你究竟想给本官留下多少炮弹？”

刘培元答道：“禀九帅，卑职计议已定，炮弹我水师营自留八百，给九帅留下一千二百颗，如何？”

曾国荃一听这话，马上喜从天降，他起身一步跨到刘培元的身边，一拳砸在刘培元的肩头上，笑骂道：“你个龟儿子，险些把本官吓死！回去告诉季高中丞，曾老九也知道他这炮弹采购得不易，你留下的这些，算我借他的。等江宁克复后，本官加倍还他！”

刘培元咧着嘴说道：“多时不见，想不到九帅的拳头还是这般有力！”当晚，刘培元给左宗棠急报一封，据实禀明情况，听候指派。

左宗棠收到刘培元紧急发来的军情快报，马上便知道了曾国荃拒让刘培元援攻的原因，不由大骂道：“这个李少荃，本部院可上了他的当了！他自己不愿背分功邀赏的骂名，却风风火火赶来劝本部院去趟浑水！本部院如何就想不到这一层？罢罢罢，江宁随他曾老九去克复好了，本部院还是多想想自己分内的事吧。”

左宗棠连夜派快马给刘培元发公文一道，命其迅速转赴汤溪、龙游、兰溪一带江面，配合陆勇作战。

左宗棠所料不错，李鸿章虽然力劝左宗棠派水师营赴江宁援剿，但他自己尽管也几次接到抽勇助剿的圣谕，但他并未向江宁派去一兵一卒。他从衢州离开后，先派人给江苏布政使吴煦送信，命其速将为湘军吉字营筹措的粮饷开拔起运，一面就直赴安庆来面见曾国藩。

李鸿章见到曾国藩后，先面禀了一下自己无法抽调兵勇助剿的原因，然后便向曾国藩告假，准备回籍去娶亲。

照常理推算，曾国荃的吉字营已进驻雨花台，正一步步逼近江宁城垣，克复江宁当是迟早的事，朝廷这个时候却为什么还连连下旨，命李鸿章、左宗棠等人，抽调得力兵勇赶赴江宁，配合吉字大营助攻呢？

原来，就在曾国荃收复雨花台不久，朝中的一些满贵大员便已看出江宁克复当是迟早的事，但却又怕曾氏兄弟独享此功，便纷纷上奏朝廷，先说吉字大营因水土不服员弁大多病倒之事，又说江宁为几朝古都，城墙高厚实难攻破，又接着论说：若此时就近加派几路兵勇过去，克复江宁正可事半功倍。

恭亲王和慈禧太后反复计议多日，在无奈之下才给左宗棠、李鸿章等人分别下旨，着令抽调得力员弁助剿，其实是想从曾氏兄弟的头上分走一些功劳。

李鸿章聪明过人，接到圣旨便窥透了内中的玄机；左宗棠虽然脸上的胡须比李鸿章多了许多，但官场阅历却不如李鸿章丰富。何况，左宗棠心性直率，做事从来都是从大处落笔，不爱计较私利，是当时的大清官场上的君子，可以说是凭借最笨升迁之道，才一步一步走到今天的。

刘培元率水师营赶到汤溪的当日，便切断太平军水上的补给线，随后分出一半船只开到龙游，做出攻城的样子；另一部则由刘培元亲自率领，一边向城头发炮，一边逼近城池。

趁着硝烟弥漫，刘松山让兵勇快速架起云梯登城，汤溪随下。

蒋益澧一面出榜安民，一面向左宗棠通禀克复汤溪的消息，并将出力及阵亡员弁名单报了过去。在出力将弁的单子上，蒋益澧与刘松山等人会商后，把刘培元列在第一位。

第八章
做官第十一年，官至一品

怎样才能把官做大？

得知汤溪克复的消息后，左宗棠自是大喜。他一面上报朝廷，一面着令蒋益澧、刘松山二军分取龙游、兰溪二镇，密令刘典间道占领通往金华的要道，既策应蒋、刘二军攻城，还可阻击金华方面来援；又命刘培元率水师营星夜驰赴金华，控制江面，来个先声夺人。

为就近指挥作战，左宗棠稍事布置便提亲兵营及抚标二营，赶往兰溪大营驻节；左宗棠到兰溪的当日，龙游、兰溪、金华三镇相继收复。巡抚衙门于是又移到严州城内驻节。

至此，除杭州、富阳、绍兴等地尚控制在太平军之手外，浙江全省已大部收复。正在此时，陕甘一带爆发大规模的回民起义。陕甘总督沈兆麟督军征剿连吃败仗，只得火速向朝廷乞援。

慈禧太后大怒，当着百官的面大骂沈兆麟无能，旋下旨严饬，跟手又将其来了个革职留任的处分。沈兆麟气恨交加，一病不起，一月后薨于任所。

消息传进京师，慈禧太后急召恭亲王等一班王公大臣议事，很快便发布圣谕：诏西安将军熙麟暂署陕甘总督，着其从速调派兵力对"回逆"进行有力征剿。

内地征剿未平，陕甘又起战火，清廷被搅得很有些焦头烂额；有心向陕甘调兵，却无兵可调；想为陕甘官军接济些粮饷，却又无粮可运，无饷可出。熙麟接旨的当日不住声地叫苦，却又不敢违抗朝命，只能硬起头皮应战。

望着军机处转发过来的一道道圣谕，左宗棠暗地里对香姑娘叹道："难道是天要亡我大清吗？内匪未靖，江宁未克，陕甘又起烽烟，这让朝廷怎么办哪？"

香姑娘一边为左宗棠捶背，一边安慰道："老爷就不要为皇上家上火啦！陕甘的事，朝廷已交给了熙麟制军去料理，想来很快就会平息的。老爷，您老这几天劳碌过甚，还是早些歇息吧。明天，说不定又有多少官员来见老爷禀到呢！"

左宗棠抚须一笑，自豪地说道："杭州一克，我浙江全省便全部收复，这得需要多少官员来治理呀！现在，不光少荃忙得不可开交，就是涤生，也难得清闲哪！"

香姑娘这时抬起头说道："老爷，您老调派刘总镇率水师营去援攻江宁，曾九帅为什么不许呢？自古道，人多势众。曾九帅久经沙场，他不会不知道这个理呀？"

左宗棠摇头苦笑一声，道："香儿啊，助剿江宁这件事，错在左老三而不是曾老九。曾老九想独享此功，左老三偏偏一肚子热心肠去帮忙，这怎能不让人讨嫌呢？其实啊，他曾老九大错而特错了。克复江宁，无论功劳多大，朝廷都要算在涤生头上。

"曾老九算什么？一个贡生，连一榜都不是，能赏他个一等子爵就是格外天恩了，他还想觊觎王爷的宝座！这件事啊，涤生应该看得明白，大清国是不会把大权交给我汉员的。香儿啊，你家里那两个兄弟的事，我已交代给胡雪岩去办了。雪岩手里正好还多几份监生执照，就把他们两个的名字填上了。不过呀，捐纳终非正途，是受人排斥的。你写信告诉他们两个，监生资格虽然有了，但要力争去考举人。中了举人，就是乙榜了。中了乙榜，就算不去会试，也是理直气壮。"

香姑娘见左宗棠说得认真，不由笑着打趣道："贱妾先替两个不争气的兄弟谢过老爷，贱妾明儿就给他们写信过去，告诉他们，不仅要考举人，还要去中进士，这样他们将来才能把官做大。"

左宗棠爱抚地摸着香姑娘的头发哈哈大笑道："你这个小妮子，你是成心要气我呀！他们兄弟两个能不能考中举人都说不准，还要去考进士，这不是疯了吗？"

香姑娘娇媚地把头偎在左宗棠的怀里小声说道："贱妾这不是逗老爷开心嘛。他们兄弟两个，连监生资格还是老爷替他们捐的，说好说歹总算有了个生员的底子。若不是老爷大发慈悲抬举他们两个，他们这生员资格，都不知要考到哪年哪月呢，还想中什么举人！举人是想中就能中的吗？"

左宗棠打了个哈欠，说道："香儿啊，扶我上床吧。明儿个，史士良要来这里同我商量裁遣常捷军的事。勒伯勒东战殁后，这个接任统领的买忒勒是越来越不听史士良的招呼了，还时常蛊惑属官闹饷。咳！这个常捷军哪，早晚得闹场大乱子它才肯甘休！"

左宗棠又自言自语了许久，才迷迷糊糊睡去。

常捷军伙同上海的常胜军，于今年的二月间在攻取余姚时失利，常捷军统领勒伯勒东毙命，常胜军统领美国人华尔受重伤。两军伤亡极其惨重，枪炮及战船也被太平军掳去许多。

买忒勒是法国军官，咸丰十一年（公元1861年），受法国侵华陆军司令孟托班派遣，他为大清国组成炮兵一队，出任统领。该炮队驻上海，配合清军及常胜军对太平军作战，买忒勒因功被赏加副将衔，旋实授江苏副将。常捷军在宁波组成后，出任炮队管带，受勒伯勒东节制。买忒勒是个法国军校培养出的一位极具暴力倾向的军人，他来到中国后，任江苏副将时就经常打骂兵勇，对周边百姓也是以蹂躏、摧残为乐事。这还不算，该人还极其好色，军营常常传出女人的哭喊求救声。

太平军、当地百姓、清军，三方面都对他恨之入骨，背地里无不骂他千遍万遍。他出任常捷军炮队管带后，与统领勒伯勒东、副统领日意格沆瀣一气，眼里既无当地百姓，也不把宁绍台道史致谔放在眼里，想怎么样就怎么样，真正是为所欲为。勒伯勒东魂归故里后，照常理推算，副统领日意格续任统领一职当是顺理成章的事。但他这个炮队管带却连找法国驻华陆军司令孟托班两次，强烈要求接统常捷军，还说日意格位在税务司，出任常捷军统领后必不能服众。孟托班先还不肯答应，后在他连续送了几次银票后，才不再犹豫，并很快咨文宁绍台道与浙江巡抚衙门，命买忒勒出任常捷军统领。

日意格没有递补成统领，自然憋了一肚子的气，索性连买忒勒的面也没有见，也不再过问常捷军的事，躲进税务司衙门喝咖啡去了。

买忒勒更加飞扬跋扈，有一次去找史致谔索要饷银，没有达到目的后，竟命令兵勇把史致谔的一妻一妾给绑架到军营里，并向史致谔传话，命史致谔三天内把拖欠的饷银送到大营里，否则便要将他的女人奸杀。史致谔吓得连夜筹款，又派人给江苏巡抚李鸿章送信，让李鸿章出面说情，两个女人的身子和性命才算保全。

史致谔匆匆乘船赶到严州来向左宗棠禀告公事——他趁常捷军伙同常胜军去攻打绍兴的空当才抽出身子的，如果常捷军不离开宁波，史致谔也休想离开宁波半步。常捷军不仅压迫官军，摧残百姓，还已经开始压迫当地的衙门。

迎敌

史致谔是浙省人人承认的上等能员，常捷军组建后，他才开始在人前抬不起头了。宁波收复以后，常捷军便不再满足于雇佣军的地位，开始变成了爷爷军，不仅不再接受史致谔的调遣，有时还要指派史致谔去为他们干这干那，眼见主仆换位。史致谔晋身早，又出身翰苑，加之和曾国藩又是同年，原本在浙江是很受人尊重的。但自从常捷军建成以后，一些幕僚便开始离他而去，当地百姓也不像以前那样拥戴他，反在背地里叫他“假洋鬼子”，弄得他进也不是退也不是，对仕途心灰意冷。百姓受到常捷军伤害后，不骂洋人，反倒都骂他，说他不得好死。

他此次专程来见左宗棠，一是商量裁遣常捷军的事，一是想求左宗棠奏明上头，他想开缺休致。促使他决定退出官场的，自然还有另外一层原因：捐班出身的苏松太道吴煦和上海粮道杨坊，二人的头上现在都是二品顶戴，而他的那个进士同年曾国藩，不仅是一品顶戴，而且还是响当当的协揆！他为官几十年，自忖无过有功，但头上依然只是个蓝顶子。这个蓝顶子压得他有些抬不起头，直不起腰。但左宗棠却知道史致谔的为难之处。

史致谔的手本呈上来后，左宗棠不仅亲自迎将出去，还拉过史致谔的手连称“老哥”，把个史致谔惊得又是摆手又是顿足，口里也一连道出好几个“不敢当”来。要知道，当时的大清官场等级森严，官大一级是当真能压死人的。

到签押房后，左宗棠命人给史致谔沏了新茶出来，又连称“坐下说话”，这才与史致谔议起常捷军的事。

左宗棠说道：“士良啊，论年龄您比本部院长五岁，本部院是该称您一声老哥的。常捷军的事啊，本部院与李少荃中丞函商过不只一次。本部院与洋人接触尚浅，不如您老哥与少荃中丞。但无论怎样，洋人不可久恃，久恃必要生事。为了这个常捷军，本部院在婺源时就致书总理衙门，提出裁抑防范三条，但总理衙门不同意本部院所论。

“不过，话又说回来，只要您老哥对此事运筹明白，像亡勇抚恤，撤勇奖赏，对买忒勒等一班员弁又是怎么个办法，本部院想，这裁遣常捷军一事，还是能办理妥当的。本部院适才所言并非信不过您老哥，实是信不过法国人。常捷军器械精良，船坚炮利，助我剿杀长毛堪称得手。但若回过头来助长毛剿我，也必是心腹大患。洋人都是狗脸人，又最势利不过，此招儿不能不防。”

史致谔答道：“抚台容禀。这常捷军组建伊始，职道就错了一招，不该把日意格派为副统领，该从绿营里调派个武官插进去才对，或者再派个帮统也行。这也是造成今天这种尾大不掉局面的原因之一。职道在路上就想，不管总理衙门是何态度，这常捷军是迟早都不能留的。职道已暗中筹了五十万两银子，就是打算用于裁遣该军时用的。如果法国人不同意我等之议，我们不妨就从兵额上下手，先找个理由遣散一部分，等收复杭州后，再遣散余下的那部分。大人以为怎么样呢？”

左宗棠点点头道：“老哥此议甚好。您手中既然筹了五十万两银子，常捷军裁遣之事想必就不会有大的波折。何况，有了银子，有些话就好说了。老哥，您裁遣该军的方案是否已拟出了呢？”

史致谔忙打开护书，从里面摸出几页纸来，说道：“这是职道让文案拟的一个初稿，也不知合用不合用，请大人过目。”

左宗棠接过来，用眼看了看道：“老哥呀，宁波收复后且再未被长毛攻取，你是立了大功的。你受的委屈，本部院心里也是知道的。”

史致谔起身答道：“大人容禀。职道是宁绍台道，收复宁波，是职道的职分所在。绍兴未复之前，职道不敢言功。职道此来，还有一件事须向大人禀明，并望大人给予周全。”

左宗棠一愣，忙道：“老哥请讲，不用拘礼。”

史致谔道：“禀大人，绍兴将克，省城将复，全省靖逆已为期不远。职道今年已经五十七岁，在地方做官已十有余年，虽无功，自忖无大过。职道目虽未花，但耳已失聪，体力犹觉不如从前，更不能久坐。宁绍台道是浙江繁缺，非能员不能胜任。像职道这种体力已不能胜任，日久必将贻误公事。职道此次来，就是恳求大人，能代职道奏明圣上，开缺职道缺分，放职道回原籍养病。”

左宗棠吃惊地说道：“老哥何出此言？老哥仅比本部院长了五岁，正是大有作为之时，怎么倒想弃缺回籍？此事本部院万不能允。浙省全境将靖，本部院还想依赖老哥做几件大事呢！何况，常捷军创于老哥之手，裁遣时，也要老哥来办方为妥当。”

史致谔一见左宗棠不肯答应，当即双膝跪倒，执拗地说道：“大人容禀，大人的好心职道心领了。并非职道不识抬举，职道实在是身体衰弱，不堪繁剧，所以才不得不行此事的。恳求大人务望周全！”史致谔话毕就要磕头。

左宗棠慌忙离座，双手扶起史致谔，道：“老哥乃国家大才，万不可行此下策。老哥快快请起，本部院还有重要的公事要与老哥计议。”

史致谔断然说道：“大人若不答应职道所请，职道就长跪不起！”

左宗棠双手一用力，笑道：“你个五十七岁的人，还比五十二岁的人有力气？你给本部院起来吧！”话毕，竟生生将史致谔拉将起来。

左宗棠一边喘粗气，一边道：“老哥呀，本部院真想同人打上一架才舒服！”

史致谔望着左宗棠半晌，忽然说道：“大人所言极是，职道也有同感！”两个人对视了一下，忽然大笑起来。

当日晚，绍兴有军情快马飞抵严州。常胜军在慈溪遇伏，损失惨重，统领美国人华尔被飞弹射死，全军撤回上海；常捷军抵达绍兴后也陷入太平军的重兵包围之中，兵勇大半伤亡，统领买忒勒亦受枪伤。常捷军残部已经突出重围，拟退回宁波休整。

史致谔一见军报，顿足道："买忒勒受伤，常捷军受损，职道的耳边又要聒噪了！大人，职道须连夜返回宁波，以防洋人借机生事。"

左宗棠点头答道："老哥所虑极是。不过，常捷军经此重创，倒也给你我二人凑成了个裁遣机缘，可不是要省却许多的麻烦！"左宗棠话毕哈哈大笑起来。

史致谔离去后，左宗棠当晚致函总理衙门云："买忒勒攻绍郡受伤，甚为危笃。若买忒勒设有不幸，恐彼国遂无肯说直话之人……计唯有勉图自强之方，逊以出之，信以成之，俾其中有所慑而自转，庶几恒久不已，乃可相安，其功效实亦非旦夕可期耳。"函文最后写道："将来经费有出，当图仿制轮船，庶为海疆长久之计。"

十几日后，史致谔来文，通报买忒勒伤重毙命，法国驻上海海军代理司令伏恭，已着令德克碑接统常捷军的事。史致谔随后又通报了德克碑到任的当天，便因饷粮等事怂恿洋兵炮击广勇的事。

左宗棠未及把咨文读完便已气得双目圆睁，口里不住声地说道："反了！反了！仆人倒打起主子来了！这还了得！这还了得！"

左宗棠一面飞饬史致谔务必妥善处理此事，以防激变，一面飞催刘培元率所部连夜赶往宁波，密切监视常捷军的动向，防其猝变。

左宗棠又派快马密令蒋益澧、刘松山两部人马，快速驰往绍兴攻取城池，一面又给李鸿章写信，请李鸿章以通商大臣的名义，向法国驻上海的海军代理司令伏恭交涉此事。

左宗棠在上报总理衙门时这样写道："兹据史致谔禀称：法兵与广勇争殴一事，系属衅由彼起……洋人在内地强横之状，实有不可以情理论者。上年冬间，左宗棠曾以洋将洋兵之害详告史致谔，嘱其勿事招致，以湮其源。无如甬、沪各绅富均视洋将为重，必欲求其助同防剿，以致自贻伊戚。现饬各军勿与计较，冀可免启衅端。此时兵力已敷分布，若更令其随同防剿，不唯与内地兵勇两不相安，且地方收复，残黎甫离兵燹，喘息仅属，蒿目心伤，何堪再受外师之扰？兼之洋将有功则益形骄慢，居之不疑，日后更多要挟。已饬史道乘我军声威正盛，将洋兵陆续遣撤。"

左宗棠写此信时，并未开始裁遣常捷军，左宗棠无非是想向总理衙门摸一下底，看总理衙门持何态度。

果然，总理衙门接到左宗棠的公牍后，并不同意立即裁遣常捷军。总理衙门怕裁遣过早激起法人的不满，由此引发衅端。总理衙门提出："俟收复杭州，全省全靖之时再裁遣该军，法人当必能同意，也无借口阻挠"。

左宗棠收到总理衙门回函后，不由仰天叹曰："真不知此事将何以了局！"

兵事是左宗棠全力研究的事，但对外交涉，却非其所长，几乎是无从下手。一连嗟叹了几日，忽然又接到从绍兴军前发来的快报。

左宗棠精神一振，料定当是克复绍兴的好消息。但左宗棠展读之下，心却又突地一沉：蒋兴澧、刘松山二军行至慈溪一带地方，便遭太平军重兵包围，苦战两日不得脱，乞左宗棠速调人马增援。

左宗棠背起手来一边踱步一边自语道："李秀成这个毛孩子，他重创洋枪队得手，又想吃掉本部院的两支劲旅！我倒要和他玩上一玩了！"话毕，一边踱步，一边摸着胡子想应对之计。

他思虑了良久，重新坐到案头，摸起笔给刘培元和刘典各写密信一封，然后便从镇守严州的三千人马中调出两千，由自己亲自统率，连夜向慈溪杀去。

刘培元、刘典二人各接到左宗棠的密信后，马上便开始按着信中吩咐行事。刘典当时正围困富阳，他按着左宗棠的吩咐，连日提军赶往绍兴，声称去慈溪增援。

刘培元水师营正奉命在宁波江面监视常捷军动静，他接到左宗棠的信后，马上便率全部舰船快速扑向富阳。

原来，李秀成用重兵包围蒋益澧、刘松山二军，已经料定，左宗棠必倾全部人马来救，他于是就想在慈溪同左宗棠来一番决战。当他得知左宗棠不仅率军赶往慈溪，刘典也从富阳城外突然撤走，便意识到左宗棠上当了。

他在杭州城的临时忠王府里急向富阳、绍兴两地送信，命令两城人马等左宗棠、刘典的人马到慈溪后，立即倾两城五万余众围而歼之。他为了胜算，又从杭州守军中抽调出来五千人马出城赶往慈溪，期望一战功成。

眼望着大队人马开出城去，李秀成仰天大笑道："左妖头自比大汉诸葛，又妄言最会用兵，看本王在慈溪如何取你性命！"

刘培元的水师营赶到距离富阳城十里处的时候，刘培元从千里镜里见富阳城门大开，守城太平军将士正蜂拥而出，向慈溪开拔。刘培元当即传命水师各船稳住不动，以免打草惊蛇。

半个时辰后，刘培元见城门已然关闭，料定太平军已走远，遂命令各船速向城垣靠近，并对城门开炮；不仅将城门轰塌，城墙也轰出一个大豁口。刘培元旋命将士持械登岸，一鼓作气将城头夺下。

几千太平军守军猝不及防，无法应战，除大半被杀外，只有几百人从后城门逃出城去。刘培元命令兵勇将船头重炮卸下四门，分放在四面城楼之上，又留了一千兵勇把守，这才提军率大队舰船赶往慈溪。

降职

刘典赶到绍兴时，也正逢大批守城太平军将士出城去慈溪参战。

刘典命所部按兵不动，等太平军去远，这才跃起攻城，竟一战而下，并顺势将绍兴相邻的桐庐捎带攻取。

富阳、绍兴两地都屯有大量的太平军粮草等物品，刘典还在绍兴发现了三千余支太平军新从西国购进的快枪。刘典在绍兴稍作布置，即率军杀奔慈溪。

慈溪的这场战争整整持续了两天两夜，五万多太平军除三万多人被杀外，只有一万余人逃离出去。

湘楚各路人马也伤亡颇大：五千余人丧生，受伤者也达三千余人；蒋益澧、刘松山、刘典三人都有不同部位受了轻伤。

这是左宗棠督师入浙以来与太平军发生的最大的一场恶战，也是一场决战。

左宗棠敢用三万人迎战李秀成的五万人，主要还是沾了器械精良的光。太平军损失如此惨重，一则是因为连失富阳、绍兴、桐庐三城使人心涣散，再则也是此时太平军手里的器械实不如湘楚各军器械之精良。

左宗棠在上奏朝廷时这样写道："此次三日之内，连克府县四坚城，在事文武均属著有微劳。布政使蒋益澧，功绩卓著，应请交部从优议叙，或恳天恩颁赏物件；按察使刘典，出兵迅速，克复绍郡立有头功，请旨交部从优议叙；老湘统领提督衔刘松山，在慈溪被围两日，为收复绍兴、富阳、桐庐等三城创造了机缘，其受累最多，兵勇受创最重，请旨交部从优议叙；署衢州镇总兵刘培元，应请赏给勇号，并加提督衔；按察使衔三品京卿杨昌浚，虽未参战，但因连日筹饷筹粮，使官军顺利收复四地；候补道胡雪岩亦随杨昌浚筹饷筹粮，以上二员应否请旨给予破格天恩……”

左宗棠回到严州不久，奖赏圣旨颁下。旨曰：“左宗棠调度有方，深堪嘉尚。仍着督饬各军节节进剿，尽歼丑类。浙江布政使蒋益澧，战功卓著，着赏给小卷江绸袍料一件、江绸马褂一件、白玉翎管一枝、白玉扳指一个、大荷包一对、小荷包两对，并交部从优议叙。按察使刘典赏二品顶戴，并交部从优议叙。提督衔刘松山交部从优议叙。署总兵刘培元，着赏给锐勇巴图鲁名号，并赏加提督衔。按察使衔三品京卿杨昌浚，着赏加布政使衔，以二品京卿帮办浙江军务。候补道胡雪岩赏加三品顶戴按察使衔。”圣旨随后又道：“耆龄、左宗棠务当乘此破竹之势，会督闽浙诸军星夜进捣杭州，为一鼓歼除之计；一面分军规取永康、武义，以清后路。毋稍延误。钦此。”

其实，早在圣旨到前，左宗棠已遣刘松山、刘典与刘培元水师大营，分头围向杭州。

蒋益澧则会同杨昌浚分赴绍兴等地办理安民事宜。

胡雪岩也已回到严州，此时正陪着左宗棠、史致谔二人，商量裁遣常捷军的办法。一道圣旨由八百里加急飞速递进巡抚衙门。

左宗棠此时正同史致谔、胡雪岩及两名师爷，在签押房逐一核对杨昌浚新交付的办理捐输册页，闻听圣旨到，左宗棠不由一边起身一边抚须笑道：“好消息一个接着一个，不知上头又奖赏了哪位大员。”

左宗棠大步走进官厅，传旨差官一见，急忙高喊一声：“圣旨下，左宗棠接旨！”

左宗棠见传旨差官面色有变，口气有异，心头不由一动，慌忙跪地接旨。

传旨差官展旨读道：“本日据闽浙总督耆龄奏称，浙境渐平，闽省却烂，全因左宗棠督剿不力所致。左宗棠接办浙事以来，自募楚军六千，后续添募至一万五千人，又有湘军刘松山所部，又有蒋益澧等多路省外官军助剿，兵力不谓不厚，但每逢与发逆接仗，从未奋力歼除，只以收复城池多寡邀功，致使浙省发逆尽窜闽省，局面大坏。闽省原有发逆，经官军多路规剿，已大半歼除，复经浙省发逆窜入连克州县，形势逆转，闽省各路官军始料不及，新复州县相继沦陷，发逆甚撅。奏请将欺君罔上之左宗棠革职交部问罪，另调派统兵大员接办浙事等语。览奏曷胜愤懑！左宗棠入浙，剿匪本其专责，所统各军不为不众，所济饷粮不为不多，却不能歼除匪贼于境内，致使窜入闽省，全局败坏。实属有负委任，着实可恨可恼。着将左宗棠革职留任，迅速督军，会同闽浙总督耆龄，尽歼闽浙贼匪。如仍因循，必将从严治罪，决不姑息！钦此。”

左宗棠未及圣旨宣完已然惊得目瞪口呆，他无论如何都没有想到，闽浙总督耆龄，会在这个时候参他一本。因为这个参本，朝廷竟然把他所有的功劳都抹杀掉，把他革职留任了。闽省局面不好，是因总督耆龄、福建巡抚徐宗干征剿不力所致，怎么能推到他左宗棠身上呢？

耆龄却参得有理有据。耆龄说，浙江局面渐好，但福建却被太平军给打烂了。为什么呢？因为左宗棠根本就没有消灭太平军，只是把他们赶进福建了事。耆龄接着质问左宗棠：你自己有楚军六千，后来又添募了一万五千人，曾国藩又把刘松山所部派给了你，朝廷又从外省调兵给你，你有这么多人马，为什么不能把太平军剿尽荡平？不剿尽荡平也就算了，你还累次向朝廷请功邀赏，居心何在？

许久许久，左宗棠才眼含热泪接过圣旨面北谢恩。

左宗棠脸色灰白地被人扶进签押房，对着史致谔、胡雪岩说道：“本部院刚刚接到圣旨，本部院因对浙省发逆督剿不力，已革职留任，下一步可能就是摘掉顶戴，押赴京师问罪了！”话毕，左宗棠气愤地坐到木椅上，两眼愣愣地发起呆来。

史致谔大惊道：“上头这是怎么了？大人督军入浙以来，克州复县，眼看大功告成，怎么就让人参了？这是谁人做的手脚？”

胡雪岩道：“不用问，这肯定是哪位都老爷发烧吃错了药！”

左宗棠长叹一口气道："你们大概想不到，参本部院的人非是别人，乃是闽浙总督耆龄！"

"耆龄？"史致谔愈发吃惊，"大人怎么和他有了过节？"

左宗棠沉思着说道："本部院与耆制军实未谋面，只是有过几次书信上的往来。本部院思来想去，实在想不出这其中缘由。自从本部院遭官文诬参以后，本部院就尽量避免与一些满员过从甚密。本部院接旨之后头有些发涨，想到上房去歇息片刻。各位接着办差吧，本部院一会儿再来陪各位喝茶。"

胡雪岩跨前一步，一边扶左宗棠起身，一边小声道："大人，职道派人去外面请个郎中吧？"

左宗棠苦笑着摇头道："雪岩言重了，本部院受这点打击，还抗得住。革职问罪都不打紧，可总得让人明白是怎么回事啊！"

望着左宗棠的背影，史致谔忽然自言道："这大清国的官真不是人干的！等常捷军的事情办出眉目，我是决意回籍了！购置几亩良田，筑他一座好宅院，灯下观书，林间看鸟，田头望月，岂不快哉！"

当晚，左宗棠发起高烧，侍妾香姑娘整整忙了半夜才安枕。早饭时分，胡雪岩又请了两名郎中来为左宗棠把脉，史致谔则带人继续办理未竟之公事。

耆龄素未与左宗棠谋面，他怎么好端端地便参了左宗棠一本呢？

原来，耆龄与湖广总督官文是儿女亲家，耆龄参劾左宗棠这件事，全是官文在幕后筹划而成。

耆龄是满洲正黄旗人，字九峰，举人出身。历任员外郎、郎中、刑部主事。道光二十六年（公元1846年）外放江西，出任抚州、吉安、赣州等知府。咸丰五年（公元1855年）擢吉南赣宁道。咸丰六年，赏二品顶戴署江西布政使，旋实授。是年，曾国藩奉命统率水陆湘军进江西对太平军作战，他的翰林同年江西巡抚陈启迈掣肘，导致湘军粮饷俱困。

曾国藩一怒之下狠参了陈启迈一本，上将陈启迈革职逮赴京师问罪，着耆龄署理巡抚印绶。耆龄接署巡抚后，一改陈启迈的做法，主动与曾国藩配合，要饷他便着人四处筹饷，缺粮他便让人八方去购粮，使江西战事渐由被动转为主动。咸丰九年（公元1859年），调任广东巡抚。同治元年（公元1862年）督军赴闽办理军务，该年七月得赏头品顶戴升授闽浙总督。

在当时的大清国，耆龄尚属能员行列，只是对汉人太过蔑视。他当初不敢对湘军掣肘，一是怕江西局面坏成不可收拾，一是怕自己重蹈陈启迈的覆辙。曾国藩在京师署刑部侍郎时，奉命审理过侯爷琦善的案子，轰动了朝野。耆龄自忖无法与琦善相比，自然也不敢与手握重兵的曾国藩相抗衡。

左宗棠督军入浙时，耆龄已经在福建督办军务，但朝旨却把浙江划归曾国藩节制，左宗棠与他并无统属关系。耆龄得授闽浙总督后，浙江已不再由曾国藩节制，自然重归闽浙总督管辖。耆龄要参左宗棠，受官文挑唆只是原因之一，还有另一层原因：朝廷几次下旨命左宗棠调派兵勇援闽，左宗棠却反复搪塞，根本不派一兵一卒，只是一心经营浙事。耆龄是无论如何都咽不下这口气的。

按他自己的话说，像左宗棠这种目空一切又自以为是的人，不狠狠参他一本，天理都难容。耆龄在参奏左宗棠不久，又暗上一本，密保正在江宁围剿的吉字营统领江苏布政使曾国荃出任浙江巡抚。

耆龄这么做也是官文给出的主意。官文函告耆龄说："保举曾老九出任浙抚，使天下人相信，参奏左宗棠非耆九峰本意，实乃曾涤生指使也。无非是为江宁克复后，为胞弟谋一封疆缺分。"

官文老谋深算，此举真正叫做恶毒，无非是想让汉员之间相猜，最后再发展成相斗，满人才好从中取利。

心性率直的左宗棠怎么能不被气病呢？

幕后黑手

恭亲王接到耆龄的第二篇折子后，当即对着几位大军机说道："耆九峰这件事做的却是有些过了。左宗棠只是革职留任，以后怎么样还不知道，他怎么就开始举荐起浙抚的人选了呢？左宗棠到浙江后征剿还算得力，尽管他对援闽一事延误不办，也有他自家难处。他无非是想把浙省的事全部办妥帖后，再全力去办闽事。耆龄参他剿贼不能歼除也是有的，但把闽省的局面变坏全推在他一人的身上，也是错的，他耆龄自己也有错处。本王以为，耆龄举荐曾国荃出任浙抚的这个折子，还不能往上递，先压一压，看看事情的进展再定。"

几位大军机互相看了看，谁也没有言语，但每人心里却明镜似的：耆龄的折子，军机处想压，怕是压不住的。

军机大臣此时是文祥、宝鋆、李棠阶、曹毓瑛，连同领班大臣恭亲王，共是五位。在五位军机大臣中，宝鋆、文祥是满员，二人唯恭亲王是听；李棠阶、曹毓瑛是汉员，这也没的话说。但军机章京就有十几位，其中就有醇亲王奕譞和慈禧太后安插的眼线，还有一些人和各地督抚走得较近。军机大臣李棠阶一直就和两江总督曾国藩来往密切，军机章京潘祖荫不仅和曾国藩有来往，他与湘系的所有人都有来往。每逢有外地奏折进京，到的第一站便是军机处，而军机处负责拆阅折子的并非军机大臣们，而是一些办事的章京，最后才能到恭亲王的手上。无关紧要的折子，恭亲王一般并不往宫里递，而是在早朝或者什么时间，对着太后随口说上一句也就是了，没有人计较这些。但每逢有重大的折子进京，恭亲王想压却压不住。慈禧太后不是在早朝，就是别的什么空闲时间里，向恭亲王或其他的军机大臣问起这事，往往又都是阴着脸子，口里讲出的话也特别刺耳："折子不递进来，想怎么着啊？皇上小，不懂事，总不济我们也不懂事吧？"恭亲王往往都很被动。这次也不例外。

慈禧太后先不发作，她先去见东太后慈安。慈安是满洲镶黄旗人，钮祜禄氏，广西右江道穆扬阿之女。咸丰未即帝位时即娶其为妻，登基后，晋孝慈皇贵妃，咸丰二年（公元1852年）立为皇后。同治帝即位，尊为皇太后，徽号慈安，与西太后慈禧共同垂帘听政。慈安懦弱，不懂国事，名义上是共同听政，其实权尽操于慈禧之手。

慈禧太后见了慈安太后，依礼先给慈安请了个安，口称“姐姐”，然后才说道：“姐姐，我看这个小六子，是越来越不把我们姐妹当成个人了，他这是想干什么？”

慈安说道：“小六子就是那个脾气，现在又是议政王。随他怎么折腾，只要不乱了纲纪就行，我们哪，乐得清闲。”

慈禧却说道：“有些话呀，姐姐不说，我可不能不说。我不能任着他们瞎折腾。老祖宗这份基业呀，来得不容易，别人不心疼，我可不能不管！”

慈禧气哼哼地走了。慈安讨了个没趣，倒也没太往心里去，毕竟自己于国事上不如慈禧懂得多。

慈禧太后回宫后也并没有马上发作，她在等待机会。耆龄参左宗棠这件事，她不信督抚会一点反应都没有。

果然不久，协办大学士两江总督曾国藩的折子到了。对于曾国藩的折子，军机处是从不敢压的，几乎是随到随递，半点不敢耽搁。慈禧太后笑一笑，慢慢打开折子读起来。

曾国藩得知左宗棠遭耆龄参劾被革职留任后，用了不到十天的时间，便理清了耆龄上奏的起因和幕后黑手。

曾国藩不由动起真怒，当着一班幕僚的面骂起来：“若非季高督军入浙，浙江能有今天的局面吗？耆龄瞎参乱弹，朝廷如何就偏听偏信呢？就算有心想惩处季高一下，也应该问问老夫的主意啊！也真难为了季高，咸丰九年就因樊燮事被人诬参过一次，如今已过了四年，还是有人不想放过他！”

曾国藩的这后一句话，显然是在说官文了。但曾国藩毕竟是曾国藩，他做事有他自己的尺度。

官文时任文华殿大学士领湖广总督，是真正的满汉各官之首。当时的曾国藩虽手握重兵，但仅以协办大学士领两江总督。凭当时曾国藩的名望与地位，还无法与官文硬抗。但曾国藩仍要想个策略为左宗棠分解一下压力，起码不能让官文的阴谋得逞。

曾国藩与幕僚们计议了两天，两天后，他给朝廷上了这样一篇折子。折子名义上是向朝廷陈述近日军情，其实是另有新意。

折子开篇先大论江苏、浙江、安徽、江西等省的“贼势”，却只字未提闽事如何；然后又大讲慈溪大捷对扭转战局所起的作用：“浙军经慈溪大捷，连克富阳、绍兴等城，杭州即有所图。”但写着写着，老谋深算的曾国藩却话锋一转，感叹起来：“臣于咸丰二年（公元1852年）在湖南募勇至今已十有余年。臣每与贼匪交战，无不是能歼除则全部歼除，能驱散则力图驱散，决不姑息。但每每驱散时多，歼除时少，盖因敌众我寡之故也。自古兵家，莫不如此，情理相通也。”

对太平军能歼除就歼除，能驱散就驱散；偏偏驱散的时候多，歼除的时候少。什么原因呢？因为敌众我寡啊！曾国藩最后发的这通议论，看似与全篇无关，其实这才是曾国藩所要向朝廷表达的真正意图。

慈禧太后把曾国藩上的折子读过两遍之后，终于读出了朝廷将左宗棠革职留任后，曾国藩对此事的不满，这才又重新让人找出耆龄上的那道参折，重新看起来。

慈禧太后当日把恭亲王、侍卫大臣管神机营的醇亲王及几位大军机，传进宫来议事。

慈安太后照例被慈禧太后请到身边坐下，年仅八岁的同治皇帝照例坐在两宫的前头。施礼请安毕，各王公大臣们依例退后一步。

慈禧太后在帘中徐徐说道：“你们几位主事的都来了。有些话呀，我们早就想说，可有人不给机会，不让我们说话，想一手遮天！我呀，有些话还是要说。为什么呢？就为了这份祖宗的基业！”

慈禧太后的语气大异于以往，不仅几位军机大臣听得发呆，连恭亲王也有些吃不住劲，只有奕譞不动声色地洗耳恭听。

慈禧太后接着说道：“耆龄糊里糊涂上了个折子，说了左宗棠许多的不是，我们哪，也听了你们的话，认为左宗棠的确有负朝廷对他的厚望。按说呢，将左宗棠革职留任对他惩戒一下也好，可耆龄随后又上了个折子，你们为什么压下不递呢？恭亲王啊，你说说看，耆龄保举曾国荃出任浙江巡抚，有什么不对呀？”

恭亲王跨前一步答道：“禀太后，臣和几位军机大臣以为，曾国荃目前正在围困江宁，耆龄之保举有诸多不妥之处。”

慈禧太后厉声道："恭亲王啊，你说明白些。是你自以为耆龄的保举有不妥之处呢，还是其他大臣也这样认为？"

文祥见恭亲王嗫嚅不能答，于是急忙跨前一步道："禀太后，耆龄的折子没有递上来，的确是王爷同我们几位商量来着。奴才当时也以为，耆龄要说的也不是什么大事，就算不递，太后和皇上也能体谅。请太后明察。"

醇亲王这时跨前一步禀道："禀太后，奴才也想说句话。奴才大胆以为，祖宗设立军机处，怕的就是各部院对下面的奏禀隐匿不报，贻误军机。把大臣的折子压下不递，军机处实有不妥之处。"

文祥等四位大军机一见醇亲王讲出这话，知道事情已经严重，于是互相看了看，一起跪下道："臣等失察，请太后、皇上降罪！"

恭亲王一见如此，也只得说道："禀太后，这件事全是臣一人之错。太后和皇上要责罚，就请责罚臣一人吧。"

慈禧太后缓缓说道："我们也并不是非要问是谁的错，这件事你们几个做得也实在太荒唐了。耆龄这是没什么事，真要有什么事，你们把折子压下不递，一旦出了事故，该算谁的？你们几个也都起来吧。军机处里的事情，我心里有数。恭亲王啊，曾国藩的折子，想必你和他们都看了吧？"

恭亲王答道："禀太后，臣看了。曾国藩讲的也是实情，他那里也的确有些兵单。"

慈禧太后道："恭亲王啊，你最近怎么总犯糊涂啊？曾国藩究竟是在诉苦，还是在替左宗棠鸣不平，你难道看不出来吗？"

恭亲王忙道："太后圣明！经太后一提醒，臣忽然也有所悟。不过臣以为，左宗棠入浙系他所荐，两个人又是同乡，他为左宗棠说几句话，也在情理之中。请太后明察。"

慈禧太后在帘内点点头道："你这话说得还算明白。我这几天哪，反复想了想。左宗棠入浙后固然有督剿不利之处，但耆龄把福建的局面变坏，全推到左宗棠的身上，也有错处。在福建的毕竟是耆龄而不是左宗棠，往左宗棠身上推是过于牵强了些，朝廷不问青红皂白就将左宗棠革职，的确有些不妥。"

恭亲王忙答道："太后说的是，臣和一些大臣们也以为，朝廷全听耆龄一面之词，似有失公允。”

慈禧太后想了想，道：“依我看，耆龄这个闽浙总督，是不能再做下去了，可究竟放谁合适，我还没有想好。你们几个是怎么想的呀？”

文祥这时答道：“禀太后，奴才以为，闽事愈来愈棘手，此时将耆龄撤任似有不妥之处。耆龄已在福建征剿多年，比较熟悉那里的情形，若突然将他撤任，势必对闽浙剿匪大局有诸多牵动。请太后明察。”

慈禧太后道：“文祥啊，耆龄这几年是立了大功的，这谁都清楚。但他糊里糊涂地参了左宗棠一本，若不将他撤任，你让左宗棠怎么办哪？督抚掣肘，历来都是我朝大忌，你应该知道这一点。醇亲王啊，你以为呢？你也说说看！”

醇亲王跨前一步道：“禀太后，太后圣明。奴才以为，督抚掣肘，历来都是祖宗家法所不容的。耆龄不管功劳多大，都该将他撤任逮进京师问罪。”

恭亲王大声道：“醇亲王你在说什么呀？耆龄有多大的错处啊？他不过参了左宗棠一本，就算参得糊涂些，也不致逮进京师问罪呀！”

醇亲王被恭亲王问得一声不吭，他其实还没有真正领会太后的意图，不过是随便说说。醇亲王对治国用人原本就不太在行，他的最大长处就是吃喝玩乐外加逢迎太后，除此之外，全不放在心上。

慈禧太后这时说道：“恭亲王啊，你也不用急成那样，醇亲王也不过是随便说说，何况我也没说将耆龄撤任，就非得逮进京师问罪呀。”

醇亲王忙抢着说了一句：“太后圣明！”

恭亲王白了醇亲王一眼，道：“禀太后，臣以为，此时不将耆龄撤任也可，不妨将江西巡抚沈葆桢和左宗棠对调一下。这样一来，就避免了督抚相互掣肘。”

李棠阶这时鼓起勇气跨前一步道：“禀太后，臣以为恭亲王此议似有不妥。太后试想，浙江现在全系曾国藩与左宗棠旧部，沈葆桢到浙江后，调动这些军队势必不能得心应手。何况，左宗棠离浙后，刘松山与刘培元二军必被曾国藩调回江宁助剿，左宗棠原募之楚军则必将随左宗棠进入江西。沈葆桢原本兵单，他到浙江后，让他拿什么来应对局面呢？请太后明察。”

慈禧太后沉吟了许久，才道：“李棠阶呀，你适才所言是这个理儿。恭亲王啊，看样子，沈葆桢与左宗棠还不能对调。你有没有更好的办法呀？”

恭亲王犹豫着答道：“禀太后，臣适才想了想，李棠阶所言极是，将左宗棠与沈葆桢二人对调，的确不甚妥当。臣于是忽然有了一个大胆的想法，但总觉有不够成熟之处，故不敢对太后明言。”

慈禧太后说道：“恭亲王啊，你是军机处领班大臣，又是议政王，有什么想法，就直说。若不妥，咱们再议，有什么打紧呢？你说吧。”

恭亲王答道：“禀太后，耆龄撤任总督以后呢，不妨让他先署理福州将军的缺儿，仍让他办理闽省的防务。对左宗棠呢，朝廷不妨就大胆使用他一次，补授他为闽浙总督，两省的军务全由他办理。但左宗棠是不是做总督的料儿呢？臣还没有思虑好，请太后明察。”

文祥跨前一步，说道：“禀太后，奴才以为，凭左宗棠之才，实不堪担当总督大任，王爷所议似有不妥。请太后明察。”

慈禧太后道：“李棠阶呀，你也说说看。”

李棠阶沉吟了一下答道：“禀太后，臣与左宗棠素未谋面，不知其才是否能担起总督大任。但臣以为，左宗棠自入浙后，兵事、政事均有起色。以此证明，朝廷放左宗棠到浙江是英明之举。请太后明察。”

慈禧太后徐徐说道：“我以为呀，如今国运维艰，这用人上啊，该大胆时就大胆些。我记得放曾国藩做两江总督并节制四省的时候啊，许多人都不同意，以为朝廷给曾国藩的权柄太重了，怕他担不起来，反误了国家大事。事实怎么样呢？曾国藩几年下来，不仅扭转了东南全局，而且做得非常出色。所以呀，曾国藩举荐左宗棠援浙，折子一到，朝廷马上便答应了下来。这叫什么呢？这就叫用人不疑，疑人不用！醇亲王啊，你以为朝廷该不该大胆使用左宗棠呢？”

醇亲王摸清了太后的真实意图，于是马上响亮地回答：“禀太后，太后圣明！奴才以为，朝廷设若能大胆使用左宗棠，闽浙的局面一定会有大的起色！”

慈禧太后高兴地说道：“这醇亲王啊，就是懂我们和皇上的心。恭亲王啊，就按你说的办吧，让耆龄暂署福州将军。实授左宗棠闽浙总督，让他尽快对闽省防务做出布置。”

恭亲王高兴地答道：“太后所言极是，臣下去后就着军机处拟旨。

臣还有一事要禀告太后，左宗棠升授闽浙总督之后，放谁去接任浙江巡抚呢？”

慈禧太后想了想答道：“先缓和一下耆龄和曾国藩之间的关系吧。实授曾国荃浙江巡抚。曾国荃现在江宁督战，自不能到任，就让左宗棠兼署吧。”

恭亲王率一班王公大臣退下去后，不久便在私下里对文祥发牢骚道：“西边的心事越来越难猜了。将左宗棠革职的是她，决定大胆使用左宗棠的也是她。她究竟想怎么样呢？”

收复浙江

左宗棠被革职的第二十天，太平天国忠王李秀成，趁各路官军休整的时候，派兵再次攻占了富阳，使刚刚好转的局面，明显有些恶化。

左宗棠闻报，不得不带兵赶到富阳大营，亲自指挥刘松山、刘培元两路人马攻城。为防李秀成从杭州来援，攻城前，左宗棠将蒋益澧所部调至余杭，监视杭州城动静。

官军激战两昼夜，终将富阳城拿下。富阳离杭州最近，左宗棠为就近指挥官军攻取杭州，遂决定将巡抚衙门移富阳驻节。

不久，左宗棠调在浙各路官军齐聚杭州，按远近疏密，将杭州城团团围住，志在必得。

这一天，左宗棠带着一应文武官员，赶到余杭一带察看形势，寻找李秀成的破绽，但衙门的报事快马却飞至余杭大营，请左宗棠急速回衙，言称有旨递到。左宗棠不敢怠慢，稍事布置即返回富阳接旨。

旨曰：“内阁奉上谕：照耆龄所奏，浙江巡抚着曾国荃补授，左宗棠毋庸留任。钦此。”

左宗棠心头一动，他万没想到，朝廷将他撤任的圣谕来得这般快，他未及多想，急忙接旨面北谢恩，正要起身，不期二旨又到。

旨曰：“内阁奉上谕：福州将军着耆龄暂行署理。赏左宗棠头品顶戴兵部尚书衔、都察院右都御史实授闽浙总督。前已有旨浙江巡抚着曾国荃补授，曾国荃着仍统前敌之军驻扎雨花台，一意相机进取以图江宁，毋庸以浙事为念，浙江巡抚着左宗棠兼署。左宗棠身任闽浙总督，浙省系总督辖地，既兼署巡抚，尤责无旁贷，闽事防剿亦须左宗棠从速布置，莫负圣恩也。钦此。”

左宗棠未及传旨差官将圣旨读完，已是泪流满面，哽咽出声，感恩之情无法控制。

他接旨在手，面北连连叩头谢恩不止，口里哽咽着说道：“臣有何德何能，受朝廷如此倚重！”

当晚，左宗棠浮想联翩，夜不成寐，一个人坐在书房里，一边流泪，一边草拟谢恩折，无非是向朝廷表示一下自己的忠心。

折子拜发不多几日，耆龄委派护送总督关防的官员便到了：计送到闽浙总督关防一颗，福建盐政印绶一颗。左宗棠于是恭设香案，望阙叩头，接收印绶。

消息很快传开，各路将领由四面八方各防地骑马赶回，为左宗棠贺升迁之喜。

左宗棠一时高兴，便把刚到任的富阳知县传来，吩咐道：“连日攻城，各路将官都疲劳过甚。你带人筹办一下，摆几桌酒席吧，大家都乐一乐。”

富阳知县诺诺连声，退出去后，就让人分头去张罗，却哪里张罗得来？当时富阳新克，十室九空，百姓十去七八，鸡、鸭、猪等一应牲畜，都被太平军宰杀果腹，不要说一下子要筹办十几桌酒席，就是一桌，也办不来。

富阳知县派人东寻西找，整整忙乱了半日，眼看天将过午，才好歹在一条水沟里寻到了一条死狗。

富阳县忙命人将死狗打捞上来，幸未腐烂，马上便传仵作就地剥皮破肚，又忙着领人出城去寻找蔬菜，倒真真难为了他。

正在这时，军兵簇拥着一顶花轿进得城来，却是胡雪岩背着左宗棠，派人把香姑娘接来了。

胡雪岩预料到富阳新克，一应吃食必奇缺，所以又特从严州拉了一车蔬菜和十几头猪过来。

富阳知县闻报，当时把他喜得涕泪横流，拉着胡雪岩就喊菩萨，当即命人宰猪洗菜，忙将起来。巡抚衙门的这顿喜酒，从午后未时开始喝起，直闹到夜半子时才休。左宗棠被人扶进上房，香姑娘慌忙把他安顿到床上躺下，又忙着为他更衣、擦脸、濯足。

香姑娘嗔怪道："老爷，您让贱妾怎么说呢？您已年过半百，又补授了总督大员，不比从前，还由着性子做事。传出去，让人笑话呢！"

左宗棠喷着酒气说道："香儿啊，你们女儿家，哪里懂得男人的心事啊！没有破格的天恩，一榜出身的人，是很难被拔擢到总督高位的呀！想那张石卿张大人，在云南立了多少功劳，才有幸署理了云贵总督。他老调授湖南巡抚后，正逢长毛攻到湖广，他老在长沙一年，何曾睡过一个囫囵觉啊，这才又升署了湖广总督。他老到湖广还没把关防捂热，就转补山东巡抚了。张大人两次署理总督都没得实授，何也？还不就是缘于他老是一榜出身吗！香儿你说，我左季高有何德何能，敢同张大人比呀！朝廷却把我从浙江巡抚，直接拔擢成总督，连署理这个环节都省了。这是真正的皇恩高厚啊！我出山这么多年来，从未这么高兴过，我能不高兴吗？"

香姑娘小声说道："老爷高兴归高兴，可也不能喝这么多酒啊。朝廷升授您老做总督，是让您老去办大事，可不是让您老尽着性子喝酒啊！您老口里常说曾涤生曾大人，他老不仅是两江总督，还是协办大学士呢。他就这样拼命地喝酒吗？"

左宗棠闭着两眼，摇头说道："香儿此言差矣！左季高无论有多大的能耐，也比不过曾涤生啊！曾涤生是两榜出身，又是天子门生，不仅可做我大清国的总督，还能入阁拜相。我左老三就不一样了，我是一榜，按我大清体制，一榜是不准入阁拜相的，满汉皆然。香儿，我这么说你还不明白吗？我率勇援浙不久即署理巡抚，旋又实授，这已是破格；在巡抚任上未及两年，又升授总督，成了一品大员，这又是破格。要知道，一榜出身得授总督，便已是官至极致，我多喝几杯不可以吗？"

香儿无奈地叹息道："老爷说的是，老爷多喝几杯是该的，是香儿多嘴多虑了！"左宗棠满意地一笑，竟很快睡去。

香姑娘却小声嘟囔了一句："将相本无种，还要看出身！想不到这一榜、两榜，竟有这么大的差别！"不久，左宗棠收到军机处章京潘祖荫的密函，这才得知他得授总督的实情。

左宗棠看罢潘祖荫的信，忽然冷笑一声道："伯寅倒很会为涤生做人情，朝廷若听他的话，也就不让恭亲王在军机处领班了！涤生一心想让老九补授浙抚才是真的！"

左宗棠马上含毫命简，给军机大臣李棠阶书函一封，探问实情。

李棠阶很快复函。左宗棠看毕，这才知道潘祖荫果然所言不虚，他能被朝廷破格拔擢至总督高位，的确是曾国藩上的一篇折子起了作用；而将曾国荃实授浙江巡抚，却恰恰与曾国藩无关，反倒是耆龄举荐的结果。

左宗棠握信的手有些发抖，苦苦思索，却无论如何都想不出其中的奥妙。

当晚，他给曾国荃写信这样说道："麾下所承恩命，抚治是邦，谕旨仍以江宁大端见属，暂可无须兼顾。具仰圣虑渊深，于缓急轻重之衡，曲尽其理。异时移平吴节，南渡钱江，或者此邦其终有望乎。弟则殚虑竭忠，亦终靡补。"左宗棠在信末接着写道："时局方艰，官职愈高，责任愈重。总制之命不敢辞，而亦未敢任，且尽吾心力所能到者赴之。"

左宗棠也想给曾国藩写一函过去，但思虑许久，却无从下笔，不知该怎样写才好。良久，左宗棠掷笔于案，只将给曾国荃的信封缄，传人交快马送走。

左宗棠已经切实感受到，曾国藩不仅是大清国的护身，还是他左宗棠的护身。

同治三年（公元1864年）二月十二日，左宗棠将中军大帐移至余杭横溪头驻扎，并下令围城各军，实施近距离攻城，同时着打援人马绑扎云梯，对杭州实行强攻。

左宗棠用兵，爱打巧仗，不喜硬拼，但杭州城守城太平军防守严密，无论如何引诱，坚不开城，左宗棠无奈之下，只好行此下策。

其实，此时守杭州城的太平军只有两万余人，早在三个月前，李秀成便将在浙的大部太平军调去解江宁之围；李秀成、李世贤、汪海洋等首领，也已经离开浙江多时。

杭州城里的两万余太平军，其实就是在浙太平军的全部。

左宗棠一直以为守杭州城的太平军不少于十万众，所以不敢强取，只能围困，想通过消耗彼军粮食的方法取胜。后来左宗棠驻节余杭后，经反复观察，终于发现，守卫杭州城的太平军，并不像传闻的那样多，这才下定决心硬取。

太平军此时已粮草殆尽，目前正在城里靠宰马杀牛赖以生存。尽管这样，当各路官军强取城池时，太平军仍拼死抵抗，城头倒下一批，很快又补充一批，整整激战了三天两夜，不仅护城河里落满了尸体，连城墙都被染成了红色，这才启北门撤退，却又遭到刘培元所部炮轰、截杀，几乎无一存活。

刘松山统军由正门进城，在城内搜剿太平军余部；左宗棠则委员随军入城，张贴安民告示，稳定杭州局面。

杭州，原本是浙江省省城，住有人口八十余万，是闽浙乃至江西一带最繁华的商埠。此役过后，居民仅存八万，牛马亦被宰杀殆尽，不抵湖南一县城矣。

原浙江巡抚衙门已被太平军改作侍王府，面积不仅比原来扩大了一倍，各屋的墙上还都被画上了猴子，极其不伦不类。刘松山命兵勇先将各房屋墙上的猴子图像全部铲除，又一一粉刷干净，重新挂上巡抚衙门的金匾，这才请左宗棠入城视事。

当晚，左宗棠在巡抚衙门大摆酒宴，庆贺浙江全省收复；由左宗棠亲笔草拟的收复杭州的红旗捷报，也于当日拜往京城。随红旗捷报同行的，自然是长长的一串保单，和阵亡将弁请恤名录。

同治三年（公元1864年）三月二十八日，圣旨由快马递进巡抚衙门。左宗棠率一应在侍文武官员跪于官厅之上听宣。

圣旨先依左宗棠所奏将攻克杭州情形复述一遍，然后才道："闽浙总督左宗棠，自督办浙省军务以来，连克各府州县城池，兹复将杭州省城余杭县城攻拔，实属调度有方，加恩赏加太子少保衔，并赏穿黄马褂。浙江布政使蒋益澧，提督衔湘军统领刘松山，自调任浙江以来，战功卓著，兹复亲督各军克复杭州省城，实属奋勇异常，着赏穿黄马褂。"

圣旨随后又对刘培元等出力员弁给予一一奖赏，可谓皇恩浩荡，无一疏漏。

各军稍事休整，又分别补充了兵员，左宗棠这才遣刘松山所部先期入闽征剿闽省太平军各部。左宗棠则会同蒋益澧、胡雪岩等人，督饬各州县整修书院，并在杭州、宁波两地设立印书局，大量刊刻“四书五经”，抢救被太平军破坏、摧毁的中华传统文化。

考虑到春耕在即，历经战火洗劫的浙江，土地荒芜，人口流失过大，耕牛、籽种均无从筹措，左宗棠不久又奏上《沥陈浙省残黎困敝情形》一折，希望朝廷能帮着想些办法。

折曰：“浙江此次之变，人物凋耗，田土荒芜，弥望白骨黄茅，炊烟断绝。现届春耕之期，民间农器毁弃殆尽，耕牛百无一存。谷豆、杂粮、种子无从购觅。残黎喘息仅属者，昼则缘伏荒畦废圃之间，撷野菜为食；夜则偎枕颓垣破壁之下，就土块以眠。昔时温饱之家，大半均成饿莩。忧愁至极，并其乐生哀死之念而亦无之，有骨肉死亡在侧，相视而漠然不动其心者。哀我人斯，竟至于此！臣于去冬曾筹补救十二条，刊发各属。现复筹采买豆谷种子，购办耕牛，招集邻省农民来浙耕垦，冀将来或有生聚之望。唯浙省被难地方极广，巨富绅民早已避地远徙，捐无可捐。臣军之饷，积欠太久，日食尚艰；虽所过地方，每与各统领、营官、哨官共图分食煮粥，俵散钱米，所获贼中谷米，亦酌量赈粜煮粥，暂救目前。然涓滴之施，无裨大局。且距新熟之期太远，灾民朝不保暮，难冀生全。”

此折拜发不多几日，左宗棠又派胡雪岩赴各省筹措银两，广购谷米种子。

胡雪岩知道左宗棠此时最是用银之际，当下一口便答应下来，转日就带上随员，踏上了筹饷、购种之路。

胡雪岩离开后，左宗棠又札饬各府、州、厅、县衙门，密访当地富绅，或浙籍外地官员，号召他们捐银捐物、捐粮捐种，以期尽快恢复元气。

此札发出不久，左宗棠还当真摸到一条大鱼。

此人姓杨名坊，字启堂，一字憩棠。杨坊籍隶浙江鄞县。初在上海为外国洋行当买办，发财后，便在洋泾浜开设泰记商行，专干贩卖鸦片的勾当，愈发富不可当，选为四明公所董事。上海小刀会起义期间，他捐官以同知衔为江苏巡抚吉尔杭阿管理军需，又奉命与英、美、法侵略者勾结，筑围墙断绝起义军接济。因功由同知升为道员，咸丰六年（公元1856年）又加盐运使衔。咸丰十年（公元1860年），太平军进攻上海时，与苏松太道吴煦联合，又勾结美国人华尔组织洋枪队，受命出任洋枪队管带，抗击太平军。

杨坊出任洋枪队管带后，又将其女嫁华尔为妻（实为妾），受华尔百般蹂躏致死。同治元年（公元1862年），署理江苏按察使，后实授常镇通海道，未赴任，托病归籍。杨坊回籍后，运回大批的银两及珠宝，二十几间闲房子里，亦囤积了大量的粮食等物，真正叫富可敌省。

很显然，坐拥巨资的杨坊，要在原籍安享自己的风烛残年。

杨坊回籍初，鄞县知县为安抚难民，曾三次登门恳请杨坊，或设粥棚，或拿出几石粮食，接济难民。

杨坊自恃自己做过朝廷大员，保护上海又立有大功（他所谓的大功就是组建洋枪队），顶子又已见红，根本没把小小的知县放在眼里。

知县劝他设粥棚救济难民，他则抚须说道：“拿些银子造座桥梁，上面能刻老夫的名字。设个粥棚让大家来吃，总不能把老夫的名字硬刻到人家的脸上。安抚百姓是你地方父母的事，却不干老夫的事。你若饿得紧，老夫就让管家给你送上一袋米救急。出力不讨好的事，老夫可从来都不干。”

一番话，直把知县气得三魂出窍，七孔生烟，却又不敢奈他分毫，只能一个人走出去想办法。

知县见到巡抚衙门发来的札文，自然要把杨坊报将上去，连杨坊说过的几句话，也一字不落地写在上面。

左宗棠收到鄞县知县的回文，当时就气得须发皆张，拍案骂道：“这杨启堂还算个人吗？你不捐粮捐银也就罢了，如何还说这么多不中听的话呢？你不是坐拥巨资吗？本部堂偏要查一查你这些银子是哪里来的！”

左宗棠连夜把杨坊的情况禀告给朝廷，狠狠告了杨坊一状，说他为富不仁。左宗棠又传文案给衢州府知府衙门行文，调衢州府新授知府林聪彝来巡抚衙门听命。

林聪彝字听孙，福建候官人，乃前云贵总督林则徐的次子。林聪彝时年四十一岁，是咸丰年间进士，官至五品郎中。到浙江后，做过一任知县，一任州同，因收复杭州有功，得赏四品顶戴实授衢州府知府。林聪彝为人率直，为官刚正，极具乃父之风，浙江官场无人能道半个不字。左宗棠调他过来，是想让他出面来办理杨坊的事。

左宗棠私下对香姑娘说道："这个杨坊，不办他一办，他是要忘掉祖宗的。他不是想把名字刻在桥上被人千古传颂吗？本部堂就成全于他！他还敢自称什么老夫，真是太狂妄了！我大清开国至今，老夫是什么人都敢称的吗？"

香姑娘再次被左宗棠说进云里雾里，她小声问道："老爷，老夫老夫，不是人到了一定的年纪，便可称的吗？原来不是这样的？"

左宗棠抚须笑道："说起来呢，朝廷倒也没有明文规定过，但官场上呢，却就有条不成文但大家都知道的规矩。我大清的官哪，不管胡子多长，也不管年纪几何，只要没有拜相，就不准以老字自居。涤生比我长一岁，他可以称老，我却不敢称老。他杨启堂算个什么东西，不过捐了个顶戴，他也配称老吗？就凭他的出身，他就算活到三百岁，也只配做晚生！"

香姑娘被左宗棠的一番话说得再次睁大了眼睛。

第九章
稀里糊涂得罪恩人曾国藩

逼捐

林聪彝赶到杭州的当日，便到巡抚衙门来禀见左宗棠。宁绍台道史致谔也于同一天抵达省城。依着顺序，左宗棠先见林聪彝。

礼毕归座，左宗棠传人给林聪彝摆茶上来，这才把鄞县知县的回文递给林聪彝道："听孙哪，本部堂特把你老弟从衢州任所调来，是想让你先把衢州的事情放一放，替本部堂办一件大事。你知道，我浙省受长毛蹂躏多年，百业凋零，人口外流过多。如今省城新复，百姓回迁，却又很快就到农田下种时节。古人云：'一年之计在于春。'又云：'春天一粒种，秋后万石粮。'可恨一些浙籍官绅，眼见局面坏成这样，他却忍得下心袖手旁观！听孙哪，你先把鄞县的回文看一看，然后再作道理。"

林聪彝没有言语，埋下头去便看起来。一看完，林聪彝抬头说道："杨臬台身为司道大员，竟如此无理，的确让人气愤。但杨臬台也有杨臬台张狂的道理。"

左宗棠抚须的手猛地停住，不由问道："啊？他还有他的道理？听孙，你讲讲看，也许是本部堂思虑欠妥。"

林聪彝说道："宫保大人容禀。下官以为，杨臬台很早就在上海闯荡，久与洋人打交道。想那洋人素来胆大，不信孔孟，专好一味逞强斗狠。杨臬台与他们相混久了，难免就忘了他自己还是个拖着辫子的中国人。他把自家女儿送给华尔糟蹋，也正说明这一点。依下官想来，杨臬台虽坐拥巨资，堪称东南首富，他自己偏不想做善事，官府又如何好使强呢？下官大胆以为，杨臬台这件事，虽可恨，官府却不好出面相劝于他。官府使强，他当真闹将起来，告起御状，你让朝廷怎么办呢？”

左宗棠瞪起眼睛道：“听孙，你说这话本部堂可不愿听。浙江的局面坏成这样，浙籍官绅均有伸手之责。莫说他杨启堂已经回籍，就算他仍在江苏做他的按察使，他也该主动为鄞县捐些银粮才对。道光三十年（公元1850年），湖广遭遇百年大旱，湖南几乎颗粒无收，曾节相其时正在侍郎任上，闻讯之下，率同乡京官为湖南捐赈，又上奏朝廷，请免湖南当岁国课，上准。此事至今仍被我湘人传颂。他杨坊今儿果然敢对浙省局面视而不见，无动于衷，本部堂就算豁出头上的乌纱，也要和他理论一番！”

见左宗棠气得脸色煞白，林聪彝无奈地苦笑了一下，说道：“宫保大人且莫动怒，下官话还没有讲完。下官是说，对杨臬台，官府出面虽有诸多不便，但在商的人却就便当得多。下官早就听说，杨臬台的巨资均非正道而来，一靠与洋人勾结贩卖洋药，一靠为官府采购枪械他坐吃折扣。只要查清这两点，下官就敢肯定地说，只要官府给他指派多少捐额，他都会照纳的。我大清从来都是嘉勉正经的生意人，却不会姑息任何一位非法行商的人。大人，下官的话讲完了。”

左宗棠望着林聪彝愣了半晌，忽然长叹一口气道：“听孙，你不会怪本部堂吧？本部堂天生就这么个毛躁脾气，不仅曾节相说过我，许多人都说过我，咳！听孙哪，本部堂已经知道你要说的话了。你想让胡雪岩出面对不对？”

林聪彝答道：“宫保大人容禀。胡观察与杨臬台同为捐班，又都是在商的人，而且素来过从甚密。但胡观察为人仗义，敢大把地挣钱，又能大把地往外捐钱，这就使得前抚台王中丞离他不得。但杨臬台却是个嗜财如命的人，世人只见他大把地捞钱，却从未见他往外舍过一文，造桥铺路，就更谈不上了。正经商人姑且不论，像杨臬台这样的商人，肯定会有别人不知道的死穴。商人的死穴，官场中人无法知道，但却瞒不过他的同行。胡观察现在就在苏州的各钱庄间为浙省筹借银两，大人不妨密发个札委给他，让他趁空跑几趟泰记。杨臬台的那点子事，胡观察不须费力就能办得明明白白。大人以为呢？”

左宗棠沉吟了一下，说道：“听孙哪，依本部堂看来，你就走一趟苏州，会同雪岩来办理一下吧。本部堂不是信不过雪岩，是信不过他手底下的那帮子人。还有啊，雪岩在苏州如果搞到款，你就再跑一趟武昌，选购些好的粮种运过来。雪岩已提前同本部堂说过，他忙完这一阵呢，想把他原设在杭州的钱庄重新建起来。你知道，雪岩自打到了本部堂身边，几乎一刻也没有闲过，筹款筹粮，购枪购炮，诸事都办理得明明白白，不差分毫。雪岩有恩于巡抚衙门，巡抚衙门也不能亏了他。听孙，本部堂说得不错吧？”

林聪彝道：“回大人话，天下人尽知，宫保大人是个最念旧情的人。胡观察能遇到像大人这样的上宪，也是他三生有幸、祖上积德。”

左宗棠用手指着林聪彝笑道：“好你个林听孙，说着说着你又来了，本部堂可不想听奉承话。听孙哪，杨坊的事宜早不宜迟，你收拾一下就去苏州，遇到麻烦可直接去找少荃中丞。杨坊与洋人勾结甚密，就算洋人出面阻拦，少荃中丞身为通商大臣，也会替你排解。史士良已到杭州，他是向本部堂禀报裁遣常捷军一事的，本部堂就不陪你了。”

林聪彝起身边施礼边道：“宫保大人如无其他吩咐，下官就先行告退。”林聪彝前脚离开签押房，左宗棠跟手就将史致谔传了进来。

几个月不见，史致谔已是须发半白，瘦弱不堪，脸上的憔悴深深浅浅，仿佛久病初愈的模样。施礼毕，左宗棠吃惊地问道：“老哥，您与本部堂几月未见，如何变成了这般模样？”

史致谔长叹一口气道：“宫保有所不知，司里能活着来给大人请安，已是万幸！”史致谔已是按察使衔，自然要称司里。

左宗棠随口问了一句：“老哥何出此言？莫非病了不成？”

史致谔说道：“全是让洋人给闹的！司里按大人的吩咐，回到宁波便开始着手裁遣常捷军的事，也不知是身边的哪个王八蛋给走漏了风声，让德克碑这个洋犊子知道了。他不找司里来交涉，却跑到上海去向伏恭告状，又把常捷军拉到绍兴驻防，其实是向司里示威。那时，余杭战事正紧，宫保恰巧又遭革职，司里不想拿这件事去惹宫保心烦，就亲赴上海去同少荃中丞商量。少荃中丞当时已将上海的常胜军裁掉，认为常捷军不及时裁掉必要尾大不掉。他老就和伏恭去谈这事。伏恭却声言此事他不敢做主，让少荃中丞去找驻华公使柏尔德密会商此事。少荃中丞有些气恼，也仗着他是通商大臣，便直接给德克碑发函，又专委了丁日昌同司里一同返回宁波办理此事。德克碑却不理睬，仿佛没有收到少荃中丞的大函，仍在绍兴吃喝玩乐，还把女人弄到营里胡闹。司里无法，同丁日昌商量了一下，我们两个便带了一营的兵勇，赶到绍兴去见德克碑。德克碑先还装模作样端着大架子吃水烟，丁日昌却不惯着他，直接告诉他，通商衙门已接总理衙门公函，要裁遣常捷军。丁道还说，总理衙门已札委他，坐镇办理常捷军各位洋大人贪污的事，说得有鼻子有眼，不由人不信。德克碑一听这话才有些发软，以为丁道是奉了差委来拿他。丁道就拍着胸脯同他讲，贪污的事可大可小，只要他德克碑按着原约，先把常捷军裁遣掉，他就保德克碑无事，而且还能受到大清国的奖赏。丁日昌这人是真会讲话，他讲的话，在司里听来，虽然没有一句是真的，但却又跟全是真的一样，司里都被他弄糊涂了。”

左宗棠笑道：“少荃身边有几位能员，像丁日昌就是其中之一。丁日昌会拉拢洋人，洋人也肯听他的话。老哥呀，常捷军这件事，也真难为您了。洋人都是些畜生脾气，不论曲直，只讲强弱。但他们的火炮火枪以及铁甲战船，也确是威力无比。本部堂想啊，找个时间，您老哥约上日意格，一同来杭州一趟。日意格同本部堂说过，他是深通造船之理的，还能从他们的船厂请到技师。我大清的江面啊，不能总跑木船哪，总要有些汽轮铁甲船才行啊！靠购船装备水师，终非长久之计呀！”

史致谔说道：“宫保所言极是。从眼前来看，造船贵于购船；从长久来看，购船又贵于造船。如今，所幸常捷军正在按原约办理裁遣，大约月底就能办理完结。常捷军裁了，省了一大笔饷粮，宫保正可用这省出的银子做几件事情。但洋人多诈，重利不重义。司里与日意格共事多年，深知此人性情。他比英国人也好不到哪里去！宫保要委他办理事情，还须多加防范才是。他上次为我官军购买的枪炮，就赚了不少！”

左宗棠抚须笑道：“老哥所言不错，洋人都是唯利是图的，没有好处，他是不肯为你出力的。本部堂以为，洋人如果仅仅图利不图别的就可利用。他只要肯为我大清办事，赚些利银也是应该的。本部堂平生最信不过的便是英国人，他们不仅图利，还要图我国家，香港不就是被他们生生图去了吗？法国人只图利不图国，我们就用他。用他什么呢？用他的技术。拿银子换技术，值啊！老哥以为呢？”

史致谔点一下头，道：“宫保所论极是。”

史致谔话毕忽然站起身来，从袖中摸出一份折稿，双手递给左宗棠道：“宫保大人，如今常捷军之事即将办理完毕，司里也该歇一口气了，这是司里草拟的奏请开缺回籍的折稿，请宫保替司里拜走吧。”

左宗棠未接折稿，反瞪起眼睛道：“老哥，您怎么又来了？省城刚复，全境已平，百业待兴，正是用人之际，您老哥如何又打起了开缺的主意？您这折稿，本部堂不替您递，您让沅甫中丞替您递好了！”

史致谔一听这话急了，道：“宫保如何这般无情？难道非让司里跪下求您吗？”史致谔话毕，当真双膝跪倒。

左宗棠急忙起身来扶，口里则歉意地说道：“老哥万莫如此。老哥定要开缺，本部堂替您奏请上头就是了。老哥快快请起。”

史致谔口道一声“司里谢宫保成全”，这才起身。

左宗棠把史致谔手中的折稿接过，却反问一句：“老哥，本部堂想问老哥一句话，务望老哥据实相告。老哥以为，我浙省现有官员之中，哪个能胜任宁绍台道这个繁缺呢？”

史致谔沉吟了一下，说道：“回宫保问话，司里以为，林听孙林太守当是最好的人选。听孙为官刚直不阿，为人讲求义气，其才胜司里十倍。宁绍台道非一般道员可比，非能员不能胜任。朝廷放司里在这个缺上，实在是小材大用，宫保以为呢？”

左宗棠抚须点头，许久没有言语。

要命的把柄

林聪彝带着几名随员匆匆赶到苏州后，很是费了一番周折才见到胡雪岩。

胡雪岩来到苏州，名义上是替巡抚衙门筹措购种的银款，其实是公私两便。苏州既有他的商号，又有他的钱庄，他还想在苏州开家丝号。他行走于官商两界，认识的人多，又有洋人朋友，今日他请人吃花酒，明日又有人请他去嫖娼，全是在烟花柳巷中，几乎没在他的商号和钱庄里歇过一日。

林聪彝东打听西打听，从城西张姑娘处追到城东的王姑娘处，又从王姑娘处直追到一家西菜馆，又从这家西菜馆赶到一家半掩门，这才算和他碰了面。

一见满面红光的胡雪岩，林聪彝不由小声嗔怪道："观察大人，您老毕竟是我大清的堂堂四品道，就算吃酒，也该寻个干净的所在，这种地方怎么也来呢？"

胡雪岩赶紧一拉林聪彝的袖口道："听孙，这不是说话处，我们到外面茶楼去谈。"说完有意冲一名手底下人丢了个眼色，想必是让他替自己招呼请来的客人，便拉起林聪彝步出半掩门，来到对面的茶楼，单选了个干净的房间，叫了两杯毛尖。

胡雪岩道："听孙，你不在衢州好好做你的太守，如何也来了这里？是公差还是私事？莫非是受宫保大人差遣单来寻我的？"

林聪彝小声说道："观察大人，下官也就不同您老客气了，下官正是奉了宫保之命来寻大人的。"

胡雪岩见林聪彝说这话时眉头紧锁，不由惊道："听孙，莫非巡抚衙门出了什么大事？本官奉宫保差遣来苏州找钱庄筹措购种的银款，一直不得安歇，总算有两家已经答应了下来，估计这几日就能兑现。听孙，你还没有讲，究竟宫保派你老弟寻本官做什么呢？"

林聪彝说道："这里如何能说公事？观察大人，您老来苏州多日，究竟歇在何处？如何今日王姑娘家明日张姑娘家地跑个不停？"

林聪彝原本就瞧不起捐班的人，胡雪岩吃花酒又正巧让他遇着，他自然要多说几句，这正是正途出身的好处。胡雪岩虽已赏到三品按察使衔，在林聪彝面前，仍然矮着半截。

胡雪岩笑着说道："好了，你就别打趣老哥了。你老弟没有同商人打过交道，不知其中的道理。走，我们回敝号里去谈公事。"

两个人于是起身走出茶楼，到外面分叫了轿子，一应随员跟在轿后步行。到了胡雪岩商号的内室，林聪彝先从护书里摸出札委递给胡雪岩，然后才将左宗棠委办的事，一五一十地说了一遍。

胡雪岩未及林聪彝讲完，便两手一拍笑着道："宫保此次不就是想让杨启堂出些血吗？这事办起来易如反掌！何劳老弟来苏州辛苦一趟？老弟既到了这里，就且宽住几日，等本官把筹措来的银子办理妥帖后，我们就回省城去面见宫保。只要宫保说出个数来，本官保他杨启堂照数拿银子就是了。"

林聪彝不由反问道："观察大人如何说得这般容易？观察莫非忘了，杨启堂可是署过一任江苏臬司的，又出任过常胜军的管带，他杨启堂可不是普通百姓啊！"

胡雪岩笑着说道："这杨启堂的底细，老哥比你清楚得很。他不仅署过江苏按察使，还是常胜军统领华尔的老泰山。可惜呀，他那爱女已被华尔糟蹋死了，华尔本人也魂归故里了。他呢，不仅因为拖欠常胜军的饷，被常胜军续任统领白齐文给打了一顿，还被少荃中丞给狠参了一本。若非薛焕在总理衙门替他说了好话，说不定，他的家早就被抄了！老弟，怎么样？老哥说得不错吧？"

林聪彝想了想说道："大人既然这么说，下官又如何留在这里呢？又帮不上大人的什么忙，又和钱庄的人说不上话。干脆，下官就坐夜里的船回杭州吧。大人在这里也要注意些身子骨，不要累坏了。"

胡雪岩哈哈笑道："你老弟又打趣老哥，老哥我也有难处。宫保此次派我来苏州筹款，筹款就要同钱庄打交道。老弟知道，钱庄的人眼皮子都薄，你办事之前不预先给他们甜头，他们是不会真心同你办事的。所幸，本官已经习惯了，如若不然，不是要辜负宪命吗？还有啊，老弟以后也不要对捐班的人瞧不上眼。其实，捐班也有好的。远的不说，就说近的，前抚台王雪轩中丞，就是以捐纳为浙江盐大使，后升知县、同知、知府，又升盐运使、按察使、布政使，终于做到浙江巡抚。还有老哥我，只要朋友有事，不管知不知会我，我总是第一个到场，要钱要人，从来没让朋友落空过。就说上年为衙门商借洋款和购买洋枪、洋炮两项，我不仅一个没赚，还倒贴进去千八百两银子！为哪样？就为宫保把我胡雪岩当成个人，没有低看我！我就算拼出这条性命不要，也不能让人背后乱戳宫保的脊梁骨！”

林聪彝笑着打趣道：“观察大人哪，您老手里阔绰自然要这么说，您老若像下官这样，除了俸禄再无别的进项，高堂上还有老母需要将养，恐怕就算贴银子，也没得贴！大人，下官一直就不明白，就说杨臬台吧，生意做得好好的，为什么偏要去买个官来做呢？还有大人您，开着几家钱庄，还有药材行什么的，手底下用的人，都快赶上巡抚衙门里的差官多了，也买个顶子扣到头上。这官场与商场也不搭界呀！”

胡雪岩神秘地一笑道：“这里面的好处，老哥可轻易不能告诉你。总归，头上的顶子不能白买就是了。好了，你老弟大概肚子早饿了，老哥我去让他们摆饭，饭后你就在这里将就歇一歇，就算明个走也没什么打紧！”话毕，胡雪岩风风火火地走了出去。

十几天后，胡雪岩通过上海海关道丁日昌借了一只兵船，又调了二百兵勇护送，这才押着从苏州、上海两地筹措来的五十万两白银，极其神气地回到杭州。

胡雪岩此次筹款如此顺利，是因为钱庄都知道他靠上了一棵大树，都乐意把银子借给他。何况又知道这笔现银是浙江巡抚衙门救急用的，好处肯定少不了，乐得赚了印子钱又捞得个好名声，还借机拉到了一个好主顾。

胡雪岩回到杭州的当日，左宗棠便委了两名候补道，急赴湖广一带去采购谷种。

林聪彝已返回衢州任所了，与商人打交道的确有些强他所难，亦非这位林太守的长项。

左宗棠两日后才同胡雪岩谈起了杨坊抗捐的事情。他把胡雪岩请进签押房，让侍卫泡了最好的茶，先是对胡雪岩大加勉励一番，这才说起杨坊来。

“雪岩哪，听孙已向本部堂禀报过了，你想怎么办这件事呢？购种的银子有着落了，耕牛还没有啊。一个县，总要买上两三百头耕牛才能把粮种下到田里呀，这笔银子也不是小数目，如果不行，只能再找洋人商借了！”

胡雪岩问道：“宫保大人，您老让布院衙门算没算出来，这买耕牛一项得需要多少银子呢？”

左宗棠皱着眉头说道：“乡泉让人大概算了算，恐怕得需四十几万两啊！”

胡雪岩又问：“宫保大人，您此次想让杨启堂捐多少两银子呢？”

左宗棠抚须说道：“自然是多多益善了。粮种有了，耕牛有了，但总不能让百姓扎起脖子等收成吧？这就需要一大批的粮食来救济。本部堂已奏请朝廷减免今年浙省的国课，提出让各省酌情给浙省捐调些粮食、衣物，但毕竟远水解不了近渴。

“道光末年至今，朝廷年年用兵，国库早已无银可拨，各省的情况也都不甚好。我们的事情啊，还要靠我们自己来想办法。本部堂这几日对杨启堂的家底向少荃中丞函询过，据少荃中丞讲，杨启堂靠着洋人的势力在上海办的那家泰记，银子是狠捞过几个的。他还为淮军购过洋枪洋炮和洋船。这样算起来，他总该有八百万两到一千万两的私财。让他捐出一百万两总不为过吧？”

胡雪岩沉吟了一下，说道：“好，就依宫保大人所讲之数，职道午后就去鄞县杨府走一趟。”

左宗棠叮嘱道：“雪岩哪，杨启堂虽出身不好，做的生意也见不得光明，但他毕竟是做过司道大员的人。你只能同他好好讲，万不能谈掰了。他如果不肯捐一百万，能拿出五十万也是好的。你告诉他，为家乡行义举总有善报，本部堂会依情上奏给朝廷奖赏于他的。”

胡雪岩当日下来，回到住处简单收拾了一下，午饭也顾不得吃，就乘上绿呢八抬大轿，带上他的一应随员，快速赶往鄞县。

鄞县杨府可是一个大院落，占地近二十亩大小，四周是青砖砌成的高高围墙，两扇方方正正的朱漆大铁门，门楣上方齐齐整整挂着八个大红灯笼，每个灯笼上都绣着一个大大的“杨”字。门楣中间挂着一块黑漆金字匾额，明晃晃是“杨府”二字。大门两侧分别贴有绢绣的门联，一边写着的是“皇恩春浩荡”，一边写着的则是“文治日兴华”。还有两条裹脚布一样的东西，在门首晃来晃去，细看，那上面竟也写着字，一条是“恩赏二品顶戴实授苏松太粮道署理江苏按察使”，另一条是“宪命劝募两江赈捐”。

房屋的后面，还有占地足有五亩的一个大花园，想来是供杨家的一家大小主人游玩用的。

胡雪岩的轿子在杨府门首落下，胡雪岩未及下轿，先有一名随员持了拜客帖子来门房投帖。

胡雪岩被人引进杨府的会客大厅，杨坊早早等在那里。

胡雪岩用眼扫了扫，笑嘻嘻说道：“您老人家这几年可是发透了，在一个小小的鄞县造了这么一所大宅子！好威风！好气派！”

杨坊乜斜着眼睛道：“你老弟差吗？跟着王有龄时多么威风，钱庄就开了六个！王有龄死了，又跟左季高打得火热！说不定啊，老弟的钱庄，眨眼就得由原来的六个，变成十六个！老哥我老了，干不动了，只能看着你们发财了！”

胡雪岩仍是笑嘻嘻地说道：“您老人家先不要揶揄我，我此番来见您老可是有正事要谈的。我先问您两件事，问完了就走。第一件事，咸丰十年（公元1860年）开春，您老打上海回到这里，因为要把一名丫环送给洋人去玩，丫环不从，被你一脚踢死！埋到了后花园。”

杨坊一听这话，陡然变色，他一指胡雪岩吼道：“胡雪岩，你在老夫这里放什么臭屁！”

胡雪岩一挥手道：“您老先不要急，我话还没有问完。同治元年（公元1862年），有一老一小父女二人死在您这大门外，好像也是您的功劳。这些都是不是真的？”

胡雪岩话毕起身接着说道：“我专程打杭州跑来，就是要问您老这两句话。想我胡雪岩从前落魄时，您老毕竟赏过我一个菜团子。这个大恩，我胡雪岩是早晚都要报的。您老歇着吧，我就此告辞。”

胡雪岩当真抬腿就走。

杨坊大叫道：“胡雪岩，你给我站住！你以为浙江杨府，是想来就来，想走就走的吗？你今儿不把话说清楚，休想走出半步！你讲，你是从哪儿听来的胡话？告诉你，我可是做过一省刑名的人！你讲得好便罢，若讲不好，我一定把你下在大牢里！”

胡雪岩立住脚，回头望了杨坊一眼，忽然冷笑一声道："我真是瞎了一双好眼，竟就交了你这么个不知好歹的朋友！我看在那个菜团子的分上，背着宫保跑来给你通风报信，你竟然还要把我关进大牢，你还有这个时间吗？我告诉你，你埋进后花园的那个丫环，他的弟弟，现在就在抚标中军里做守备！"

杨坊大叫道："你说什么？你说嫣红还有个弟弟？她卖进我府里多年，我怎么不知道？"话毕低头想了想，忽然笑道："是了，怪不得你胡大忙人肯来这里见我，一定是你想把杭州的钱庄重新建起来，手头短银子了……你休想！你在商行混过多年，应该知道，我杨启堂只会赚银子，从来不会舍银子！"

胡雪岩哈哈笑道："好个杨大人，真不愧是做过臬司的人！我一讲真话，您老就猜出我是来讹您老银子的！想想也真是后悔，别人被下进大牢，自己放着热闹不瞧，却跑来通风报信，这要传进宫保的耳朵里，还了得吗？杨大人，您老保重，容雪岩先走一步，省得抚标营围了宅子来拿人，枉受牵累！"

杨坊一步跨到胡雪岩的前面，用手指着道："胡雪岩，你不能说半截话，你究竟要怎的？宫保要把哪个下进大牢里？"

胡雪岩冷笑一声道："这还用问吗？您老是做过臬司的人。自古道：'杀人偿命，欠债还钱。'哪个手里有命案，哪个自然要被下进大牢里。杨大人，我可得走了，晚了，当真要来不及了！"

杨坊用眼望着胡雪岩，道："我不过是误伤了一个买来的丫头，我不信就为这个，左宫保当真会参我一本。何况，嫣红是真有弟弟还是假有弟弟，这事也要先查清楚。我在江苏办过案子，什么都休想瞒我！不过，你老弟能来报信于我，我也要领你的情。"

胡雪岩道："您老快不要这么说，雪岩命薄，承受不起。不过，雪岩有几句话，还是要讲，以免您老被下进大牢以后还是糊里糊涂。其实，您老适才说得不错，嫣红的弟弟向宫保哭诉此事后，宫保当时的确没想怎么样您，还对嫣红的弟弟说，您联络洋人建成了常胜军，是朝廷的有功大员，误伤个把下人，是常有的事，不算什么。"

杨坊忙道："可不是这话吗？现在的京中大老、领兵大员，哪个是干净的呢？"

胡雪岩道："您老先不要抢着讲话，容我把话说完。嫣红的弟弟哭着下去后，宫保还同着一班幕僚讲，杨启堂也真是不易，辛辛苦苦挣了份家业，就开始惹人眼红了。宫保讲这话时，雪岩当时就坐在旁边，听得真真切切，丝毫不落。那时，省城尚未收复，宫保日夜忙着调兵遣将，也就顾不上这事了。

"省城收复以后呢，大量的流民开始回迁，宫保又奏请朝廷下旨，劝邻省的百姓也来浙省种田，朝廷也答应了。但浙省经长毛蹂躏几年，土地大半荒芜，又是春耕时节，百姓手里要粮种无粮种，要耕牛无耕牛，急得各县雪片似地向宫保告援。

"宫保急得一连几日吃不好饭，一连打发了十几拨儿人到外省去劝捐，连我都被派到了苏州、上海去找钱庄商借，那是真叫急呀！同时呢，宫保又传谕各县，让各县出面，找当地的乡绅或浙籍的外省官员劝捐，以期早日把局面稳定下来。可您老千不该万不该，不仅一文钱不出，还把知县骂了一顿。宫保收到鄞县的回文，当时就火了，当晚就把嫣红的弟弟传进衙门，让文案当堂录了口供、画押，又给江苏巡抚衙门发道公文，让少荃中丞配合，查您老在上海的不法之事。

"我听说了此事，急忙赶回杭州，向宫保探问此事。宫保同我讲：'杨启堂这件事本部堂是决定办他一办了。'我就问了宫保一句：'大人是想参杨臬台一本了？'您老猜宫保是怎么回答的？他老冷笑一声道：'参他，可就太便宜他了，他犯的是人命大案！本部堂要联络李少荃中丞，先把他下进大牢，接着呢，要把他苏州、上海、鄞县的财产全部抄没封存！再上奏朝廷要他的项上人头！'我一听这话，当时就吓出一身冷汗。"

杨坊连连叫道："本官好歹也是恩赏的二品顶戴，左季高不经请旨就擅自行事，是要被问罪的！他敢胡来，本官就进京去告他的御状！"

胡雪岩冷笑着说道："您就算没同宫保打过交道，也该听说过他的事吧？宫保这个人，既不同于两江总督曾中堂，也不同于江苏巡抚李中丞。宫保做事，素来胆大，不要说您一个告病的臬司，您就算当真还做着江苏按察使，他要想办您，难道办不成吗？是曾中堂挡得住，还是李中丞能劝得回？退一步说，您老手里就算没有命案，他为了让浙江百姓有种下田，想借您的脑袋用一用，拿您的资财救救急，朝廷会不答应吗？和珅怎么样？朝廷穷急了，不照样砍他吗？您老还是快想个办法救命吧。我来前，宫保已行文各口，严防您老逃窜他乡。您此时就算想逃，都没得机会了！”

杨坊把胡雪岩拉到木椅子上坐下，自已又低头想了想，方说道：“雪岩，你且说说看，你想怎么救我呢？你莫非是宫保打发来的？”

胡雪岩怒道：“您老到现在还在胡说八道！宫保现在一心算计着要拿掉您的脑袋，他还能打发我过来？我是不想舍了您这个旧朋友才走这一趟，却招了您一顿骂！这世道让长毛闹得，良心都让狗吃了！”

杨坊这时道：“雪岩，听你的口气，左季高这次注定要做我的对头了？我不就是得罪了地方官了吗？行，我现在就给你老弟一个面子，同意设立两座粥棚，再捐助些银两给县衙门，这总行了吧？”

胡雪岩问道：“您老能捐多少银两呢？”

杨坊咬咬牙，伸出一个指头道：“豁出去了，我情愿捐助一千两官银，就当给鄞县修桥铺路了！再舍出去两石米，设立两座粥棚！”

胡雪岩哈哈笑道：“您老可真有意思。您老设几座粥棚捐助多少银两，是您自己的事，我若能做得了宫保的主，您还会有事吗？可惜我是胡雪岩，不是左宫保！您想怎么办，一个人到杭州去跟他老说好了！”

杨坊道：“雪岩，你这是什么话？你现在是左季高身边的红人，你的话他肯听。你回杭州后，就把我适才讲的话说给他听，看他怎么办，当然，老哥也不能就这么让你回去。我一会儿吩咐账上先给你封上二百两银子，做你的使费，如何？”

胡雪岩摆摆手道：“谢了，雪岩此时可不敢使您老一文钱。这要让宫保得到风声，我在杭州也就混到头了！不过呢，您老适才讲过的话呢，我倒是可以说给宫保听，宫保听后怎么样，我可就不知道了。我到县衙门里还要替一个朋友去办件事情，就不在这里扰您了。

“如果消息好呢，我可能就再来这里一趟；如果消息不好哪，我就不一定回来了，我自己还有一大堆事情要办。我同您老讲句真话，此次若非替朋友去衙门办事，我是不会走这一趟的。既然我到了鄞县，如果不来见您老一面，显得不够义气。”

杨坊起身抓过胡雪岩的手道：“雪岩，你且听我把话讲完。不管你老弟是不是特意来找我的，老哥都要领你的情。老哥心中有数就是了。

还有，不管消息好坏，你老弟看在你我交情的分上，都要回这里一趟。别人的话我信不过，我只听老弟的。好，你有事要办，老哥也不好强留你。你办完了公事，就回杭州去见左季高，老哥可就候你的信儿了。”

胡雪岩离去后，杨坊跳起脚来大骂道：“左季高这个湖南驴子，你想摆布我？你今儿抓着了我的把柄不肯放手，我明儿抓着你的把柄，也不放手！你是闽浙总督，我头上的顶戴也不是白捡来的！”骂了一通，感觉浑身舒畅了些，这才决定到上房去吸烟，却又突然打外面递进来一封从上海泰记发来的快信。

杨坊拆信未及读完，那颗心便扑扑地跳起来，手也开始抖个不停。原来，泰记的管事人在信中说，泰记近几日忽然来了一些不相干的人问东问西，还用眼乱瞧，像在寻找什么东西。泰记上下被搅得人心惶惶，都在怀疑是当地衙门在打泰记的主意。

杨坊读信后心跳手抖，是因为他坚信，这是左宗棠联络李鸿章要对他下手的前兆，他至此才完全相信胡雪岩讲过的所有话。

胡雪岩的生意经

胡雪岩离开杨府后当真去了知县衙门，但他并不是要办什么公事，而是悄悄地住下来。胡雪岩带着随员在县衙一住就是三天。这三天里，他未走出县衙半步，更不准随员随便出入，就跟当真回了杭州一样。

杨坊打杀丫环这件事原本是不为外人所知的，但日意格知道。常捷军经常与常胜军协同作战，洋人之间，常把这些在中国人看来极其不得了的事情当成笑话说给对方听。

胡雪岩从日意格的口中偶然听到了这个事情，他把这件事情当成一个秘密藏在自己的心里。

胡雪岩与杨坊是生意场上的对手，不扳倒杨坊，他胡雪岩永远都成不了东南各省商界的老大。这是胡雪岩区别于常人的地方，也是他制胜的法宝。

胡雪岩再次来到杨府时，杨坊是在两名丫环的搀扶下与胡雪岩在方厅见面的。

杨坊收到泰记来函的当晚便旧病复发，已在床上躺了四天。因拖欠常胜军饷额的事，杨坊被统领白齐文打了两拳，踢了几脚，身上左肋处一直作痛，偶尔还咯血；虽经中、西各国医生诊治，已不再咯血，但时常气闷，时不时就便病倒几天。这也是杨坊决定远离官场的主要原因。

胡雪岩一见杨坊的样子，不由先问一句："您老怎么说病就病了？您老的病，莫非就掖在兜里？我给找个西医瞧瞧吧？"

杨坊不耐烦地摆摆手说道："雪岩你不要尽说废话，你快讲左季高的事情。"

胡雪岩一听这话，脸色登时一沉，说道："您先让她们两个出去，这件事传出去是要坏大事的。"

杨坊一愣，忙对两个丫环挥挥手，道："老夫与胡大人要谈公事，你们两个先出去，不叫，都不准进来。"两个丫环忙答应一声，快步走出去。

胡雪岩说道："您老这件事，我已经无能为力了。宫保同我讲，杨启堂要早把这话对鄞县说了，也就不会有这场事故了，他现在说这话可是晚了。他老还说，少荃中丞已送信给他，已查出泰记是背着巡抚衙门，在与英国人勾结做着洋药生意。宫保得了这话，于是就不肯答应了，您老不妨再找找别人？”

杨坊沉吟了一下，阴沉着脸说道：“听老弟这一讲，左季高和李少荃这两个人，是决计不想放过我了？”

胡雪岩小声说道：“好像是这样，好像又不是。为什么说好像又不是呢？因为临来的时候，宫保把我传了过去，说了这么几句：‘杨启堂想活命可以，必须拿出二百万两的银子才可通融。江苏巡抚衙门，现在还有五十几万两的济饷无法办理。嫣红的弟弟没有二十万两，也休想将他的嘴堵上。’这是宫保的原话，我说完了，怎么办理，就是您老自己的事。朋友一场，我已仁至义尽，随您怎么看我都行。”

杨坊费力地喘了几口粗气，突然拼着力气说道：“这个狗娘养的左季高，他这是想让我倾家荡产哪！一个丫头，她如何能值二百万两？我一个子儿没有！要杀要剐随他的便，我等着他！”

杨坊话毕，直把牙咬得嘣嘣山响，仿佛正在啃咬左宗棠的脑袋。

胡雪岩笑道：“您适才讲出的话，与宫保猜得一般无二。宫保说，他让您拿出这些银子，您一准会这么说。所以宫保劝我就不要来了，但我却是不信。因为我知道您的家底，不要说拿出一个二百万两，就是拿出十个八个二百万两，您老也拿得出！”

杨坊咬着牙说道：“你不要胡说八道！左季高和李少荃肯对我下此狠手，全是让你们这些人害的！我自已的家业我还不知道？我现在能拿出一百二十万两现银都是多的！房产能变现吗？土地能变现吗？泰记现在的存货，能一下子变现吗？不过是一个丫头罢了，我不信朝廷为了这个小丫头，就能砍我的头！”

胡雪岩冷笑一声道：“您老又错了不是？您老以为是皇上想要您的头吗？是宫保和少荃中丞想要您的头！宫保说，丫头的命是不值二百万两官银，可您老的命却值两千万两！他只要您二百万两，已是不能再便宜了。您老让我说什么呢？何况，宫保还有话交代，他也知道您这份家业挣得不易，他也不能让您白舍，他已答应让您老署理一任浙江臬司。”

杨坊两眼瞪着胡雪岩，摇摇头说道："你说的这话我不信。他肯让我署一任臬司，刘典怎么办？臬司一省只有一缺，又不是他左季高兜子里的核桃，他要吃几个就有几个，他这是在骗人。"

胡雪岩脸沉了下来，他起身道："您歇着吧，我回去还要到湖广去替宫保押运粮种呢。"

杨坊忙道："你先站住，你还没有说，刘典怎么办。刘典可是朝廷实授的浙江臬司。你不能总说半截话。"

胡雪岩叹口气，重新坐下说道："我胡雪岩这不是没事找事吗？宫保成天缠着我办这办那，你又不依不饶地问东问西！好吧，我就索性把话说彻底。刘臬司现在统勇在江西听从沈葆桢调遣，三年之内不能回任。如今浙省平靖，臬司不能虚悬，朝廷已下旨，让宫保自己找一个臬司出来。宫保眼下正抓紧料理浙江的事情，沅甫中丞回任，他就要到福州去。所以宫保说，他只能保您老署理一任臬司。就是这话，您老还有什么不明白的呢？"

杨坊低头想了又想，忽然小声问道："雪岩，你我相交甚厚，你同我讲真话，宫保真想让我署理一任臬司吗？我怎么听着这话跟哄小孩似的呢？"

胡雪岩笑道："您老以为，宫保说话同我们这些人一样吗？我同他见面不到半年，他一天忽然对我说，雪岩，你真挺能干，四品的顶子有些委屈你了。我当时听了只是笑了笑，根本没往心里去。您想，我们久在抚台身边转悠，哪个抚台不是这样对下面讲话呢？谁知没出两个月，他果然就背着我，发了个密保的折子过去，用不几日，圣旨当真就下来了，赏我三品顶戴按察使衔！"

胡雪岩话毕，双手把帽子摘下来，往杨坊面前一递道："您看看，这是不是蓝宝石的顶子？"胡雪岩把帽子戴好，又用手拍着补服道："这是不是孔雀补服？"

杨坊眯着眼睛说道："你说的这些我都知道，左季高说到做到这一点，我也早有所闻。不过，我眼下当真凑不出二百万两啊！"杨坊显然是被胡雪岩说得有些心动了。

胡雪岩却道："您老究竟能凑出多少呢？您总得给我个实话，我好回去跟宫保交代呀？宫保其实也不想对您老下绝手，可浙江眼下这局面，您让他怎么办呢？圣恩这么好，他总不能让上头失望吧？他已答应让您署理一任臬司，您总该帮他把局面维持下来吧？何况，您老署理浙江臬司，我们这些捐班的人，办起事来也容易不是？”

杨坊叹口气道：“老弟，您说这话都对，可我眼下最多只能凑到一百万两啊！”

胡雪岩用手指着杨坊说道：“您如此出尔反尔，我们兄弟以后还如何交往呢？您刚才还说，能凑到一百二十万两，现在又变成了一百万两。明儿个，恐怕就要变成八十万两了！”

杨坊苦笑一声道：“雪岩哪，我同你讲句实话。按说呢，我眼下凑出一百二十万两应该是能的，但你也要替我想想。宫保设若当真差我署理臬司，我要不要拜客？要不要摆席？要不要去和洋人朋友走动？这哪项不需要银子啊？你总不能让我两手空空去任所呀！”

胡雪岩道：“您老说的这些我都懂，但低于一百二十万两，宫保那里肯定不能答应！这样吧，您就出一百二十万两，您应酬的银子由我出，算是我借给您的。您到任所以后呢，再慢慢地还给我。我这么做，算是对得住朋友了吧？”

杨坊照样低下头去，又想了想，终于咬着牙说道：“就按你说的办吧。不过，我可有话在先，设若左季高不答应让我署理臬司的话，我是宁可掉脑袋也不出一文的。”

胡雪岩边起身边道：“行了，您就不要说这些了。设若宫保当真动了真气，您老就算产业再大，也都变成官府的了。”

胡雪岩当日离开杨府后，照样没有返回杭州，而是又躲进县衙门住了几天。

再见到杨坊时，胡雪岩这样说道：“您老真是运气！我好说歹说，宫保总算答应了下来，但还不能现在就让您老去署理臬司。为什么呢？江苏的事情还没有着落呢。您知道，少荃中丞对您老的事这么上心，也是想用您的银子帮衬一下济饷。现在您老只能筹到一百二十万两，这就没有江苏的份儿了。怎么办呢？宫保无奈之下，替您老想了个万全之策，就是把您老在上海的泰记押给钱庄，从钱庄另外借出一笔款子来交给少荃中丞。我见宫保说得有理，当场就替您老答应了下来。”

杨坊虽病已见轻，但仍跳起身来叫道：“这怎么行呢？我辛苦了几十年，才挣了这个泰记！我宁愿不去署理这个臬司，也不能舍泰记！”

胡雪岩立起眼睛说道：“您怎么这样啊？宫保不过是用泰记，到钱庄里为江苏筹笔款子，又不是把泰记充了公！反过来说，您到了任所，什么事不能办啊？您就算不为自己想，也该为家里人想想。我答应这件事，为的全是您好啊！”

杨坊低头思谋了半晌，只好低着头走出去。

许久，杨坊才红着眼睛从外面走进来，把手里拿着的几张银票和泰记的一应契约放到案桌上道：“这是七张银票，共是一百二十万两。这些是泰记的契约，不过，先不能给你，你须给我立个字据才行。”

胡雪岩大叫道：“您这是疯了！您老要办的是什么事？是我的事还是您的事？您管我要字据，亏您老说得出口！行了，您老要字据，找宫保去要好了，我胡雪岩是不会再管这事了！”说完抬腿便走。

杨坊一愣，忙道：“雪岩！”

胡雪岩立住脚。杨坊叹口气道：“好了，你老弟也不要生气了。老哥也知道，这种事情向你老弟要字据是不该的，咳！老哥就信你一回。雪岩，宫保什么时候能让我去任所啊？”

胡雪岩接过银票和契约，一边清点一边答道：“这是宫保的事情，什么时间办，自然要宫保决定。不过呢，我负责替您老催他就是了。”

眼望着胡雪岩走出方厅，杨坊顿感头晕眼花，一屁股瘫倒在木椅子上，眼里跟着流出两行混浊的泪水。

左宗棠得罪曾国藩

胡雪岩满面春风地回到杭州。他是这样向左宗棠交差的。

他回杭州的当日，便先将一百万两银票交到左宗棠的手上，左宗棠当日就把蒋益澧传来收下。第二天，他又拿着两张五万两的银票来见左宗棠说："这是司里的几家钱庄凑过来的，捐过来应急吧。"

左宗棠自是感动，问道："雪岩，你不是想把杭州的钱庄恢复起来吗？浙省的局面已稳，你就免捐吧。"

胡雪岩说道："宫保大人吩咐司里的事情，都是司里该办的，让下面凑些银子也是应该的。大人试想，司里是大人身边的人，无论大人有什么事情，司里都该身先垂范去做才对。如其不然，大人怎么去号召别人呢？"

左宗棠见胡雪岩说得入情入理，不好再说什么，只好让蒋益澧收下，口里自然免不了对胡雪岩夸奖了几句。

胡雪岩下去不久，即利用手里剩下的十万两银子做本金，把他原在杭州的钱庄恢复了起来。浙江官商两界无不佩服。

同治三年（公元1864年）五月初八，绝望至极的太平天国天王洪秀全，在饥饿和病魔的摧残下服毒自杀，其子洪天贵福即天王位。六月十六日，江宁城被湘军攻破，守城太平军将士保护幼天王洪天贵福乘夜突围成功。

曾国荃率军入城后，对未及撤走的太平军余部进行疯狂追杀，湘军各将领，又对各王府所藏金银宝物，进行大肆抢掠，然后便放起一把火，对江宁进行残酷的火洗。

江宁的这把大火整整烧了三天三夜，不仅震惊了朝野，也让曾国藩、李鸿章、左宗棠等人始料不及。

左宗棠见到通报的当日就愤怒地对一班幕僚道："曾老九这是在销毁他分赃的证据！为了他一己私利，不惜放火烧城，何其毒也！"

就在左宗棠说这话的第二天，胡雪岩乘轿偷偷来到鄞县的杨府面见杨坊。

一见胡雪岩，杨坊劈头便是一句："眼见都过去快两个月了，左季高总不济等曾沅甫回任，才让我去署理臬司吧？"

胡雪岩说道："您老还说！圣旨昨儿刚到，我今儿就跑来见您，还晚吗？您老快屏退左右，有些话不能让外人听了去。"

杨坊不知发生了什么事，忙将捶背捶腿的丫环斥了出去，问："圣旨都下了，你老弟如何还如此诡诡秘秘？你快讲来我听！"

胡雪岩说道："说起来呢，也是宫保的一番好心。他觉得，您老一次拿出这么多银子捐给官府，若不同上头讲一句，心里如何也过不去，就在密保您老署理浙江臬司的同时，顺便也把您老捐资助耕这件事，如实奏了上去。宫保原本想，上头见了折子，说不定一高兴，能把臬司的实缺放给您老呢！哪知道圣旨一下来，全然变了味！"

杨坊忙道："圣旨怎么说？老弟是否还记得大概？"

胡雪岩小声说道："圣旨倒不是很长，主要的也就几句话，我现在就背给您老听，圣旨是这样说的：'杨坊行商尚短，不久即经薛焕保举，出任常胜军管带，后又实授苏松太粮道、署理江苏按察使等，该员如何得拥有如此巨资？若非贪污公款，即是敲诈勒索所致，着左宗棠、李鸿章派员严密访查，不得隐瞒。若该员果有不法情事，务要重办，不得姑息、回护。'后面的话……"

杨坊未及胡雪岩把话说完，便猛地站起，大叫一声道："吾命休矣！"话毕，口吐鲜血，扑通倒地，声息皆无。

胡雪岩笑了笑，然后高声叫道："快快来人，杨大人发病了！"

杨府不久哭声大作，门首也跟着便挂出一串哗哗作响的岁头纸来。胡雪岩帮着杨府料理完丧事才返回杭州，不久，他就带着随从赶往上海，正式接管了泰记，改做蚕丝生意。

一大队太平军保护着他们的幼天王悄悄进入江西地面。

在江西督师的刘典一发现情况，一面联合沈葆桢调兵兜剿，一面紧急派快马向左宗棠汇报情况，并请速派援兵入赣。

左宗棠得到情报不敢耽搁，当夜便遣蒋益澧率浙省两路官军整装急速入赣。

蒋益澧率军离开杭州后，左宗棠又马上传文案拟稿，将军情上奏给朝廷。

左宗棠的折子抵达京师的时候，曾国藩正带着曾国荃以下出力将弁，在江宁跪接圣旨。圣旨依照曾国藩的奏报，先讲太平天国一些王爷在清军打破城池后，乘夜逃出，被清军追至湖熟桥边全行斩杀，无一逃脱；接着又讲洪秀全已经提前服毒而死，洪秀全的儿子举火自焚。也就是说，太平天国没有一个重要人物逃出。然后便是论功行赏：曾国藩赏加太子太保衔，赐封一等侯爵，世袭罔替，并赏戴双眼花翎；曾国荃赏加太子少保衔，赐封一等伯爵，并赏戴双眼花翎。

接下来，圣旨又对记名提督李臣典、萧孚泗等一班大将逐一封赏，却唯独没有提到湘军水师统领彭玉麟、杨岳斌二人。原来，第一道圣旨之后，朝廷又跟手颁了第二道圣旨。

这道圣旨主要是奖赏僧格林沁、官文、李鸿章、杨岳斌、彭玉麟：僧格林沁加赏一贝勒；官文赐封一等伯爵，世袭罔替，赏戴双眼花翎；李鸿章赐封一等伯爵并赏戴双眼花翎；杨岳斌赏加一等轻车都尉世职，太子少保衔；彭玉麟亦赏加一等轻车都尉世职，太子少保衔。

第二道圣旨这样写道："钦差大臣科尔沁博勒噶台亲王僧格林沁，已迭次加恩晋封亲王，世袭罔替，着加赏一贝勒，令其子布彦讷谟祜受封。钦差大学士湖广总督官文，加恩赐封一等伯爵，世袭罔替，并加恩将其木支毋庸仍隶内务府旗籍，着抬入正白旗满洲，赏戴双眼花翎。江苏巡抚李鸿章，着加恩赐封一等伯爵，并赏戴双眼花翎。长江水师提督杨岳斌，加恩赏加一等轻车都尉世职，并赏加太子少保衔。兵部右侍郎彭玉麟，着赏加一等轻车都尉世职，并赏加太子少保衔。"圣旨又在最后写道："闽浙总督署浙江巡抚左宗棠、江西巡抚沈葆桢等均候闽、赣等省军务平定后再行加恩。"

但朝廷收到沈葆桢与左宗棠的奏折后，却又紧急给两江总督衙门下旨，指明据沈葆桢、左宗棠、刘典奏，说江西发现太平军，并已查明，内有洪秀全的儿子洪天贵福，还有太平天国干王洪仁玕等人！朝廷指责曾国藩：你说城内太平军无有逃脱，还说洪秀全的儿子引火自焚，你到底是听谁说的？还有，金陵城内金银如海，珠宝无数，这些银子呢？珠宝呢？现在朝廷正等着银子用，你快查明这些银子、珠宝的下落，然后解进京城以备户部拨用！

圣旨最后说道："曾国藩以儒臣从戎，历年最久，战功最多，自能慎终如始，永保勋名。唯所部诸将，自曾国荃以下均应由该大臣随时申儆，勿使骤胜而骄，庶可长承恩眷。"圣旨最后又特别注明："该旨着抄送左宗棠、沈葆桢阅看。"

左宗棠见到这道圣旨后，无异于晴天遭遇了霹雳，险些晕倒在地。

他万没想到，曾国藩在江宁大捷时上奏朝廷的竟是"洪天贵福积薪自焚，将各头目全行杀毙，更无余孽"，而他不经意的一篇奏折，无异于告了曾国藩兄弟一状。更让左宗棠不解的是，朝廷追查江宁金银财宝下落一事，竟然也在同一旨中提起，这等于是说，这件事，也与左宗棠、沈葆桢二人有关。

值得庆幸的是，朝廷并未因此事而把曾国藩怎么样，只是责令其"严查太平门缺口防守不力人员"。设若朝廷因此事而降罪于曾国藩，左宗棠不仅无颜面对曾家兄弟，也无颜面对湘系的所有统兵大员，亦无颜面对李鸿章及其所属淮系的统兵将领。

可冷静下来之后，左宗棠又这样想道："设若自己接到刘典的快报后，并不向朝廷通报实情，只是密函刘典，着刘典隐而剿之，后果又会是怎样的呢？"

朝廷接到沈葆桢的奏折后，同样要斥责曾国藩是无疑的了，但他左宗棠既派蒋益澧入赣堵剿却又隐匿不报，这件事朝廷又会怎么想呢？设若朝廷下旨追问，自己能说得明白吗？

当晚，左宗棠苦着脸对伺候在旁边的香姑娘说道："我现在只有开缺回籍，才能对涤生表明心迹了！这个狗娘养的洪天贵福，他可把我害苦了！"

香姑娘笑问了一句："老爷，您老为什么要开缺回籍呢？您老总得对朝廷讲清楚了才对呀？"

左宗棠两眼呆呆地望着前方，口里自言自语道："是啊，我为什么要开缺回籍呢？朝廷当真这么问我，我该怎么说呢？我说我觉着对不起曾涤生？这也不成句话呀？"

香姑娘见左宗棠愈发痴呆，不由劝道："老爷，您老不能再想下去了，您老会把身子想出毛病的。听贱妾一句话，您老明儿啊，马上给曾爵相发个快信过去，把话说清楚不就行了？"

左宗棠仍坐着一动不动，口里却接着香姑娘的话茬道：“发个快信？让我在信中写什么呀？不是越描越黑吗？香儿呀，我想来想去，这是天让我跟涤生断交啊！我料得不错的话，沅甫是不会来浙江当这个巡抚了！他的脾气我知道，他不会再与我共事的，也不会再见我的面了！”

左宗棠话毕，忽然放倒身子大哭起来，边哭边用手拍着床铺说道：“我左季高怎么走到了今天这步田地呀！老天哪，您若有眼，就降横祸于季高。季高登时死掉，就能既对得起朝廷，又能对得起涤生了！”

香姑娘吓得慌忙两手抱住左宗棠的头连连说：“老爷快禁声，您老是闽浙总督，是封疆大吏，如此放声大哭，传出去，可不被人笑话。”

香姑娘反复劝说，左宗棠只是哭泣，但声音却明显地小了，也不再喊叫。

峰回路转

左宗棠终于迷迷糊糊地睡着了。

他恍恍惚惚被人引到一处所在，那所在高山环绕，绿柳成阴，一座高高的屋宇横在眼前。他推开朱漆大木门，迟迟疑疑地走进去，却见屋里的地面上，跪伏了许多官服顶戴的人，再一细看，竟全是湘军将领。

他吃了一惊，忙抬头望去，却见高堂之上坐着一个人。但见那人头着青狐皮朝冠，饰三颗东珠，上衔红宝石，身穿片金边朝服，两肩及前后身各绣有正蟒一条，腰围亦绣行蟒四条，镂金衔玉圆版四块拼成的朝带，上饰绿松石四颗，补服上恰正绣着九条大蟒。左宗棠看得极其清楚，这人三角眼，白胡须，满脸刻着深深的皱纹。这人不是别人，正是赐封侯爵的曾国藩。曾国藩从上到下的装束，也正是大清国并不多见的侯爷打扮。

左宗棠从密集的人头中大步走过去，大声说道：“涤生，我是季高，季高看你来了！”

曾国藩未及讲话，左宗棠身边跪着的人小声说道：“季翁，您老见了我大清国的侯爷，如何还这般说话？还不跪下给爵相大人请安！”

左宗棠低下头去细看那人，却原来是胡林翼，不由满心欢喜道：“润芝，怎么是你？你可想得我好苦啊！”

左宗棠话毕，伸手就去拉胡林翼。

曾国藩这时冷冷地说道：“季高，老夫正在等你，你可知我等在此所议何事？就是在商量你的事。你现在是闽浙总督，又恩赏太子少保衔，可你在老夫的眼里，仍不过是一个小小的卒子！”

左宗棠急忙辩解道：“涤生，我不是有意的，我不知道你向朝廷报捷的折子把话说得那么满！你我二人相交最久，不是兄弟却胜似兄弟。有些事情，是由不得我做主的。涤生，你久历官场，又是三朝元老，你该知道这些呀。”

左宗棠话音刚落，身后一人却大声说道：“左季高，你募勇之初就另立旗号，我曾沅甫那时就已看出，你是极具野心的人。你不仅处处与我作对，还处处与我湘军作对。你怕我湘军独享收复江宁的大功，便急急忙忙把刘培元的水师营派了过来；江宁刚刚克复，你就抢着向朝廷报称，发现了洪天贵福，还连夜征调蒋乡泉进赣堵剿。你做的这些事情，哪一件光明磊落？你拍拍良心问一问，这十几年来，我曾氏兄弟，哪一点对不住你呀！”

左宗棠一听这话，登时气得须发皆张，他转过身来，用手指着曾国荃的鼻子说道：“曾老九，你不得血口喷人！我左季高做事，从来都是堂堂正正，从不苟且。我瞧不上你，我就当面骂你；我认为你做事不对，我就当面说你。我调派刘培元赶赴江宁是奉旨行事，我上奏朝廷，通报伪幼主奔窜江西，也是正常公事，无一丝一毫的私情在里面！天地可鉴！”

曾国藩这时说道：“左季高啊，你讲的这些老夫都深以为然，这些事就不去说它了。但有一件事，你做的却千不该万不该，你明知道老九在江宁纵火焚城，你却如何还怂恿朝廷，追查江宁所藏金银的下落？左季高，你不该落井下石啊！”

一个声音这时大叫道：“左季高，你不说清楚，今天就休想走出这门！”左宗棠放眼寻声望去，见讲话的人是萧孚泗。

左宗棠刚要分辩几句，又一个人说道：“狗娘养的左季高，为了这江宁城，爷爷连命都赔进去了，你不该见功眼红！老爵相和湘军的弟兄们，可都对你不薄啊！”

左宗棠听着声音耳熟，急忙寻找，却原来是李臣典。李臣典满身是血，两眼冒火，手握着刀子，好像刚同人拼过命一般。

左宗棠眼见无法辩解，两腿不由一软，扑通跪倒在地；这时，上面又有声音说道：“曾国藩平定长毛，功高震主，该大臣一贯公忠体国，对我朝不存二心，但曾国荃以下各将官，却非善良之辈，如不及早裁除，必为洪酋之后又一朝廷大患！”

左宗棠吓得浑身一抖，他弄不明白，曾国藩怎么自己审起自己来了？他偷偷往上望了一眼，却见上面早不见了曾国藩，坐在那里的，是一个女人带着一个孩子。

那女人雍容华贵，气度不凡，像是天王庙里供奉的王母，又像是活着的观音。

左宗棠慌忙爬起身，未及迈步，上面又说道：“季高，你素来自比古今君子，又自诩是诸葛亮。可你做过的这些，是不是君子所为呢？”

左宗棠往上一望，见曾国藩仍端坐堂上，正用一双寒光闪闪的三角眼望着他。他大声说道：“涤生，季高就算犯的是死罪，你也该让季高说句话才行！”

曾国荃却在他身后不冷不热地说道：“做都做了，你还有什么话可说呢？”

左宗棠急得浑身冒汗，他瞪大双眼，将头上的官帽随手摘下来扔向远处，便迈开大步直奔曾国荃冲去。他要好好和这个脾气暴烈的曾老九辩论一番，他不信凭他一个举人，论不过一个诸生。

李鸿章不知何时走到他近前，把他向后一拉道：“兄弟如手足，不可自家相残！”

他却大叫道：“少荃莫管！他们这一帮人不容人讲话，不容人讲话呀！可急死左老三了！”

一个声音这时在他耳边急促地说道：“老爷快醒醒！老爷快醒醒！”左宗棠费力地睁开双眼，却见自己正躺在床上，香姑娘半起着身子，一边用手推他，一边唤他；香姑娘双眼的泪水，满脸的惊吓。

见左宗棠醒来，香姑娘小声道：“老爷，您又喊又叫，还用手乱抓，可吓死贱妾了！您老如何出了这么多汗哪！”

左宗棠用手摸了一把，果然从脑门子上抓下一大把汗水来。

左宗棠坐起身子说道："香儿，你给我擦一擦吧，我这一身汗，是急出来的呀。你知道吗？他们不容人说话呀！"

香姑娘一边披衣下床，一边说道："老爷，您老说的这是什么呀？您老八成做噩梦了吧？"

"梦？"左宗棠一愣，许久才自语了一句，"当真是梦，当真是梦！可这梦，却又如何这般真切呢？"

左宗棠此后便开始打不起精神，闲下来，不是坐在书房里看兵书，就是一个人坐着发呆，任香姑娘千般哄万般劝，只是不见好转。

香姑娘无奈之下，只好让身边的丫环捎话给胡雪岩，让胡雪岩寻机劝劝左宗棠。胡雪岩眼珠一转，马上便有了主意。

一日辕期，胡雪岩等左宗棠忙完公事后，便单独到签押房来见左宗棠。施礼毕，胡雪岩先同左宗棠说了几句闲话，然后便话锋一转说道："宫保大人，如今我各路大军，已将伪幼主洪天贵福围在江西了，说不定这几日，就能有捷报传来，伪忠王李秀成等人，也在江宁被曾爵相请旨斩杀。闽赣虽还有几股长毛，但群贼无首，眼见是掀不起什么大浪了。司里这几日就想啊，宫保大人是不是也该把诰命夫人和家里的人接过来了？大人在外征战了几年，拖累了家里人也跟着受了几年的苦。于情于理，都该享几年福了。大人说是不是呢？"

左宗棠想了想，忽然叹口气道："本部堂这几日，是被一些事情给闹糊涂了，还真把湘阴那里给忘了。也好，把她们接过来也省得两头牵挂。这件事啊，就委你来办吧。你心细，人头熟，你去办这事呢，本部堂多少还放心些。你明儿就从刘培元的水师营，调两只船过来，每只船上配二十名兵勇。一只船呢，拨给内眷来坐，一只船呢，你同孝威他们几个以及管家、塾师还有下人们乘坐。沿途呢，免不了要有一些地方官府的人到船上应酬，你要一概挡驾，不要为了这点小利污了本部堂的名声。还有一件事，你务必要办好。船到江宁哪，你一定要让内眷和孝威下船去替本部堂看望一下曾爵相。曾爵相留他们住几天，你就在船上等几天，万不要去催。其实啊，这趟江宁，应该本部堂亲自去才对呀，可本部堂是朝廷命官，是总督，总督出省办差是要请旨的。没办法，只好让内眷代劳了。还有，这一趟花费呀，本部堂适才在心里估算了一下，有八百两银子就足够了。你哪，一会儿到案上去支一千两银子。老话讲啊，‘穷家富路’，多备些盘缠，总不会有坏处。”

胡雪岩高高兴兴地领命而去。胡雪岩离省后，左宗棠的情绪明显地有些好转，但仍不大愿意与幕僚多讲话，显然还有心事。

四十几天后，诰命夫人周诒端率一家大小入住杭州巡抚衙门。诒端与张氏、香姑娘自然是各占有一间屋子，身边都有专门的丫环伺候。大少爷孝威不仅有书房、用功房，而且还单独请了一名塾师。几位小少爷自然都伙在一个塾馆里读书、写字，也都拨有专门的下人服侍。孝威是举人，他目前正在为将来的会试而努力用功。

当晚，左宗棠歇在夫人诒端的房里。诒端因为一直闹毛病，已不习惯与左宗棠睡在一起。左宗棠体谅夫人的苦处，也不强她。

他当晚躺在夫人的旁边，握着夫人的一双手，小声道：“涤生还好吧？我们两个比，谁更老一些？”

诒端小声叹口气道：“老爷呀，这个洪秀全哪，可是把涤生大伯累坏了。他仅仅比您大着一岁，可头发和胡子都全白了！还一直闹着眼病。劼刚他娘也不知是怎么的，老得更甚，两只眼睛都快看不清人了！大伯留着我们娘几个不放，让我好好陪着劼刚他娘说说话。我却住不下去呀，我也惦记您啊。老爷呀，您与大伯之间的事啊，湖南传得沸沸扬扬，我就想啊，皇上家的官不好当啊！”

听了这话，左宗棠的眼睛一热。他爬起身来，沉吟良久，忽然感叹了一句：“真难为涤生了！孝威已经中举人，劼刚怎么样啊？我倒是挺想他的。”

夫人道：“劼刚不同于我们孝威，劼刚是学西学的，身边一直有洋先生教他。咳，也不知大伯是怎么想的？好端端的八股不学，为什么要让自己的亲骨肉去学西学呢？洋人除了打打杀杀，有什么好啊？”

左宗棠抚须说道：“有些事情，你们女人家是不懂的。涤生这么做，自然有涤生的道理。诒端哪，涤生没讲别的什么吗？朝廷要追查江宁城所藏金银的下落，他是怎么办理的呢？”

夫人嗔怪地瞪了左宗棠一眼，说道：“这些军国大事，大伯怎好同我一个女人家讲呢？不过，妾身临上船的时候，大伯对妾身讲了一句话，妾身倒是记得真真切切，只是有些不大明白。”

左宗棠一愣，忙小声急促地问了一句："涤生是怎么说的？"

夫人想了想道："大伯说，让您安心为国家办事，不要轻易便上一些人的当。长毛虽平了，但还有许多事情要办。他还说，功高震主的人，没有几个是得善终的。"

夫人缄口不语，左宗棠不由反问一句："他就说了这么两句？他说的这是什么呀？怎么像得道高僧的偈语啊？好好地，我怎么便会上了人家的当呢？我会上谁的当呢？"

夫人轻轻叹了口气道："谁说不是呢？老爷您已经把官做到了总督，什么事没见过呀？怎么会轻易便上人家的当呢？可大伯千真万确就是这么说的。"

左宗棠披衣下床，开始一边在屋里走动，一边慢慢咀嚼曾国藩的这两句话。夫人用手拍着床铺道："老爷，刚才还躺得好好的，怎么说起来就起来了？您躺下想事情不是也行吗？您如今比不得从前啦。从前您是乡间举子，现在您可是朝廷大员啊！"

左宗棠闻言一愣，不由反问一句："你说我现在是朝廷大员？朝廷大员？朝廷？"他低头走了两步，忽然迸出一句莫名其妙的话来："多亏你提醒，否则我到死也不会想明白！"

编者注：不久后，左宗棠遇到新问题，有下属开始和他对着干；他与富商胡雪岩的深度合作，也出现了重大转折……

更多精彩内容，敬请继续阅读《左宗棠发迹史》（下）。

读客®“公务员读史”丛书

首批推出“晚清三大名臣发迹史”系列

《曾国藩发迹史》：剥开曾国藩的“光屁股升官法”

道光二十八年（1848年）的一天下午，38岁的曾国藩，为表清白，堵住政敌的恶言诽谤，当众把自己脱个精光，光着屁股走进银库清点现银，查清了国库亏空真相。此时已身居四品的曾国藩，一脱惊艳，赢得道光皇帝的空前信任，仕途踏上全新境界。

本书讲述的正是这前后12年，曾国藩仕途初期，九年内连升十级的谋略与细节；由于这段历史的相关史料一部分毁于战火，一部分被史书刻意回避，百余年来，一直讳莫如深。本书作者耗费21年心血，搜阅近千万字珍稀资料，第一次全面揭开曾国藩初入官场前12年，一路升迁的谋略与细节，将仕途上升期曾国藩独有的“光屁股精神”阐述得淋漓尽致，堪称一部升迁教科书。

《李鸿章发迹史》：讲述李鸿章“一直被弹劾，谁也扳不倒”的谋略与细节

从政40年，遭遇创纪录的800多次弹劾，有的是小人告密，有的是上司打压，有的是亲信背叛，有的是政敌陷害，有的是捕风捉影，有的是证据确凿，面对无数或明或暗的对手，一次又一次的政治风暴，李鸿章总能从容地走到最安全的地方，一直被弹劾，谁也扳不倒；在直隶总督兼北洋大臣的宝座上一坐25年，呼风唤雨，权倾天下。

李鸿章似乎拥有一种对时局和人心的预判能力，无论对手设下多么阴险而密不透风的陷阱，他总能从容地走到最安全的地方。在复杂险恶的政局中，他总能准确嗅出决定自己命运的关键人物，并让对方心甘情愿地成为自己的保护人。

本书为您全面揭开大清第一权臣李鸿章，40年稳如泰山的为官之道。读完本书，您将深谙李鸿章“一直被弹劾，谁也扳不倒”的从政谋略与细节。

《左宗棠发迹史》：老是得罪同僚的升官达人！

左宗棠是个一根筋，情商低，对同僚的反应缺乏判断力；又是个二愣子，认死理，喜欢跟人抬杠；偏偏还是个刀子嘴，口无遮拦，言语粗俗，动不动就破口大骂，犹如市井泼妇。

在他眼里，似乎没有谁是不能得罪的，就连提拔他的后台曾国藩都被他气得鼻歪嘴斜；偏偏就这么一个马大哈，40岁才进官场，一路树敌，一路升官，20年间官拜宰相，成为晚清第一重臣。

会办事，不会说话，这可能是左宗棠游走官场的致命缺陷，但也可能正是他秘而不宣的护身符。

本书向您讲述左宗棠无视官场潜规则，在同僚的怒火中，一路升官的谋略与细节。